화첩기행²

화첩기행²

김병종 지음

예인의 혼을 찾아 옛 거리를 거닐다

문학동네

『화첩기행』 다섯 권을 새로 묶으며

대체로 한 달이면 보름쯤은 그림을 그리고 열흘쯤은 책을 읽거나 글을 쓰게 되는 것 같다. 그렇게 화실과 서재를 왕래하며 푹 빠져 살다보면 이 두 가지 일은 둘이 아닌 하나로 섞이고 만나게 된다. 문장은 수채화처럼 빛깔을 띠고 그림은 문기 비슷한 것을 발하는 것을 느끼곤 한다. 예컨대 서로 데면데면 마주보는 것이 아니라 뒤섞이고 풀리며 제3의 그 어떤 모양과 빛깔을 갖게 되는 것이다. 『화첩기행』은 이렇게 해서 나온 책이다. 출발은 우연찮게 시작되었다. 조선일보 김태익 기자가 미술과 인문학 비슷한 것을 섞어 색다른 기획을 하고 싶은데 뭘 좀 만들어 와보지 않겠느냐고 했고, 꾸물대다 한두 해가 간 다음에야 다시 채근을 받고 '예藝'의 이야기를 그림에 버무려 내놓았었는데 재밌다며 한두 달 해보자는 것이 4년 가까이나 연재를 하게 된 것이다.

나름 책으로 묶으니 다섯 권 분량이 되었고 이것을 라틴아메리카 편과 합해 네 권 분량으로 압축했다가 다시 이번에 북아프리카 편을 합쳐 다섯 권의 전집 형태로 내놓게 되었다. 첫 연재로부터 치자면 16년, 구상까지 합하면 거의 20년 가까이가 된다. 당시 신문은 뉴스 전달 기능만으로는 한계를 느낀 것 같았고 이미 르피가로 같은 신문이 그러했듯이 문화, 생활, 과학, 예술 등을 뉴스와 함께 망라한 매거진 경향을 띠기 시작했는데 『화첩기행』은 그러한 흐름과 잘 맞았던 것 같았다.

어찌됐거나 오랜 세월 그림 그리고 글을 써와서 그림이 밥이요 글이 반찬처럼 되었던 나로선 큰 기대 없이 써내려간 글쓰기가 신문지면을 타고 널리 알려지게 되면서 그야말로 뇌성과 벼락같은 반응 앞에 서게 된 것이었다.

가장 어리둥절한 것은 나였다. 예컨대 특수한 문화예술 이야기가 그토록 열띤 반응을 불러일으키리라고는 예상치 못했던 까닭이다. 연재하는 동안 6개월 단위로 스크랩을 해서 보내주는 독자가 있었는가 하면 온갖 영양제나 보약 같은 것이 답지遝至하기도 했다. 컴퓨터가 아닌 원고지에 글을 쓰는 것을 아는 어느 독자는 400자 원고지를 특수 주문해 몇 박스나 보내주기도 했다. 참으로 눈물겨운 사연들도 많았는데 몇 편씩을 골라 답장을 쓰다보면 창밖에서는 어느새 희부윰하게 동이 트기 일쑤였다.

반대의 경우도 있었다. 허균과 매창의 사연을 적다가 괄호 안에 생몰연대를 썼는데 그만 7을 1로 잘못 쓰는 바람에 두 사람의 나이차가 60년 이상 벌어지게 되었고 하루종일 항의전화가 서른 통쯤 이어졌던 것 같다. 어쨌거나 컴퓨터도 그리 많지 않고 스마트폰 같은 것은 아예 없던 시절이어서 책과 관련해 아날로그적이고 훈훈한 이야기들이 많았던 듯하다.

해외 편에 특별히 남미와 북아프리카를 골라 넣었던 것은 두 곳 다 원초적 색채 에너지 같은 것이 들끓고 있었기 때문이다. 온갖 결여와 갈망 그리고 분노마저도 색채의 용광로에 넣고 끓여내듯 하던 지역들이였다. 무엇보다 두 지역 다 '예'의 자원들이 널려 있었으며 수많은 예술가들을 낳은 곳이기도 하다. 이 점에서 한반도와 흡사하다. 열강이 각축을 벌였던 역사적 수난의 과정까지도. 남미는 특히 내가 좋아하는 시인 파블로 네루다, 작가 보르헤스, 작곡가 피아졸라와 화가 디에고 리베라와 프리다 칼로의 땅이었고, 북아프리카는 알베르 카뮈와 파울 클레, 앙드레 지드와 자크 마조렐, 생텍쥐페리의 영혼이 어려 있는 곳이었다. 그 붉은 황혼과 광야의 척박한 땅에서 어떻게 '예'의 꽃이 피고 자라 찬란한 빛을 발하는지 보는 일이야말로 내 붓을 잡아끄는 힘이었다.

살다가 대체로 배터리가 방전돼간다고 느껴질 때마다 나는 가방을 꾸리곤 했다. 여행에서 돌아오면 그때마다 충전이 되었던가. 그건 잘 모르겠지만 『화첩기행』을 위해 낯선 시공간 속으로 걸어들어가 기록하는 순간의 설렘과 흥분은 나를 새롭게 일어서게 했다.

돌아보니 내 40대와 50대를 이 책과 따로 떼어 생각하기 어려울 정도가 되었다. 우연히 시작된 듯한 이 일은 그러나 필연 비슷한 게 얽혀 있는 것 또한 사실이다. 문학이라는 가지 못한 또하나의 길에 대한 그리움과 회오悔悟 같은 것이 일종의 해원解冤처럼 제3의 형태로 발화했던 것이 아닌가 싶다. 어쨌거나 단어 하나 문장 한 줄을 놓고 밤이 이슥하도록 고치고 또 고치던 시간들은 나를 다시 문학청년 시절로 되돌려놓았고 그 황홀한 기억이야말로 이 일을 계속하게 한 동력이 아니었을까 싶다.

책이 다시 나오기까지 수고한 이들이 한둘이 아니다. 그 이름을 거명하는 대신 내 마음을 드린다.

2014년 1월
관악의 연구실에서
김병종

차 례

권진규와 서울

서울은 예술가에게 척박한 땅인가. 수많은 예술가들이 활발히 활동을 하다가도 서울에만 오면 시들어버렸으니. 조각가 권진규의 작업실은 서울 돈암동에 있었다. 그래서 그의 작품에서 죽음의 냄새가 나는지 모르겠다. 그러나 이 죽음이 마냥 비극적인 것만은 아니리라. 반가사유상을 닮은 흉상은 삶과 죽음이 분리되지 않는 동양적이고도 신비한 분위기가 감돌고 있어 권진규의 내면을 잘 보여준다.

내 정 끝으로
죽음을 쪼아내리

내게 죽음에 관한 최초의 기억은 초등학교 5학년 때였다. 한가을을 앓아누워 계시던 아버지께서 홀연히 죽음의 길로 떠나게 되었다. 그러나 아버지의 상여가 우리 살던 작은 읍을 떠날 때까지도 나는 죽음의 의미를 잘 알지 못했다. 하관 이후 가족들이 한줌씩 흙을 뿌리며 울었고 누군가 내게도 그 일을 시켰다. 장정들은 익숙하게 흙을 덮어 꾹꾹 밟았고 흐느끼는 가족들을 앞세우며 하산했다. 산을 내려가는 사람들의 무심한 발소리를 들으며 나는 무덤가에 머물렀다. 미처 아무도 나를 챙기지 않았다. 산그늘이 내리는 시간이었고 주변에 갈꽃들이 일렁였다.

아버지의 육신이 소멸되어 흙이 된다는 사실을 나는 믿기 어려웠다. 어서 내려가자, 어디서인가 아버지가 내 손을 잡아 일으킬 것만 같았다. 아버지의 다감한 목소리, 두텁고 따뜻한 손 그리고 껄껄 웃는 웃음 같은 것들이 저멀리 흩어져 사라져버린다는 것을 나는 실감할 수 없었다. 멀리 신작로로 걸어가는 사람들을 바라보면서 아버지처럼 어느 날 죽음이 저들에게도 임하리라는 것을 어렴풋이나마 느낄 수 있었다. 죽음이 어느 날 아버지에게 왔듯이 다른 사람들에게도 그렇게 오는 것이겠거니 깨닫는 순간 나는 이미 아이가 아니었다.

아버지의 죽음 이후 나는 혼자 산이며 숲에 가곤 했다. 산그늘과 긴 어둠으로 덮여오는 검고 무뚝뚝한 나무들 사이를 거닐며 삶과 죽음의 비밀을 알 것 같기도 했다.

조각가 권진규의 작품에서는 죽음의 냄새가 난다. 작품에서의 죽음은 작가의 죽음으로 종결된다. 그는 1973년 5월 4일 오후 여섯시 성북구 동선동 아틀리에의 선반 위에 줄을 매달고 목을 맸다. 조각가로서 가장 왕성하게 일할 만한 쉰한 살의 나이였고 일본에서 돌아온 지 열네 해 만의 일이었다.

흙의 조각가인 그는 흙을 반죽하면서 생성뿐 아니라 소멸을, 탄생뿐 아니라 죽음을 동시에 생각했을 것이다. 사람과 말과 소 같은 생명체를 빚어내면서 그는 흙의 비밀에 대해 깨쳤을 것이다. 흙은 생명을 잉태하면서 결국 그 생명을 수렴해간다. 그런 점에서 그는 흙의 예술가였을 뿐 아니라 흙의 철학자였다. 빛나는 상상력도, 명징한 사고도, 빼어난 아름다움과 위엄과 권위도 결국은 흙에 갇혀 소멸되고 다시 그 흙속에서 생성될 뿐이라는 사실을 깨달은 철학자였다. 진흙을 빚어 불속에서 구워내는 테라코타와 진흙 위에 칠액(漆液, 옻나무에서 채취한 도료)을 반죽해서 발라 올린 건칠(乾液, 마른 옻칠) 작품으로 그는 불교 냄새도 나고 영적인 그 어떤 느낌도 나는 작업을 해온 작가였다. 그는 주로 로댕이나 부르델 계열의 동적이고 육질적인 조각이 아닌, 반가사유상을 닮은 지극히 신비한 분위기가 감도는 흉상들을 제작했고, 이러한 동양적이고 허무적인 분위기의 조각들은 그대로 그의 내면세계를 형상화한 것들이기도 했다. 육체의 아름다움을 덧없이 보았던 것일까. 영혼을 관조하려는 듯 그의 조각은 육체를 허물고 정신을 빚는다.

1988년 그의 15주기 회고전이 개최된 호암갤러리에서 그의 테라코타와 건칠 작품들을 보면서 나는 이집트에서 본 왕과 왕비의 미라들이 떠올랐다. 그 미라들을 눈앞에 대면한 듯한 느낌이 들었다. 그의 흙작업에는 기이한 삶과 죽음의 냄새가 함께 버무려져 숨쉬고 있었던 것이다.

권진규의 작업실은 돈암동 로터리 부근이었다고 한다. 지금 돈암동 로터리 부근은 젊은이들의 번화가로 자리잡았지만 30여 년 전의 그곳은 조용하고 한가로운 곳이었다. 권진규가 자살하고 두 달쯤 뒤 그곳을 탐방한 미술평론가 박용숙은 비교적 소상하게 그 분위기를 다음과 같이 전해준다.

권진규의 아틀리에는 돈암동 로터리에서 북쪽으로 바라보이는 언덕바지에 있는 셈이다. 우리(편집실)가 아틀리에를 촬영하기 위해서 찾아간 것은 지난 7월 8일, 그러니까 권진규의 죽음이 있은 지 2개월이 지나서였다. 사실 나는 그의 아틀리에를 보는 것도 처음이지만, 생시에 멀리서나마 한번 쳐다본 적도 없는 미지의 사람이었다. 그러니만큼 무엇보다도 호기심이 앞서 있었다.

일단 권진규가 자살한 이후에 일절 외부인에게 공개되지 않았던 아틀리에가 우리들의 눈앞에 열렸을 때 나는 불쑥 옛 무덤 속으로 들어온 느낌이었다. 잠시 후 아틀리에의 불을 모조리 켰을 때도 마찬가지였다. 20평 될까 말까 한 직사각형의 아틀리에는 어디를 보나 섬뜩한 느낌을 주는 조각품들이 이쪽저쪽에 널려 있었다. 한쪽 벽 앞에 놓인 테이블 위에 고인의 위패가 모셔져 있었기 때문에 우리는 먼저 분향을 드렸다.

"저깁니다."

물론 그곳은 고인이 자살한 장소다. 아틀리에의 4분의 1쯤 되는 공간을 2층 다락으로 만들어 그곳에 오래된 작품들을 진열해놓았는데 그 다락으로부터 내려진 굵은 줄(쇠고랑 줄)에다 목을 맨 것이다. (…)

대체로 습작품으로 보이는 작은 작품들이 즐비하게 놓인 복도의 한쪽 끝에는 협소한 판자문(옛날 대문과 같은)이 굳게 닫혀 있는데 그곳이 고인이 침식하던 방이다. 겨우 두 사람 정도 누울 수 있을까 말까 한 방에는 두 개의 낮은 책상이 각각 다른 구석에 놓여 있는 것 외에는 아무것도 없다. 벽은 바깥쪽에서 비를 맞은 탓인지 지도와 같이 얼룩져 있어서 방에 들어가지 않아도 곰팡이 냄새가 물씬 풍겼다. 방에 들어가 책상 위를 보니 거기엔 몇 개의 약병(간장약)이 놓여 있고 그 옆엔 엘 그레코, 클레, 칸딘스키, 미로의 화집이 포개져 있었으며 책상 밑에는 여러 개의 스케치북이 있었다. 그것이 방 안의 전부다.

다만 잠을 자기 위해서만 필요한 공간이었지만 너무도 생을 절약한 듯한 그 분위기에는 저절로 어떤 엄숙함에 가슴이 섬뜩해졌다. 물론 그가 평소에 입었을 옷가지는 아틀리에 한쪽 구석에 놓인 캐비닛 속에 들어 있었지만, 그 옷가지라는 것이 겨울용 셔츠 하나, 홈스펀 천으로 된 윗도리 하나, 허름한 바바리코트 하나뿐이었다. 그 세 가지 옷을 가지고 몇 년이고 번갈아 입으면서 지낸 것이다. 그나마 바지는 단벌이었던 모양이다.

—『공간』 752호(1973년)에서

아기불(佛)
구원의 이미지에 대한 형상의지는 권진규 조각에 나타난 흐름 가운데 하나다.

서울은 예술가들에게 척박한 땅인가. 성악가 윤심덕이나 무용가 최승희, 화가 이중섭 등 수많은 예술가들이 일본에서는 그 재능을 인정받고 활발하게 활동하다가도 서울로 돌아오면 예술생활의 파국을 맞거나 시들어버리기 일쑤였다. 현실과 이상의 갈등 속에 정신적 망명자가 되어 다시 외국으로 나가거나 스스로 목숨을 끊곤 했다. 예술은 사랑의 물을 먹고 자라는 나무, 사농공상의 말석에도 끼지 못했던 예술은 너무도 오랜 세월 편견과 무시와 몰이해 속에 방치되어 있었다.

권진규 또한 무사시노 미술학교를 졸업하고 근대 일본 조각의 선구자 가운데 한 사람인 시미즈 타카시淸水多嘉示의 후계자로 지목될 만큼 인정을 받았다. 1968년 도쿄의 니혼바시 화랑 초대전에서 큰 호평을 받은 덕분에 무사시노 미술학교의 교수직까지 제안받기에 이를 정도였지만 고국에 돌아온 10년 남짓한 동안 극심한 가난과 외로움에 시달리다가 결국 죽음의 길로 떠나버리고 말았다. 당시 한국사회는 아직 권진규풍의 조각을 수용할 만큼 미적으로 성숙해 있지 않았다. 다정한 모자상도 풍만한 여체상도 아닌, 어딘지 섬뜩하고 징그럽기까지 한 그의 조각은 환영받지 못했다.

권진규와 교류했던 미술평론가 유준상의 회고에 의하면 죽음의 길을 가기 몇 달 전부터 권진규의 언저리에서는 이미 여러 군데에서 죽음의 기미가 감지되고 있었다. 흡사 "그늘에서 말린 가죽처럼 질긴 외고집의 성품과 일상화된 과묵함으로 일관되어 있었다"라고 유준상은 증언한다. "마주보며 한 시간 이상 앉아 있는 게 견디기 힘들 만큼 그의 자세는 부동적이었으며 진흙처럼 가라앉아 있었다"는 것이다. 흙을 만지는 게 그의 주된 예술작업이었고 작업실 안이 온통 흙투성이여서 권진규도 흙처럼 무기물 같은 데가 있었다니, 살아 있을 때 이미 그는 흙의 사람이었다. 스스로 흙의 조각이 되어간 셈이다.

그는 죽기 서너 달 전 어느 날 정색을 하고 유준상에게 "죽어야겠다"라고 했다 한다. 죽음이 마치 작품의 마지막 완성이라도 되는 듯 덤덤하게 말했다는 것이다. 당시의 그는 객관적으로 설명하기 어려웠지만 뭔가 거역할 수 없는 힘에 쫓기는 듯했다 한다.

그는 극심한 정서적 불안을 겪고 있었던 것으로 보인다. 몇 차례 결혼을 시도했으나 실패로 끝났고, 쉰이 넘을 때까지 홀아비였으며, 예술가이긴 했지만 정해진 일과도 사회적 역할이라는 것도 없었다. 경제적으로도 매우 어려운 상태였다. 지병인 고혈압이 악화되고 있었으며, 눈이 잘 안 보인다거나 손이 떨린다고 은밀하게 토로한 적도 있었다. 한 시간 정도의 작업에도 호흡을 거칠게 내뿜었으며, 피로한 기색이 완연했다. 어쩌면 그가 스스로 생명의 촛불을 꺼버릴 무렵 이미 그의 생명력이 소진되어 있지 않았나 싶다.

흙처럼 무기물 같았다는 권진규, 그러나 그의 작품에는 언제나 생명의 외침과 열정, 침묵과 아우성이 혼재되어 있었다. 특히 〈마두상馬頭像〉 같은 데서 그러한 기미가 강하게 엿보인다. 삶과 죽음, 절규와 침묵, 동과 정, 발산과 억제와 같은 상반된 두 세계가 그의 진흙 속에서 숨쉬고 있었다. 죽음과 무화無化의 상징으로서의 흙속에서 새로운 생명의 외침과 절규가 잉태된 것이다. 죽기까지 그는 흙으로 죽음과 환상의 실험을 거듭했다. 그가 어느 날 대수롭지 않은 듯 "죽어야겠다"고 말한 것도 어쩌면 마지막으로 자신의 생명을 흙으로 돌려보내는 실험을 꿈꾸었기 때문인지도 모른다.

그는 흙속에 내재된 두 개의 상반된 세계의 비밀을 알고 있었다. 흙을

고양이와 소녀
조각가는 소녀의 모습에서 순수의 결정체를 보았던 것 같다.

반죽하여 생명을 잉태하고 부수면서 그는 인간 또한 호흡을 가진 하나의 흙덩어리임을 알았던 것이다. 그리고 자신의 호흡을 스스로 중지시켜 흙으로 돌아간 것이다. 그는 다시 숨쉬거나 말하지 않았다. 그러나 그가 빚은 사람과 말과 소는 여전히 그의 혼을 담아 살아 있다. 그가 주물렀던 흙의 비밀은 그가 작업실 벽에 남겼다는 다음과 같은 낙서만큼이나 불가해하다.

"범인엔 침을, 바보엔 존경을, 천재엔 감사를……"

권진규의 생애　　권진규(權鎭圭, 1922~1973)는 함경남도 함흥에서 부호인 권정주의 6남매 중 차남으로 태어났다. 어린 시절부터 남달리 흙 만지기를 좋아했고 손재주도 뛰어났다고 한다. 1936년 함흥제일보통학교를 졸업하고 아버지의 사업체가 있는 춘천으로 요양하러 가 1942년 춘천고등보통학교를 졸업했다. 그해 히다치철공소日立鐵工所로 징용돼 일본으로 끌려갔다가 동경의 사설 아틀리에에서 미술 수업을 받았다. 1944년 몰래 고국으로 돌아와 성북회화연구소에서 회화 수업을 받았다.

1948년 무사시노 미술학교에 입학, 부르델Bourdell, E.의 제자가 되어 일본 조각계의 지도적 인물이었던 시미즈 다카시를 사사했다. 재학 시절 이미 일본 이과회전에서 최고상을 받는 등 능력을 인정받았다. 후배인 가사이와 결혼한 뒤 영화사의 부품 제작 일과 작업을 병행하다가 어머니의 병 때문에 1959년 귀국했다.

귀국 후에는 주로 테라코타와 건칠을 사용한 두상과 흉상을 제작했다. 고도로 절제되고 긴장된, 정적인 조각을 통해 영원을 향한 이상세계를 추구하는 인간의 모습을 담아내고자 했다. 제자 장지원을 모델로 한 〈지원〉을 비롯 〈영희〉 〈홍자〉 〈경자〉 등 주변의 여인들을 형상화한 흉상 작품들은 갸름한 얼굴, 긴 목과 사선으로 좁게 처리된 어깨가 특징이다.

1966년에는 홍익대학교 조각과와 서울대학교 건축과에서, 1972년에는 수도여자 사범대학(현 세종대학교)에서 학생들을 가르쳤다. 1965년 수화랑 기획에서 첫번째 개인전을 개최한 이래, 도쿄의 니혼바시화랑, 명동화랑 등에서 개인전을 열었다. 1973년 5월 4일 자신의 작업실에서 자살했다.

권진규와 테라코타　　권진규가 주로 사용한 '테라코타'는, 선사시대부터 사용된 가장 원초적인 입체 작품 제작법 중 하나로, 흙으로 작품을 빚어 불에 구운 것을 말한다. 표면에 유약을 칠하지 않기 때문에 붉은 흙색을 그대로 띤다.

그는 작가의 노동력과 손을 온전히 필요로 하는 테라코타를 즐겨 사용했다. "돌도 썩고 브론즈도 썩으나 고대의 부장품이었던 테라코타는 아이로니컬하게도 잘 썩지 않습니다. 세계 최고의 테라코타는 1만 년 전 것이 있지요. 작가로서 재미있다면 불장난에서 오는 우연성을 작품에서 기대할 수 있다는 점과 브론즈같이 결정적인 순간에 딴 사람(끝손질하는 기술자)에게로 가는 게 없다는 점입니다."(「건칠전 준비중인 조각가 권진규씨」, 조선일보, 1971. 6. 20)

김명순과 서울

이 나라 여성사에 기록될 만한 하나의 재능, 하나의 상징이었으나 이제는 희미한 안개 저편으로 스러져 가 흔적조차 찾을 길 없는 김명순. 시대를 잘못 타고난 문학인이자 언론인이었던 그녀는 그녀를 시기했던 운명과 현실에 의해 이 도시를 헤매다 사라져갔다. 억센 철근과 콘크리트와 남성 지배의 '세속도시'를 향해서 "이 사나운 곳아, 사나운 곳아" 원망하면서.

도시의 허공에
펄럭이는 찢긴 시

대부분의 예술가는 단순하다. 그들은 자기를 알아주는 땅에서라면 한 잔의 커피와 한 조각의 쿠키에도 행복해지는 존재다. 1920~1930년대에는 유난히 많은 예술가가 쏟아져나왔다. 그러나 그때 이 나라는 아직 그들을 맞을 준비가 되어 있지 않았다. 맞을 준비가 안 되었을 때 쏟아져 나온 고로 삶도 예술도 신산했다. 이리 몰리고 저리 쫓기다 스스로 기진하게 일쑤였다. 허다한 빛나는 재능의 예술가들이 다른 나라를 떠돌거나 좌절 끝에 죽음의 길로 내몰렸다. 그러고 보면 시대를 잘 만난다는 것이 예술가에게는 최고의 복이다.

특히 그 시절, 이 나라는 여성 예술가들에게 가혹했다. 그들에게는 잘해야 '내놓은 여자'이거나 심지어 '화냥년' 비슷한 편견까지도 가졌다. 자유연애의 불길도 이런 편견에 한몫했다. 작가 김명순도 그렇게 내몰린 사람 중의 하나였다. 그리하여 여자 이상李箱이라고까지 불렸던 김명순은 예정된 경로처럼 어두운 생의 질곡을 간다.

사랑아 그리운 사랑아
어디에 있는가 나의 사랑은.

김명순
문학적 이상과 상처뿐인 현실에서 갈등하며 불안, 미망(迷妄), 분노로 정신착란을 보였다.

조선아 내가 너를 영결할 제

(…)

죽은 시체에게라도 더 학대해다오.

그래도 부족하거든

이다음에 나 같은 사람이 나더라도

할 수만 있는 대로 또 학대해보아라

(…)

이 사나운 곳아 이 사나운 곳아

— 「유언」에서

시인 김명순은 이렇게 분노했다. 자신을 둘러싼 현실과 그 어둠에 대해서.

"서울아 쓰러져라/부모야 형제야 너희가 악마"(「외로움의 변조」)라고 울부짖기도 했다. 그러다 그녀는 카미유 클로델(Camille Claudel, 로댕의 제자이자 조수, 모델이며 연인으로 알려진 프랑스의 조각가)처럼 도쿄의 한 정신병원에서 홀로 죽어갔다.

김명순, 1920년대의 근대 예술사를 건너올 때면 만나게 되는 발광체. 어떤 소설로도 따라잡기 어렵게 극적인 생애를 살다 간 여인이었다. 이 나라 여성사에 기록될 만한 근대적 자각의 한 상징체였지만 갑자기 떠올랐다가 흔적 없이 사라진 밤하늘 유성처럼 짙은 어둠에 묻혀버린 이름이었다. 그리하여 "한국 현대소설 사상 최초의 여성작가"(김우종)라거나 "한국 현대시 최초의 여성시인"(김해성)이라는 평가가 무색하게 이제는 희미한 안개 저편으로 사라져버려 흔적 하나 찾을 길이 없다. 누가 이 여인을 모르시나요, 물어야 될 지경이다. 어쩌면 그녀가 살아서 이미 "생장生葬되는 이 답답함을 어찌하랴"(「유리관 속에」)라고 했던 것처럼 사후에는 더더욱 그 이름이 가려지고 매장되어버린 것은 아닌지. 남성 위주의 한국 근대문학사 속에서 말이다.

이성복 시인의 이런 시가 생각난다.

한 여자 돌 속에 묻혀 있었네
그 여자 사랑에 나도 돌 속에 들어갔네
어느 여름 비 많이 오고
그 여자 울면서 돌 속에서 떠나갔네
떠나가는 그 여자 해와 달이 끌어주었네

—「남해 금산」에서

김명순은 '돌 속에 묻혀서' 풍화되어버린 작가였다.

생가도 무덤도 한 점 혈육도 찾을 수가 없다. 몇 편의 글과 이름 석 자만 남아 있을 뿐이다.

짧은 생애 동안 60여 편의 저항적·실험적인 시에 10여 편의 소설 그리고 평론과 희곡에 이르기까지 괴력으로 문학의 전 장르를 섭렵해갔던 여자였다. 작가뿐 아니라 신문기자와 배우로까지 눈부시게 활동했다.

그러나 감수성이 예민하고 다감했던 그녀는 당시 들불처럼 번졌던 '자유연애'에 불나비처럼 허망하게 몸을 던져 자신을 망가뜨리고 만다. 어쩌면 자유연애만이 실존의 유일한 자각이자 생의 출구였을 것이다. 언젠가 이란, 시리아, 요르단 쪽을 여행한 적이 있었다. 한여름인데도 천지가 시커멀 정도로 여성들이 검은 천으로 몸을 둘둘 말고 다녔다.

도시의 미아(迷兒)
김명순은 서울과 도쿄를 오가며 생활하다 슬픈 생을 마감한다.

내가 묵은 호텔 입구에는 '신의 이름으로 말하노니 여성들은 맨다리를 보이지 말 것이며……'와 같은 살벌한 문장이 써 있었다. 어쩌면 김명순의 시대에도 눈에 보이는, 보이지 않는 이런 제약이 만만치 않았을 것이다. 이런 시대상황 속에서 그녀는 결혼하지 않은 몸으로 끝내 아비의 이름을 밝히지 않은 아이를 낳아 비난의 돌팔매를 맞았고, 정신착란으로 부랑자처럼 도시를 헤매다 정신병원에 갇혀 거기서 홀로 죽어간 기구한 삶이었다. 세상은 그녀의 남성편력만을 비난했을 뿐, 그녀를 농락한 남성들의 폭력성에 대해서는 언급이 없다. 그 점에 있어서는 그녀를 모델로 썼다는 김동인의 소설 「김연실전」도 마찬가지다.

내가 그 소설을 처음 읽은 것은 중학교 2학년 때, 유감스럽게도 그 작품을 당시 나돌던 「꿀단지」류의 포르노소설로 잘못 이해했을 만큼 내게 '김연실'이라는 여류소설가의 남성편력과 성애의 세계는 충격적이었다. 소설은 자유연애를 넘어 여주인공을 프리섹스주의자로 그리고 있었다. 소설을 읽는 것만으로도 중학생 소년은 얼굴이 붉어지고 숨이 가빠왔다.

김명순은 문학을 통해 살아 있는 동안 내내 여성을 억압하는 온갖 종류의 모순된 구조와 전사처럼 싸운다. 그래서 그녀의 글은 곳곳에 꽃향기 대신 피냄새가 진동했다. 문학적 침착성이나 완성도 없이 자전적인 얘기가 먼저 튀어나오는 경우도 많았다. 그녀에게 자신을 변호하고 옹호할 수 있는 것이라고는 문학밖에 없어서였을 것이다.

몇 해 전 그녀의 베일에 싸인 생애 한 토막을 들을 기회가 있었다. 그녀를 일본에 유학 보내 작가의 길을 걷게 했던 K화백의 자제인 원로 화가 한 분을 파리에서 만나게 된 것이다. K화백은 김동인의 친구이자 김명순의 첫사랑이었고 그녀의 문학적 후원자로 알려졌던 사람, 평양 대지주의 아들로 넥타이 하나를 고르기 위해 긴자 거리에 나타나곤 했다는 멋쟁이 화가였다. 퐁피두 근처의 '보브르'라는 오래된 호텔에 우연히 함께 투숙하여 그 호텔 지하식당에서 식은 커피잔을 앞에 놓고 나는 선생으로부터 밤이 이슥하도록 한국 근현대 예술의 생생하고도 흥미로운 이면사를 들을 수 있었다. 그러나 끝내 선생의 선친과 김명순에 얽힌 이야기는 나오지 않았다. 아쉬웠지만 나 역시 물을 수가 없었다.

K화백과 헤어진 다음날 나는 파리 제6구의 생제르맹데프레에 있는 '레 되 마고'라는 유서 깊은 카페에 갔다. 사르트르나 카뮈 같은 프랑스의 시인, 소설가 들이 자주 들러서 명소가 된 카페다. 이곳에는 시인 아무개, 화가 아무개가 자주 앉았던 자리라는 명패가 탁자마다 붙어 있다. 심지어 프랑스의 소설가 마르셀 프루스트가 어릴 적에 자주 찾았던 자기 아버지의 고향 '일리에'는 프루스트 탄생 100주년이 되던 1971년 마을의 이름을 아예 그의 대표작 『잃어버린 시간을 찾아서』에 나오는 '콩브레'에서 따와 '일리에-콩브레'로 바꾸기까지 했다. 일본에서는 얼마 전 『실낙원』이라는 대중연애소설의 주인공들이 소설과 영화 속에서 다녔던 곳곳을 관광 명소로 개발했다는 소리가 들릴 정도다.

'우리는 언제……'라는 말은 하지 않겠다. 비단 김명순의 경우만이 아니라 나는 이 나라 근현대 선배 예술가들의 생애를 좇다가 맥이 풀린 적이 한두 번이 아니다. 천지간에 어디 대고 물어볼 곳 하나 없고 뒤져볼 자료 하나 없기 다반사였던 것이다. 김명순의 경우는 신문기자로서 비교적 활발히 활동했음에도 그 생애의 흔적이 오리무중이기는 마찬가지였다.

김명순 생전 서울에서의 주 활동무대는 태평로였다. 도쿄여자전문학교를 마치고 돌아와 그녀가 기자로 재직했던 매일신보 사옥은 지금의 중구 태평로 1가에 있었다. 광화문과 서울시청을 끼고 있는 이 거리는 권력과 언론을 행사하는 심장이어서 이 일대와 종로통은 문학인과 언론인으로서 그녀의 지적·모더니스트적 학습장이기도 했던 셈이다.

> 석양은 지금 황금 빛깔에…… 서울 종로 네거리에 뜨겁게 내리비친다.
> (…) 종로경찰서 지붕 위에 독일 병정의 모자 같은 시계가 바로 네시를 가리켰을 때이다.
>
> ―「탄실이와 주영이」에서

그러나 서울에 마음을 붙이지 못하고 그녀는 쫓기듯 다시 도쿄로 가서 거기서 생을 마친다. 김명순뿐 아니라 허다한 예술가들이 마지막 출구처럼 도쿄로 내몰리곤 했지만 당시 그곳은 생의 종착역이었을지는 몰라도 결코 출구는 못 되었다.

언젠가 광화문의 육교 위를 걷다가 나비를 본 적이 있다. 충격이었다. 빌딩숲과 탁한 대기를 뚫고 그 여리디여린 생명체는 어떻게 그곳까지 날아왔던 것일까.

나는 걸음을 멈추고 그 흰 생명체가 자동차의 물결 위로 휴지처럼 떠가는 것을 지켜보았다. 문득 태양이 검어지고 한낮의 거리가 흔들릴 만큼 생명의 마지막 종이 난타되는 것을 느꼈다. 김명순도 길 잃은 나비처럼 그렇게 이 도시를 헤매다 사라져갔을 것이다. 억센 철근과 콘크리트와 남성 지배의 '세속도시'를 향해 "이 사나운 곳아, 사나운 곳아" 원망하면서.

탄실 김명순의 생애　　　탄실 김명순(彈實 金明淳, 1896~?)은 평안남도 평양에서 김가산의 서녀로 태어났다. 평양 남산현학교, 서울 진명여학교를 거쳐서 도쿄여자전문학교로 유학했다. 도쿄 유학중이던 1917년『청춘』의 현상문예모집에 단편소설 「의심의 소녀」가 당선되어 등단했다.

이후 우리나라 최초의 문학동인지인『창조』를 비롯해 조선유학생 기관지『학지광』『여자계』『폐허』『개벽』 등에 시, 소설, 수필 등을 발표했다.

대표작으로 「칠면조」(1921) 「탄실이와 주영이」(1924) 「돌아다볼 때」(1924) 「나는 사랑한다」(1926) 등이 있다. 1925년에 출간한『생명의 과실』은 최초의 여성 문인의 창작집이었다. 사후 30년이 지난 1981년에 그가 남긴 시 60편, 소설 14편, 수필과 평론 7편을 묶은『김탄실-나는 사랑한다』가 출간되었다.

그녀의 죽음에 관해서는 정확히 알려진 바가 없다. 1951년까지 도쿄 YMCA회관 뒤채에서 살다가, 아오야마 도립 뇌병원에서 사망했다는 기록이 유일하다.

당대 여성 문인으로서의 김명순의 삶　　　김명순은 문학사에 지대한 영향을 끼쳤지만 사생활에 관한 이야기만 무성했지 정당한 평가를 받지 못하였다. 그녀의 삶은 「김연실전」과 「김탄실과 그 아들」 등에서처럼 편견에 가득찬 형태로 묘사되었다. 김동인의 「김연실전」은 의도적으로 김명순을 비하하기 위해 쓴 소설로 보이는데, 여기 등장하는 인물들은 모두 실존 인물인 김명순, 나혜석, 김원주 등을 빗댄 것으로 추측된다. 전영택의 「김탄실과 그 아들」 역시 '신여성'에 대한 남성들의 반감을 드러낸다. 김명순의 문학세계가 제대로 조명되지 못했던 것은 당시 문단의 남성 중심적인 분위기 때문이었을지도 모른다.

주변 환경도 그렇지만 김명순의 성향도 방종, 반항하였기 때문인지 자연히 그의 글도 그런 분위기가 다분하다. 작품생활도 발전하지 못하고 이 사람, 저 사람 좋지 못한 사람들의 농락을 받는 등 여러 사람에게 속고 버림받으면서 히스테리가 점점 심해진 듯하다.

한국의 신문학이 싹틀 시기 여성 문인으로 살아간 김명순은 변변한 작품 한 편 남기지 못하고 언제 어느 날 갔는지도 모르게 가버렸다. 이는 한국 현대문학사의 한 페이지를 애화로 남긴 불상사라고 할 수밖에 없다.

김민기와 서울

영롱하게 빛나지만 결국 태양에 스러지는 아침 이슬의 운명에서 비장한 사명을 발견한 노래. 〈아침 이슬〉을 모르는 이 누가 있을까. 미술학도였던 김민기는 청춘들로 하여금 아름다운 노래들로 엄혹한 시절 속에서 인간다움을 잊지 않고 견딜 수 있게 해주었다. 그뿐인가. 그는 학전 소극장을 중심으로, 뮤지컬과 연극 활동에 참여하기도 했다. 더 나은 세상을 향한 열망은 그를 미술인, 음악인, 연극인 어느 하나로 고정하지 않고 끊임없이 변화시켰던 것이다.

다시 노래는 꽃으로,
길은 저 봉우리로

봄빛이 누리에 가득하다. 우리는 곧 피어나는 꽃들에 포위당할 것이다. 연구실 창밖 목련나무 아래로 화사하게 차려입고 지나가는 한 무리의 여학생들이 보인다. 이제는 달리는 기차바퀴와 함께 멀어져버린 저런 날들이 내게도 있었을 것이다. 하지만 정작 그때는 아름다움이 아름다움인 줄 몰랐다. 캠퍼스의 샛노란 개나리마저 오히려 허무의 빛깔로 다가왔으니 말이다.

전에 한 문인이 "나의 60년대는 김승옥이라는 창을 통해서 바라보이는 세계였다"라고 쓴 글을 읽은 적이 있다. 그 식으로 말하자면 나의 1970년대야말로 김민기라는 창을 통해 바라보이는 세계였다. 김승옥이라는 창 저편에 '무진'의 안개가 피어오르듯이, '김민기'라는 창으로 지나가는 1970년대의 풍경 속에는 최루 연기와 음울한 통기타와 기차소리와 그의 묵직한 저음의 노래들이 있다. 그리고 그 노랫가락에 실려 기우뚱하게 나의 20대도 흘러갔다.

그의 노래를 처음 들었던 때는 미대에 입학한 지 얼마 안 되어서였다. 하얀 배꽃이 눈처럼 바람에 날리던 태릉의 어느 과원에서였다. 그 시절 서울대 미대에는 많은 가수가 있었다. 신입생 환영회 때마다 외부에서 따로 가수를 불러올 필요가 없을 정도였다.

'응미짜'에 다니던 '현경과 영애'라는 여학생 가수의 맑고 청아한 소리와, 조소과에 다니던 이정선의 노래가 있은 다음 드디어 '밍기형' 차례가 왔다. 그때 그는 김영세(현 이노디자인 대표)라는 미대 동기와 도비두(도깨비 두 마리라는 뜻으로, 회화과의 김아영이 붙여주었던 것으로 안다)라는 듀엣을 만들어 함께 노래를 부르던 시절이었다.

하지만 그날은 짝이 없이 혼자 나왔다. 그때 이미 미대 후배들 사이에서는 '밍기형'이 '투사'라는 소문이 돌았다. 하지만 그날 배꽃나무 아래로 허리를 굽혀 히죽 웃으며, 약간 쑥스러운 얼굴로 나타난 '밍기형'은, 투사는커녕 엊그제 시골에서 상경한 청년같이 부스스한 모습이었다.

"뭘 부를까요?"

머리를 긁적이며 그가 물었고 여기저기서 "친구!" "꽃피우는 아이!" "아침 이슬!" "작은 연못!" 같은 그의 노래 제목이 연이어 터져나왔다.

그가 "검푸른 바닷가에 비가 내리면……" 하고 〈친구〉의 한 소절을 채 부르기도 전에, 노래는 금방 합창이 되어버렸다. 우리 노랫소리에 묻혀 숫제 그의 목소리는 들려오지도 않았고, 기타 가락만이 배꽃잎처럼 둥둥 떠다녔다. 그리고 달리는 기차바퀴 속에 내 대학 시절도 그렇게 가버리고 말았다. 그 겨울, 입영통지서를 받고 대학을 떠난 후, 한동안 미대나 '밍기형'의 소식 같은 것은 멀어져버렸다. 하지만 대학 시절을 떠올리면 눈 분분하게 날리던 배꽃과 그 속으로 둥둥 떠다니는 기타소리가 늘 아득하게 들려오곤 했다.

저 멀리 보이는 친구의 모

손끝는 꽃잎 위에 어른거리고.... 배꽃 송이 흩날리던 그날..

시절은 가고 노래만 남아
그의 노래는, 부르는 이에게 자신의 험난한 미래를 예감하고 고통받는 동료를 그리워하는
계기였다. 작은 위로는 어느새 절망의 시대를 살아낸 힘이 되었다.

그날 두세 곡의 노래를 불러준 다음 그는 홀연히 사라져서 보이지 않았다. 뒤풀이 때야 모두들 '밍기형'이 어디 갔느냐고 챙겼지만 이미 사라진 다음이었다. 그가 '쫓기는 몸'이라는 말이 돌던 것도, 그의 노래가 '불온 가요'로 찍혔다는 소문이 돌던 것도 그 시절이었다.

수줍음 많은 소년 같은, 그러나 시대가 억지로 '투사'로 몰아가버린 그 김민기를 다시 만난 것은 미대와 함께 썼던 공대 운동장에서였다. 교련시간이었는데 누군가 히죽 웃으며 내게 다가와 말을 걸었다. 돌아보니 전에 신입생 환영회 때 노래 몇 곡 부르고는 홀연히 사라져버렸던 바로 그 얼굴이었다.

"교련이 하도 에프가 많이 나와서……"

그는 연신 히죽 웃으며 말했다.

"교련 때문에……"

머리를 긁적이며 그가 또 히죽 웃었다. 나는 나대로 품이 영 맞지 않아 보이는 그의 교련복 때문에 웃음이 터질 지경이었는데, 그는 연신 머리만 긁적였다. 마침내 그가 다시 히죽 웃으며 "먼저 좀 가도 될까……"라며 일어섰다.

그날 나는 대리 대답을 해주었는데 이십오륙 년 후 동숭동에서 만나 그 얘기를 했더니 그는 "그런 일이 있었나?"라며 다시 히죽 웃었다. 서른 해가 가까웠건만 때묻지 않은 소년처럼 히죽 웃는 그의 웃음만은 여전했다.

그 시절 우리는 모두 '밍기형'을 사랑했다. 그의 노래는 우리 모두를 한 줄로 엮어주는 동아줄 같았다. 그의 노래는 공연히 외롭고 서럽고 막막했던 우리에게 위로가 되어주었다. 그래서 대학을 벗어난 지 오랜 세월이 흘렀어도 상처 많은 70년대 학번에게 '밍기형'은 여전히 대학가의 그리움으로 남아 있다. 서른 고개, 마흔 고개를 넘을 때마다 우리는 문득 그 옛날 그 '밍기형'의 안부를 궁금해하면서, 그렇게 나이들어 갔다. 우리들의 학창 시절도, 배밭 풍경도 희미한 사진처럼 멀어져버렸지만, 그의 묵직한 저음과 통기타 가락만은 세월의 모퉁이에서 불쑥 떠오르곤 했던 것이다.

한동안 그에 관한 일체의 소식이 끊기고 종적이 묘연해진 적이 있다. 가끔 철원 어디에서인가 농사꾼이 되어 더는 노래를 만들지 않는다는 소식이 들리기도 했다. 공장노동자들 속에 묻혀 있다는 소식도 들려왔다. 연극과 뮤지컬 판에 나타났다는 이야기도 있었다. 어쨌든 그의 소식은 구름 같고 바람 같은 것이었다.

그가 다시 사람들 앞에 모습을 보인 것은 뮤지컬과 연극을 통해서였다. 〈지하철 1호선〉 같은 그가 만든 연극과 뮤지컬은 70년대 그의 노래처럼 금방 사람들을 끌어당겼다.

하지만 나는 다시 나타나 북적대는 대학로 한 귀퉁이에서 학전 소극장을 이끌고 있는 오늘의 김민기와 저 70년대의 추억 속에 빛바랜 사진처럼 떠오르는 그 '밍기형'이 잘 연결되지 않을 때가 있다. 그것은 어쩌면 세상을 온통 순수와 외경의 눈으로 보던 스무 살의 나와, 적당히 살 집이 오르고 매사 시들해져버린 중년의 내 모습이 잘 연결되지 않는 일과도 같을 것이다.

그는 철학자 안병주 교수가 이끌었던 '우리문화사랑' 모임에 가끔씩 얼굴을 보인다. 그러나 말이 없기는 예나 이제나 마찬가지다. 씩 혹은 히죽 웃으면 그뿐이다.

하지만 헐렁하게 무장해제된 듯한 그 모습 속에서 그의 시대정신은 늘 불꽃처럼 조용히 타오르곤 한다는 것을 나는 잘 알고 있다. 미대생

70년대 음유시인

춥고 우울하던 1970년대에 김민기는 가수라기보다는 시대의 아픔을 노래하는 한 음유시인이었다.

으로 대학 교정에 있건 농사꾼으로 들판에 서 있건, 공장의 노동자로 현장에 있건 그리고 연출가로 동숭동의 한 건물에 있건 간에, 그의 내부에서 타오르는 이 조용한 불꽃만은 여전하다.

　이 불길을 태우는 것은 좀더 나은 세상, 좀더 따뜻한 세상, 좀더 살 만한 세상을 향한 간절한 열망이다. 그의 노래 가사에 등장하는 '꽃피우는 아이'처럼 꽃이 피어나기 어려운 척박한 시절에도 그는 이 간절함으로 꽃을 피워냈다. 그래서 김민기의 이름은 미술인도 음악인도 연극인도 아닌, 어쩌면 장차 꽃피우는 사람으로 불려야 할지도 모르겠다.

위대한 노래꾼 김민기   한국 통기타 음악의 역사이자 1970년대 청년 문화의 상징인 김민기(金珉基, 1951~)는 1951년 전북 이리에서 출생하였다. 서울대 음대에서 피아노를 전공하던 셋째 누나의 영향으로 어려서부터 음악을 자주 접하며 자랐다.

1969년 서울대학교 미술대학 회화과에 입학한 후 1970년에는 고교 시절 그룹 사운드 활동을 했던 친구 김영세와 함께 '도비두'라는 포크 듀엣을 결성한다. 이 때 막 가수활동을 시작한 양희은을 만난 후 김민기는 〈아침 이슬〉을 비롯해 많은 곡을 작곡하며 본격적으로 창작곡을 짓고 부르게 된다. 도비두 해체 후 김민기는 더이상 외국곡을 부르지 않았고 국악이나 판소리에 관심을 가졌다. 1973년에는 김지하와 손을 잡고 가톨릭 문화운동의 일환으로 희곡 〈금관의 예수〉 전국 순회 공연을 하였다. 1974년에는 한일관계를 풍자적으로 다룬 소리굿 〈아구〉를 꾸몄는데, 이는 1970년대 전반을 휩쓴 마당극 운동의 시발점이 되었다.

군에 다녀온 뒤에는 공장에 취직해 노동자의 삶을 체험하는가 하면 이전에 했던 야학활동도 이어갔다. 김민기는 군대 시절 작곡한 곡과 제대 후 공장생활을 하며 만든 곡을 모아 사전 검열을 피하기 위해 다른 사람의 이름으로 〈거치른 들판의 푸르른 솔잎처럼〉을 발매하나 곧 판매금지된다. 이후 1970년대 대표적인 노조 탄압 사례인 동일방직 사건을 소재로 노래굿 〈공장의 불빛〉을 만드는 등 1970년대 한국 대중음악사에 큰 획을 그었던 김민기는 영원한 '청년'으로 아직도 우리 마음속에 남아 있다.

〈지하철 1호선〉   록 뮤지컬 〈지하철 1호선〉은, 김민기가 세운 대학로 '학전'에서 1991년부터 2008년까지 공연된, 한국 공연 예술의 역사를 새로 쓴 작품이다. 독일의 동제 원작을 번안한 이 작품은 원작의 틀에 한국적 현실과 문제의식을 녹여내어 원작자에게 "내 작품에 대한 최고의 해석"이라는 상찬을 받기도 하였다.

회사원, 취객, 청소부, 가출한 여고생, 노인, 대학생, 노숙자, 소녀 가장, 앵벌이, 창녀, 가짜 운동권 대학생, 제비족, 잡상인, 구청 단속반, 포장마차의 욕쟁이 할멈, 강남의 유한 과부, 소매치기, 자수성가한 여사장, 깡패, 조선족 등 지하철에서 흔히 만날 수 있는 인물들을 등장시켜 한국사회의 만화경을 그려낸다. 이들의 사연은 대부분 관객의 폭소를 터뜨리지만 그 밑바닥에는 깊은 슬픔이 배어 있다.

5인조 록밴드 '무임승차'의 강렬한 사운드가 이 작품을 든든하게 지원해준다. 1천 회가 넘는 공연을 라이브로 소화한 이들의 연주는 때로는 관객의 정서적 몰입을 이끌고 때로는 일부러 몰입을 방해해 적절한 긴장감을 유발한다.

역동적인 장면 전환도 이 작품의 매력이다. 효율적으로 디자인된 무대 장치는 수시로 위치를 옮기면서 관객을 지하철 구내와 역의 계단, 객차 안 등 다양한 공간으로 이끈다. 무대 위에는 불과 열한 명의 배우가 있을 뿐이지만 이들이 숨 가쁘게 움직이면서 약 팔십여 명의 인물을 연기해낸다.

〈지하철 1호선〉의 백미는 김민기의 음악적 재능이 유감없이 발휘된 노래다. 승객들이 마주앉은 다른 사람들을 훔쳐보면서 떠오른 생각을 노래로 주고받는 대목이나 랩 음악으로 담아낸 잡상인의 대사 등의 장면이 압권이다. 그리고 곰보 할매가 부르는 "산다는 게 참 좋구나, 아가야", 걸레가 부르는 "올 때마저도 아름 다운 너" 같은 서정적인 아리아는 현실의 악다구니 속에서도 결코 사라지지 않는 삶과 인간에 대한 사랑과 희망을 잘 드러낸다.

김용준과 서울

스러져가는 우리 수묵화에 가슴 아파하며 서양화에서 동양화로 전향한 사람. 우리만의 풍토와 기질이 살아 숨쉬는 예술을 위해 평론과 그림 양쪽에서 힘쓰던 사람. 가을햇빛이 자애롭게 쏟아지는 어느 날 김용준을 만나러 성북동 노시산방으로 간다. 그가 몇 번씩이나 예찬하던 서울 토종 감나무들은 잎을 다 떨구고 마른 가지 끝에 홍시를 매달고 있다. 다시 찾아올 줄 알았다는 반가운 인사처럼.

옛 주인 떠난 노시산방에
감나무만 홀로 남아

근원 선생님. 두고 떠나신 성북동 노시산방(老枾山房, 화가 고 근원 김용준의 성북동 당호)에는 가을이 한창입니다.

저는 지금 다시 찾아와 그곳에 서 있습니다. 대문을 밀자 파란 하늘을 뒤로하고 늙은 감나무가 먼저 맞아주었습니다. 선생님이 「노시산방기」에서 그리도 사랑한다고 몇 번씩이나 쓰셨던 바로 그 서울 토종 감나무였습니다. "너무 짙은 감나무 그늘은 우울한 내 심사를 더 어둡게 할까 저어"하곤 했다는 그 나무는 이제 잎이 다 지고 깡마른 가지 끝마다 '속솔이감'이라고 부른다는 토종 홍시들이 달려 있습니다. 어디서 날아왔는지 까치도 한 마리 그 가지 끝에 위태하게 앉아 있습니다. 번잡한 서울에서 참으로 모처럼 만에 만난 소슬한 '조선미'의 공간입니다. 감나무 옆으로 대숲이 바람에 일렁이고 있고 그 뒤로는 키가 껑충한 도장나무 대여섯 그루도 함께 서 있습니다.

문득 그 나무 뒤에서 하얀 두루마기를 휘날리며 선생님이 걸어나와 맞아주시는 환영을 본 듯도 하였습니다. 다행스럽게도 선생님 대신 저를 맞아준 새 주인이 품위 있고 자애로운 노년의 여인이었던데다 노시산방 옛 내력을 알고 있는 듯 황국이나 옥잠, 모란 같은 야생화 줄기들을 걷어내지 않고 고스란히 남겨두어 선생님의 자취를 느낄 수 있었습니다. 그렇긴 해도 선생님 떠난 이 집의 적요함만은 어쩔 수 없습니다.

봄이면 아직도 선생님이 심으신 산목련이 흐드러지게 핀다는 정원에는 어림잡아 늙은 감나무가 대여섯 그루에 어린나무 또한 네 그루나 되었습니다. 집 안에 대추나무, 감나무를 한 그루만 심어도 기쁜 일이 그치지 않는다는데, 이 많은 감나무들에도 불구하고 어인 일로 선생님의 생애는 기쁨보다는 슬픔의 날이 더 많았던 것일까요.

그 어렵다는 도쿄 미술학교 서양화과를 우등으로 졸업하고 돌아왔으나 선생님은 "왜색과 서양풍 속에 까무러져가는 우리 수묵화"에 전율하며 동양화로 전향하고, 이후 줄곧 "민족과 풍토와 기질이 살아 있는 우리 그림"을 위해 평론과 그림 양면에서 앞장서셨습니다.

선생님이 서양화에서 동양화로 바꾼 이면에는 몇 가지 이야기가 전해집니다. 유학생 시절 방학 때 고향에 내려왔다가 우연히 친구 집에 들렀던 일도 그중 하나입니다. 친구의 부친은 한학을 하는 분이었는데 그분께 인사를 드리러 간 선생님은 안방에서 운명처럼 한 병풍 그림을 보았던 것입니다.

물고기류를 그린 어해도 10폭병이었는데 그만 선생님은 넋이 빠져 그 그림에서 눈을 떼지 못했다지요. 먹물과 약간의 채색으로 그린 물고기며 게 따위가 어쩌나 살아 있는 것처럼 생생하던지 그만 놀라서 저 그림을 누가 그린 것이냐고 물었던 것입니다. 그러자 친구의 부친은 책망을 하며 이렇게 답하셨다고 전해집니다.

"이 사람아, 조선의 화가 오원 장승업도 모르나. 자네는 조선의 화가도 제대로 모르면서 서양미술을 공부한다고 일본에 간 것인가. 순서가 잘못됐네그려."

선생님은 노인 앞에서 고개를 들지 못한 채 돌아와 팔레트와 유화를 버리고 먹을 갈기 시작했다지요. 이후 선생님께서는 우리 것의 소중함, 특히 문기(文氣, 문장의 기세) 높은 먹그림에 대한 각별한 애정을 가지셨던 것으로 생각됩니다.

그러나 서울대학교 미술대학에 제1회화과(동양화과)를 세우고 수묵문인화 성향의 이른바 '서울미대 아카데미즘'의 기초를 다질 무렵 휘몰아친 전쟁은 선생님의 생애뿐 아니라 예술세계마저 분단시켜버렸습니다. 1950년 9월에 선생님은 북으로 가신 것으로 되어 있습니다. 그러나 민족주의자였던 선생님의 북한행은 아직도 많은 부분 미스터리로 남아 있습니다.

선생님이 존경해 마지않던 소설가요, 민족주의자였던 벽초 홍명희 선생이나 문우였던 상허 이태준 선생의 영향이 컸으리라는 설, 재직하시던 서울대 미대가 지나치게 서양풍으로 흘러 민족적 색채를 잃어가는 데 대한 불만과 갈등으로 북쪽이 덜 외세적이 아닐까 하는 차선의 선택이었으리라는 설, 친사회주의 성향을 지니고 있던 사모님의 영향이었을 것이라는 설, 얼결에 끌려가다시피 북으로 가셨으리라는 설 등 몇 가지 '추론'과 '설'이 무성할 뿐입니다. 어쨌든 선생님은 40대 중반의 나이에 그토록 애정을 가지고 지켜내시던 서울대 미대의 강단을 떠나 북으로 가셨고, 언제부터인가 선생님의 이름 석 자는 우리 미술사에서 지워졌습니다. 40년 동안 '김용준' 석 자는 금기된 이름이었고 선생님에 대한 것들은 모두 풍문과 구전 속에 떠도는 이야기들뿐이었습니다.

선생님이 떠나시고 남은 자리에 두 권의 책이 남아 있습니다. 『조선

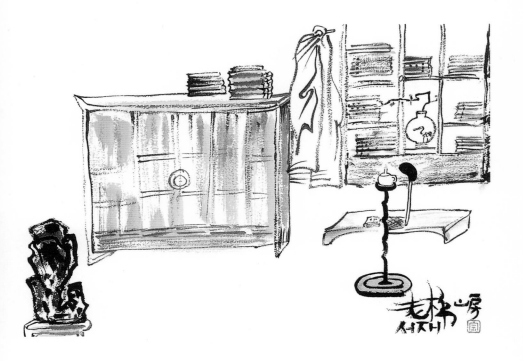

김용준의 서재

근원 김용준은 화가면서 미술평론가였고 교육자였으며 미술사가였다. 무엇보다 한학에 밝
은 학자였다. 근원의 조촐하면서도 문향 가득했을 서재를 상상해보았다.

미술대요』와 『근원수필』입니다. 지난 20여 년간 저는 이 두 책을 통해 육친의 체취를 느껴왔음을 고백합니다. 미대에 갓 입학했던 1970년대 초의 어느 날, 청계천 고서점가에서 얻은 이 두 권의 책을 통해 저는 세상을 보았고 미술을 보았으며 문학을 보았습니다. 서슬 퍼런 기개가 느껴지는 평문들과 문채(文彩, 문장의 멋) 요요한 수필들 그리고 문기 단아한 그림들 속에 담긴 그 사상의 광활함이라니요. 글의 곳곳에 서린 그 딸깍발이(신이 없어 맑은 날에도 나막신을 신는다는 뜻으로, 가난한 선비를 이르는 말) 정신과 지사와 같은 예술관과 불타는 예술가적 자유혼이라니요.

예나 이제나 우리 같은 부류의 인간들은 무엇보다도 자유로운 심경을 잃고는 살아갈 수 없다. "남에게 해만은 끼치지 않을 테니 나를 자유스럽게 해달라." 밤낮으로 기원하는 것이 이것이었건만 이 조그만 자유조차 나에게는 부여되어 있지 않다.

절규와 같은 이 발문을 끝으로 『근원수필』은 침묵합니다. 그러나 자유주의자였던 선생님이 더 큰 자유를 꿈꾸며 떠난 곳은 기구하게도 북녘 땅이었습니다.

안타깝게도 선생님이 사시던 한반도는 예술가에게 좌와 우, 남과 북이 선택되어야 했던 시절이었습니다. 좌와 우를 함께 끌어안는 것은 큰 죄였고 남과 북을 함께 사랑하는 것 또한 마찬가지였습니다. 똑같은 언어를 쓰고 똑같은 풍습에 똑같은 얼굴 생김새를 하고 있건만 남과 북은 지구 위에서 가장 먼 나라가 되었고, 그 갈 수 없는 나라를 간 죄로 선생님은 다시는 돌아올 수 없는 몸이 되었습니다.

1985년 여름, 저는 도쿄의 거리를 걷다가 한 서점에 들러 선생님이 감수하신 것으로 되어 있는 『조선미술전사』라는 두툼한 책 한 권을 보았습니다. 북에서 펴낸 그 책에는 한자가 보이지 않았을 뿐 아니라 남쪽에서 중요시하는 문인화류보다는 무덤의 벽이나 천장그림, 민화류 등 기층민의 그림에 더 많은 지면을 할애하고 있었습니다. 남쪽에서 쓰신 『조선미술대요』로부터 40년 후 나온 『조선미술전사』는 그 세월의 간격만큼이나 아득하게 '거리'가 느껴져 서먹했습니다. 언젠가 땅이 하나되면 미술사도 통합적 시각의 책이 나오겠습니다만, 그때 저는 삶의 방식처럼 그림을 대하는 관점에 있어서도 사뭇 다르다는 것만을 확인할 수 있었습니다. 더구나 한 분 선생님에 의해 40년 간격을 두고 두 가지 관점의 책이 기술되거나 감수되었다는 것에 착잡한 느낌을 지울 수 없었습니다.

노시산방 옛 서재 앞 가장 오래된 감나무의 한 가지는 그 끝이 길 건너 만해 한용운의 옛집인 '심우장' 쪽으로 향해 있고, 다른 한 가지는 생전에 가까이 살다가 함께 북으로 갔던 상허 이태준의 옛집 쪽으로 향하고 있습니다. 늙은 가지는 선생님의 혼백 담아 그렇게 뻗어간 것이 아닌가 싶기도 합니다. 그이들 또한 선생님처럼 예술세계의 화두를 '민족'에 두고 피투성이로 살다 간 분들이었지요. 그러고 보면 이 성북동 언저리는 한때 민족 예술의 종갓집 같은 곳이 아니었나 싶습니다. 구한말 우국지사 민영환은 솔숲 푸르고 석간수 맑게 흐르는 이곳 물을 마신대서 '읍벽장'이라 이름 붙인 집을 지었고, 민족미술의 선구자 간송 전형필은 '보화각'을 지어 산지사방 흩어지는 우리 미술을 지켜내기도 하였지요. 노시산방을 나오기 전, 조금 전에는 보지 못했던 또다른 가지 하나가 슬며시 팔을 벌려 어깨를 싸안는 형국으로 북향으로 뻗어가 있는 것을 저는 보았습니다. 그 가지가 뻗어간 곳에는 선생님이 그리도 사랑하셨다는 제자 산정 서세옥의 한옥 '문향관'이 자리잡고 있습니다.

아직 미소년 시절이었는데도 청년 서세옥이 가진 남다른 학문의 소양과 예술적 재능을 알아보시고 사랑과 격려의 눈길을 보내신 선생님의 눈썰미는 대단하셨던 것 같습니다. 어느새 희수(喜壽, 일흔일곱 살)를 넘어선 그 홍안의 옛 제자는 일찍이 이 노시산방을 찾아와 눈물 뿌려 선생님을 그리는 이런 한시를 남기기도 하였지요.

풍류는 끝나고 눈물 옷깃 적시는데/뉘라서 이곳 찾아 옛 주인 물어보랴/50년 전 옛 동산/선생께서 머무시던/이 산기슭/고고하고 낙락하고/청진한 경지에서/대지를 휩쓴/도도한 탁류를/흘겨보시었더니/(…)/생각하니 산방에서/무리들과는 다른 드높은 흥에 겨우시어/수염 흩날리며 붓을 휘두르시니/구름 일듯 연기 스미듯/세상의 시끄럽고 후텁지근한 냄새/말끔히 쓸어내시고/천추에 그림 남겨 볼 수 있게 하셨구려 (…)

『화첩기행』을 다시 손질하던 무렵 지나가면서 보니 노시산방 옛터에는 무슨 커다란 빌라인가가 서버렸다. 그 풍경을 지나치며 가슴으로 한 줄기 스산한 바람이 지나갔다.

근원 김용준의 삶　　근원 김용준(近園 金瑢俊, 1904~1967)은 경북 선산에서 농사를 지으며 한약방을 하던 부친의 2남 4녀 가운데 막내로 태어났다. 1915년 한약재 도매상인 형을 따라 충북 영동으로 가서 그곳에서 황간공립보통학교를 다녔고 1920년 서울 중앙고등보통학교에 입학했다.

1924년 제3회 조선미술전람회에 〈건설이냐, 파괴냐〉를 출품, 입선하면서 미술 동네에 처음 모습을 드러낸다. 이 작품은 일제의 검열을 거쳐 〈동십자각東十字閣〉으로 제목이 바뀌는데, 이 사건을 계기로 김용준은 후원자를 만나게 되어 도쿄미술학교 서양화과로 유학을 떠난다. 도쿄에서 소설가 이태준과 함께 백치사白痴舍를 조직하고 유학생들과 어울린다. 식민지하의 여느 청년들처럼 마르크스주의 사상의 영향을 받은 그는 임화를 비롯한 조선프롤레타리아예술동맹 맹장들을 상대로 '프로미술논쟁'을 펼치며 미술계에 강렬한 인상을 남겼다.

1928, 1929년에 영과회전, 녹향전에 작품을 내고 '동미회'를 비롯해 '향토회' '백만양화회' 등을 주도하면서 다양한 비평을 발표하며 당대 미술계를 이끌어갈 논객으로 떠올랐다.

1931년 제출한 졸업 작품이 사회 비판적 주제라는 이유로 압수당하고, 다른 작품을 제출해 겨우 졸업 후 귀국하였다. 이후 모교 교사로 재직하면서 창작과 비평에 전념하게 된다.

1948년에는 30여 편의 수필을 묶은『근원수필』을 출간해 수필가로 이름을 얻는다. 해방과 더불어 서울대학교 교수로 취임하여 식민 잔재를 없애고 새로운 회화교육의 토대를 마련하던 중 미군정의 식민교육 정책에 항의해 김환기와 함께 사표를 던진다. 이후 동국대학교에 출강하는 한편, 오늘날 한국미술사학회의 전신인 국립박물관 미술연구회에 참가하여 연구 발표에 집중했고, 1948년『조선미술대요』를 세상에 내놓았다. 월북한 뒤에도 미술사학과 창작을 겸전했고 평양미술대학 부교수를 역임하던 중 1967년 세상을 떠났다.

노시산방　　　김용준은 노시산방이라는 성북동의 조그만 한옥에 살았다. 그의 아내가 이사를 반대했을 정도로 변두리에 주변이 산이라 살기는 불편했지만, 운치가 있던 집이었다. 당시 성북동에서 삼선교까지 노들바위를 따라 폭포를 이루면서 흘러내린 물이 노시산방 앞까지 이르렀기 때문에 징검다리를 건너 대문으로 들어설 수 있었다.

김용준은 이 집에 '노시산방'이라 이름 붙였는데, 글자 그대로 풀이하면 '오래된 감나무가 있는, 산속에 있는 집' 정도가 될 터다. 이 택호는 김용준과 막역한 사이이던 소설가 이태준이 지어줬다고 한다.

김용준은 "어느 편으로 보아도 고풍스러워 운치 있는 나무는 아마도 감나무가 제일일까 한다"며 감나무에 대한 특별한 애정을 드러냈다. 감나무에 어울리는 화초를 심고 물을 주는 등 정성스럽게 뜰을 가꾸다가 시간이 지나면서 게으름을 부려 뜰에 심은 꽃과 나무가 거의 말라죽는 지경에 이른다. 가뭄 때문이라 비를 기다려도 봤지만 비가 오려는 기색이 없자 "모든 화초를 희생하는 한이 있더라도 이 감나무만은 구해야겠다는 일념에서 매일같이 10전짜리 물을 서너 지게씩 주

기로" 한다. 사람 먹을 수돗물도 넉넉지 않은 시절에 감나무에 줄 물을 샀을 정도
로 예사롭지 않은 애정을 쏟았다.

　근원 김용준은 이후 노시산방을 김환기 화백에게 넘기고, 일제 말기 몇몇 지인
들과 함께 의정부로 가서 반쯤 들판에 지은 초가집이라는 의미의 반야초당半野草
堂에서 살다가 해방 이후 서울로 돌아왔다고 한다.

나운규와 서울

인생이 영화였고 영화가 인생이었던 나운규. 어둡고 캄캄한 시절에 이 사람은 영화를 만들었다. 홀로 전
사처럼 그렇게 만들었다. 스물네 살에 단역배우로 출발하여 서른여섯의 나이로 스러지기까지 배우, 감
독, 원작, 각색, 제작을 종횡무진, 서른 편 가까운 영화를 만들었다. 민족의식과 함께 영화를 예술영화로
승화시켰으며 리얼리즘의 세계를 열었다.

어둠 속에 치솟은
한국영화의 혼불

희미한 영사막 저편에서 한 사내가 걸어나온다. 형형한 눈동자의 사내는 손을 저으며 뭐라고 외쳐댄다. 외쳐대고 외쳐대다가 사내의 고함은 절규로 바뀐다. 화면 가득 사내의 핏발 선 눈과 절규.

소년 시절 내 꿈은 화가였고, 시인이었고, 건축가였고, 무엇보다 영화감독이었다. 읍내에 들어오는 거의 모든 영화를 놓치지 않았다. 심지어 아버지가 운명하시던 밤에도 나는 영화관에 있었다. 그 저녁에 아버지가 나를 부르신다 하여 건너갔더니 그렁그렁한 숨소리로 들릴락 말락 "오늘 밤에도 나갈 테냐?"라고 물으셨다.

고개를 끄덕였더니 조용히 눈을 감았다가 뜨시면서 "그래 그럼……" 하시고는 더 말이 없으셨다. 감은 눈 아래로 마른 볼을 타고 눈물이 흘러내렸다. 이것이 아버지와 나눈 마지막 대화였다. 다음다음날, 자꾸만 흘러내리는 삼베옷을 추스르느라 어색하게 웃으며 아버지의 상여를 따라갈 때만 해도 나는 죽음을 잠시 헤어짐 정도로만 이해하고 있었다.

그러나 그날 이후 다시는 아버지를 만날 수가 없었고, 영화 때문에 아버지의 임종을 보지 못했다는 죄의식은 철들면서 나를 괴롭혔다. 그럼에도…… 나는 영화관 출입을 끊지 못했다. 검은 장막 저편으로부터 엄청나게 밝은 햇빛 속으로 나올 때마다 현실은 낯설었다. 나는 이 맛을 잊지 못했다.

데이비드 린, 엘리아 카잔, 신상옥 같은 이름이 늘 어릴 적 내 머릿속을 떠다녔다. 당시 내가 다니던 영화관 복도에는 김지미나 비비안 리 같은 배우들의 사진이 걸려 있었는데 유독 어떤 남자배우 하나가 강한 눈길로 쏘아보는 흑백 대비의 패널이 내 마음을 흔들었다. 나는 극장 안내원을 졸라 그와 그 애인의 초상화를 그려주고 그 사진을 빼내왔다. 그러나 어린 소년의 마음을 송두리째 사로잡은 귀기 서린 듯 강한 눈길의 사내가 나운규라는 것을 안 것은 10년도 훨씬 더 지나서였다. 그는 어둠 속에서 무엇을 그토록 쏘아보았을까.

춘사 나운규. 한국영화의 풍운아. 영화필름을 밀짚모자에 장식으로 감고 다닐 만큼 척박한 시대에 광기와 폭풍으로 살다 간 별. 스물네 살에 조선키네마 주식회사에서 단역배우로 출발하여 서른여섯의 나이로 스러지기까지 배우, 감독, 원작, 각색, 제작을 종횡무진하며 서른 편 가까운 영화를 만든 기적의 삶을 살다 간 사람이었다. 자꾸 기적, 기적 하여 미안하지만 이 말 외에는 쓸 수가 없다.

일제하의 암흑 시절 〈아리랑〉 3부작으로 조선 반도를 활활 불태운 사내. 그러나 그 영화 인생은 너무 짧았다. 나운규는 1937년 8월 9일 새벽 한시에 평생의 영화 동지 윤봉춘이 지켜보는 가운데 섬광처럼 짧은 생애를 접는다. 인생의 '종영'을 고하기에는 너무 안타까운 나이였다. 일생이 영화였고 영화가 일생이었으며 현실의 삶과 영화 속 삶이 광기 속에 뒤범벅된 그의 최후를 윤봉춘은 이렇게 적고 있다.

> 8월 9일. 새벽 한시 이십오분에 나운규군은 아주 세상을 떠나가버렸다. 서른여섯 살을 일기로 억울히도 갔다. (…) 8월 11일. 아침 열시에 발인하였다. (…) 독립문을 지날 때도 슬펐고 홍제원 고개를 넘을 때는 비도 몹시 왔다. 악사들은 〈아리랑〉 곡조를 불러서 더욱 슬펐다. 화장장에서 영결식도 끝났다. (…) 8월 14일. 아침 열시 반에 반도영화사 일동은 여러 날 만에 다시 〈한강〉 로케이션을 떠났다. 문막에서 하룻밤 자게 되었다. (…) 달밤이다. 강변에 누웠으니 세상일이 하도 꿈같다.
> ─「나운규 일대기」(김갑의 편저, 『춘사 나운규 전집』, 집문당, 2001, 433~434쪽)

비록 한국 최초의 영화인장이라고는 했지만 장례식은 쓸쓸했다. 아침 일찍 집을 떠난 장례행렬은 단성사 앞에 멈추었고 평소의 한과 꿈이 서린 그곳에서 영결식을 치렀다. 추적추적 내리는 빗속에 운구행렬은 홍제동 화장장으로 떠났다. 윤봉춘이 들고 가는 영정 뒤로는 악단이 뒤따르며 〈아리랑〉을 연주했다. 신화처럼 전설처럼 그렇게 갔다. 그러고는 해방 60여 년. 아무것도 남아 있지 않다. 그가 피를 짜내어 만든 영화의 필름들도, 시나리오도 그리고 나운규프로덕션도.

예술가로서 미친 듯 질주해간 그의 발자취는 환각처럼 천지간에 흔적도 없이 사라져버린 것이다. 그리고 사라진 그 위로 시간의 풍화와 퇴적이 거듭되면서 그의 신화마저 묻혀버렸다. 그는 구로사와 아키라나 장이머우張藝謀처럼 그 많은 국제영화제에서 대접 한번 받아본 적도

나운규
귀기와 광기 그리고 활화산 같은 에너지의 덩어리인 그의 얼굴을 검은 먹으로 한 붓에 그렸다.

단성사와 〈아리랑〉

1925년 개봉 당시 단성사 앞마당을 연일 가득 메웠다는 〈아리랑〉의 한 장면을 떠올려 그림에 담았다. 나운규 주연의 이 영화는 한국영화의 역사가 되었다.

없다. 다행히 1990년부터 춘사대상영화제가 열리고 있고 2001년부터 한국영화감독협회가 이 영화제를 주관하여 나운규의 작가정신을 기리고 있는 점에 위안을 받는다.

1902년 한반도 최북단 회령읍에서 한 약방집 아들로 태어난 나운규는 간도와 러시아와 만주로 떠돌다가 홍범도 휘하에 들어가 독립군의 일원이 되고, 체포되어 2년 가까이나 일제에 의해 투옥되면서 영화 같은 인생을 시작한다.

출옥했을 때 집안은 풍비박산되고 유일한 정신적 후원자이던 형 시규마저 폐병으로 죽는다. 그러다 우여곡절 끝에 '조선키네마'의 연수생으로 영화에 데뷔하면서 비로소 나운규의 영화 인생이 시작된다. "아무튼 내가 찾던 길, 내 의지를 시험해볼 곳이라야 지금의 조선에서는 이곳뿐"(나운규의 편지)이라고 그는 비장한 결의를 보인다. 이때부터 이미 그는 영화로 민족혼에 불을 지를 결심을 하게 된 것 같다.

"하루라도 일찍 우리 민중에게 표현되어 그들로 하여금 감상케 하고 그네들을 웃기고 그네들과 한가지로 울 수가 있다면……"(나운규의 편지) 여한이 없겠다고 생각한 것이다.

이런 광기와 열정의 소산으로 터져나온 것이 〈아리랑〉 3부작. 이후 그가 배우로, 시나리오 작가로, 각색자로, 감독자로, 제작자로 분화分化되지 않은 전인적 영화인의 삶을 살면서 원작, 감독, 주연을 겸한 것만도 20여 편, 직접 제작한 영화만도 30여 편에 달했다.

일제에 의한 심의 규제와 열악한 기자재 그리고 때로는 촬영을 하다 말고 돈이 떨어져 그 촬영기마저 전당포에 잡혀야 했던 각박한 현실, 그 뒤에 각혈을 할 정도의 심각한 병고 속에서 그는 이 모든 것을 이루어냈다. 본격적인 영화제작 기간이라야 고작 10년 남짓한 기간에 말이다.

나운규에 와서야 비로소 한국영화는 계몽주의적 편향을 탈피하면서 예술영화의 길을 성큼 내딛게 된다. 게다가 놀랍게도 그는 '몽타주' 같은 현대적 기법을 시도하면서 나운규식 리얼리즘의 세계를 열기도 했다.

영화의 힘은 실로 무서운 것이었다. 〈아리랑〉이 내지른 불길은 삽시간에 조선 반도를 활활 태웠다. 그의 영화는 민족의식을 품고 있었지만 결코 토속적 탐미성과 낭만성을 버린 적이 없다. 여기에 나운규 영화의 맛이 있다.

그러나 '짧은 성공' 뒤에는 언제나 '실의와 좌절'의 긴 수렁이 거듭되곤 했다. 그 고통과 고난 속에서도 좋은 영화에 대한 집념만이 그의 생명을 지탱시킨 외줄이었다. 마지막 영화 〈오몽녀〉의 촬영 때 이미 그는 허물어져가고 있었고 촬영장에는 주치의가 따라붙어 자주 실신하는 그에게 주사를 놓아 깨어나게 하곤 했다. 생애의 영화 동지 윤봉춘은 울면서 촬영을 만류했지만 뜻을 굽히지 않았다. 결국 다음 작품 〈황무지〉의 시나리오를 쓰다가 쓰러지고 만다.

해방 후 50여 년의 세월 뒤 어느 비 오던 날, 옛날의 영화광이었던 소년은 〈아리랑〉으로 인산인해를 이루었다는 단성사 앞에 선다.

이 일대가 '나운규 거리'가 되고 그의 '기념관'이 들어선다면, 하다못해 저 영화관 마당에 흉상 하나라도 세워진다면…… 어른이 되어 돌아온 '시네마 천국'의 소년은 커피 한 잔을 뽑아 영화관 처마 밑에 서 있는데 한 청년이 빠르게 지나가면서 말한다.

"아씨, 표 드려요?"

물길 따라 청평 쪽으로 차를 달린다. 운무 속에 누워 있는 산자락들과 고요하게 흔들리는 수면이 어깨높이로 지나간다. '진중' 삼거리를 벗어나면서는 갈대밭. 중국의 '리 강漓江'처럼 물위로 한가하게 오리들이 떠가는 모습도 보인다. 그리고 마침내 삼봉리 뒷산 '참나무골' 한편에서, 60여 년 전 홍제동 고개를 빗속에 멀어져갔던 춘사 나운규는 예의 그 쏘아보는 눈길로 촬영소 건물을 바라보고 있었다. 비록 체온 없이 싸늘한 청동조각상으로였지만.

이제 그 나운규의 영화혼은 부릅뜬 눈이 되어 오늘의 한국영화 현장인 남양주촬영소의 허공에 걸려 있다.

춘사 나운규의 일생　　춘사 나운규(春史 羅雲奎, 1902~1937)는 함경북
도 회령 출신이다. 구한말 구한국군의 부교를 지내다가 군대해산 이후에는 한약
방을 경영한 아버지 덕에 나운규는 비교적 윤택한 환경에서 성장했다.

　학창 시절, 친구인 윤봉춘과 혁신단이 공연한 신파극 〈육혈포 강도〉를 본 뒤
어른들 몰래 직접 작품을 쓰고 주연을 맡아 '만년좌'란 단체명으로 연극을 상연
한다. 그렇게 학생 연극을 계속하다가 일본인을 모욕한 대목이 문제가 되어 헌병
대로 연행되기도 한다.

　1919년 3·1운동 때는 윤봉춘과 주동자로 활동하다가 일본 경찰의 수배 때문
에 간도로 피신한다. 그곳에서도 독립군 비밀조직 도판부에서 활동하다 체포당
해 청진 형무소에 수감되었다가 만기 출소 후 조국으로 돌아온다. 이때 우연히
신극단체 예림회의 회령 공연을 본 뒤 막무가내로 예림회 문예부장 안종화를 따
라서 부산으로 내려가 조선키네마의 유급 연구생이 된다.

　이후 조선키네마 프로덕션에 입사, 1926년에 〈농중조〉에 출연하여 대중적인
인기를 얻는다. 이해에 〈아리랑〉과 〈풍운아〉를 직접 쓰고 감독과 주연까지 맡는
다. 1927년에는 나운규프로덕션을 설립하여 〈잘 있거라〉〈옥녀〉〈사랑을 찾아

서〉〈사나이〉〈벙어리 삼룡〉 등을 제작한다. 나운규프로덕션 해산 후에도 영화인으로서 활동을 계속하여 약 15년 동안 29편의 작품을 남겼고, 26편의 영화에 출연했다. 직접 각본·감독·주연을 맡은 영화만도 15편이나 된다. 1937년 8월 9일에 서른여섯 살의 젊은 나이로 요절한다.

영화 〈아리랑〉　　한국 최초의 민족영화 〈아리랑〉은 3·1운동에 가담했다가 일본 경찰의 잔인한 고문으로 정신이상자가 된 영진(나운규)과 일제 앞잡이 기호(주인규), 영진의 누이동생 영희(신일선) 등을 중심으로 일제 착취와 한민족의 애환을 영상화한 작품이다.

　1926년 10월 1일 단성사에서 개봉한 〈아리랑〉은 개봉 첫날부터 인산인해를 이루었다. 가수 김연실이 〈신아리랑〉을 부르는 마지막 장면에서는 관객도 울음을 섞인 목소리로 따라 불렀다고 한다. 나운규의 〈아리랑〉은 흥행 면에서도 크게 성공했지만, 비판적 사실주의라는 새 영역을 개척해낸 영화로 지금도 한국영화사의 중요한 한 장을 차지하고 있다.

박인환과 서울

"지금 그 사람 이름은 잊었지만 그 눈동자 입술은 내 가슴에 있네." 사랑을 떠나보낸, 사랑과 헤어진 모든 이들이 오랜 세월 뒤에도 부르고픈 노래. 시인 박인환은 가난하고 척박한 시대에 사랑으로 배부르는 법을 가르쳐주었다. 또 그의 시는 이제 노래로 남아 우리에게 알려준다. 고달픈 삶의 굽이마다 시가 어떻게 가슴을 적시는 노래가 되는지. 또 그 노래가 어떻게 저마다의 아픈 가슴에 스며드는지.

사랑은 목마를 타고
하늘로 떠나는가

몇 해 전 가을, 미국에 산다는 여성 독자 한 분이 글을 보내왔다. 발신지의 주소는 그러나 미국이 아닌 서울 힐튼호텔.

선생님, 저는 해마다 이맘때면 혼자 서울에 와서 힐튼호텔 똑같은 방에 머물다 갑니다. 헤엄쳐 돌아오는 연어와 같이 해마다 이 호텔 이 방 앞에 섭니다. 이 방의 창 앞에 서서 보면 남산 마루턱이 보이고 저의 소녀 시절이 보이기 때문입니다. 지금은 사라져버린 낡은 기와집들이 보이고 들들 들들 밤낮없이 돌아가던 어머니의 재봉틀 소리가 들려오기 때문입니다. 아침이면 파자마 차림에 칫솔을 입에 물고 골목까지 나와 있던 남자들, 악다구니를 내고 싸우던 아낙네들의 모습 같은 것들이 떠오르는 것입니다. 마당 앞으로 지나가는 리어카상들, 늘 러닝셔츠 바람인 세탁소집 남자, 제게 리본을 사주던 어린 창녀의 모습이 떠오릅니다. 어느 날 그 남루와 같은 무허가 집들이 모두 헐리게 되었지요. 집들을 헐고 그 자리에 새로 호텔이 들어설 거라는 소문이 돌았습니다. 동네 사람들은 피켓을 들고 길가로 나갔지만 어느 날 학교에서 돌아와보니 제가 살던 집은 헐리고 흔적도 없었습니다. 그와 함께 저의 소녀 시절도 뭉툭 잘려나가버렸습니다. 흑백 사진 하나 남기지 못하고.

정다운 이들이 하나둘 이 세상을 떠나고 대학 졸업 후 저도 미국인 남편을 만나 서울을 떠나버렸습니다. 그와 함께 서울의 모든 어두운 기억도 지워버렸지요. 그렇지만 한 번씩 미치도록 그 옛날 후암동 우리 동네의 풍경이 그리워지는 것입니다. 지워버리고 싶었던 어두운 기억의 풍경마저 그토록 그리워지리라고는 생각을 못했는데 말입니다. 그리움은 발작처럼 일어납니다. 그럴 때마다 저는 서둘러 가방을 꾸려 그 옛날 희미한 풍경의 언저리를 찾아 돌아오게 됩니다.

선생님, 새벽 이 시간 힐튼호텔 2124호실 바로 이 자리에 서서 보십시오. 커튼을 젖히면 보이는 저 후암동 오르막길, 온통 푸르스름한 미명에는 아직 풍경이 떠오르지 않지만 제 눈에는 재봉틀을 돌리는 어머니와 쪼그리고 앉아 잡담을 하는 창녀들과 칫솔을 물고 나온 사내들과 오래된 찔레꽃 나무 아래로 학교에서 돌아오는 세일러복 여고생, 저의 모습이 보인답니다.

그 옛날 제가 살던 후암동 그 언덕길에는 지금 새벽안개 속에 온통 푸르스름한 빛으로 가득차 있습니다. 그 푸르스름한 빛 속을 헤엄쳐 돌아오는 연어와 같이 해마다 저는 돌아와 이 호텔, 이 방, 창 앞에 섭니다.

선생님, 아세요? 사람은 그리움의 동물이라는 것을, 풍경의 그리움 찾아 돌아오고 마는 존재인 것을……

그러나 어쩌랴. 서울은 돌아와 안길 그리움의 풍경을 상실한 도시다. 과거를 버린 도시다. 떠났던 이들이 아무리 돌아오고 돌아와보아도 시

여인과 말

박인환의 시 「목마와 숙녀」는 여인의 말에 대한 상상으로부터 시작한다. 여인과 말은 미술,
영화, 문학, 연극 등에서 함께 다뤄지면서 종종 기묘한 연상 작용을 불러일으키곤 한다.

간의 이끼 덮인 과거는 거기에 없다. 매양 돌아온 이들마다 결국 상실감을 안고 다시 떠나게 하는 낯선 도시다.

잘려나가버린 것이 어찌 후암동 옛 동네뿐이랴. 추억의 한 토막뿐이랴. 서울의 지도는 한 달이 멀게 달라지고 있다. 서울은 서울 사람에게 가장 낯설다. 사람이 유년의 풍경과 그 언저리를 찾아가는 추억의 동물이라는 점은 맞다. 그래서 서울에 사는 경상도, 전라도 사람마다 시시때때로 그 추억 따라 제 고향으로 찾아간다. 그러나 서울에 고향을 둔 이는 찾아갈 고향이 없다. 아무리 찾아가보아도 서울은 늘 낯선 도시이기 때문이다. 언제나 새로 세워지고 있기 때문이다. 유년의 동네들은 서울의 지도에서 이미 지워진 지 오래다. 후암동 풍경만이 아니다. 아무리 연어처럼 대양을 지나 돌아오고 돌아와보아도 거기 서울은 없다.

옛 풍경은 가라앉고 무너졌지만 서울을 떠올릴 때마다 서울의 사랑과 그리움을 노래한 옛 가객들, 옛 시인들의 노래와 시가 있어 그나마 위로를 받는다. 낡은 사진첩을 들추듯 시집을 들추어 그 속에서 그들이 그려낸 서울의 옛 풍경을 바라보고 그리운 이들의 눈망울을 보는 것이다. 그들이 그려낸 서울의 옛 이미지들 속으로 들어가보는 것이 차라리 무너져버린 옛 풍경의 주변을 배회하는 것보다 나을지 모른다.

그렇다! 힐튼호텔 2124호실 창으로 보이는 그 한 뼘 풍경보다는 옛 시인의 노래가 더욱 희미하고 작은 목소리로나마 옛 풍경 옛 정서를 떠올려주리라. 〈목포의 눈물〉이나 〈이별의 부산정거장〉처럼 떠들썩하게 불리지는 않더라도 그렇게 나직이 되뇔 그리움의 서울 노래를 그 속에서 찾고 한 가닥 위안을 얻을 것이다. 추억을 잃어버린 플로리다의 독자에게 보낼 시집으로 나는 박인환의 『목마와 숙녀』를 골라 든다. 박인환의 시들은 그것이 모두 서울의 노래는 아니지만 나직이 읊조리다보면 옛 서울과 그 서울에서 만난 인연을 그리워하는 이들에게 한 가닥 위로가 될 것이다.

오늘밤 이역의 그 여성 독자에게 답장을 쓰리라. 이제 더는 돌아와 힐튼호텔에 묵지 마시라고. 추억은 현실로 찾아오는 것이 아니라고. 차라리 한 편의 시가 그려내는 풍경 속에서 옛날을 추억하라고.

박인환의 삶과 시는 종로와 명동을 축으로 하여 이루어진다. 스무 살의 시인 박인환은 1945년 종로3가 2번지 낙원동 입구에 책방을 낸다. 책방의 이름은 마리서사.

종로는 서울의 종가. 서울문화의 원류가 되는 곳이다. 지금은 흩어져 있지만 한때 수많은 문예잡지와 월간지 같은 출판물들이 종로구에 적을 두고 발행되었다. 출판사들이 많으니 책방도 많았고 지금도 대형 책방들이 종로구 일대에 들어차 있다. 종로의 서점 마리서사는 김기림, 김광균, 오장환, 송지영, 김수영 같은 모더니즘 계열 시인들의 사랑방이 되었다.

서울의 멋쟁이 문인들이 그곳에 모여들었다. 젊은 그들은 서구적 현대시를 토착화시키는 작업에 열중해 있었다. 마리서사에 모여 저녁을 먹고 명동까지 걸으며 문학과 사랑과 인생을 이야기했을 터이다. 그때는 서울의 달빛도 고즈넉했을 것이다. 그들은 문인들 전용이 되다시피 한 명동의 몇몇 음악다방에서 밤이 이슥하도록 담소하였고, 때로는 열띤 문학 논쟁도 이어졌다고 전해진다. 바야흐로 시와 문학의 시대였던 것. 그 일군의 시인들이야말로 폐허처럼 텅 빈 채 어둠으로 차 있는 서울에 번지는 희미하지만 따스한 불빛이었다. 그들은 고독한 산양좌의 별자리처럼 홀로 떠다니다가도 석양만 되면 함께 모여들었다.

이제는 시 대신 사이버 공간 속의 일회성 만남이 사람들의 위안이 되는 시대다. 더는 시인을 시대의 불빛으로 인식해주지 않는다.

매일매일 막막한 현실 앞에서 삶이 던져주는 싸늘한 비바람을 맞아도 박인환의 시대에는 시로 잠이 들고 시로 꿈을 꾸고 시로 아침을 맞아 행복했을 것이다. 그때는 시인이 예언자와 같았으니까. 그때는 사람들이 시인의 노래에 귀를 기울였으니까.

박인환은 강원도 인제 출신이다. 인제군 인제면 상동리 159번지가 그의 탯자리다. 그러나 열 살 무렵 서울로 옮겨 덕수공립보통학교를 졸업하고 경성제일고보에 들어간 그에게서는 서울 토박이 같은 깔끔하고 산뜻한 느낌이 든다. 더구나 연이어 서구적 모더니즘 계열의 시를 발표함으로써 서울하고도 종로나 명동의 도회적 이미지로 다가오는 것이다.

골목 서점 마리서사에 앉아서 그는 책을 팔기보다 시를 썼고 창 앞으로 지나가는 인간의 풍경을 그렸다. 그는 "서적은 행복과 자유와 어떤 지혜를 인간에게 알려주었다"(「서적과 풍경」)라고 썼고, "살육의 시대, 침해된 토지에서 인간이 죽고 서적만이 한없는 역사를 이야기해준다"(같은 시)라고 예찬했다.

그러나 책방 주인을 그만둔 후 박인환은 몇 곳의 신문기자 생활을 했던 것으로 알려졌다. 역시 그의 생활반경은 종로와 명동을 벗어나지 않았다. 김규동 같은 지인의 글을 보면 그는 대단한 멋쟁이였던 것 같다. 영국 신사처럼 잔뜩 모양을 내고 다니기를 좋아했다는 것이다.

문학에서도 그는 낡은 전통과 단순한 토속성에 기대는 구태의연한 서정성을 탈피하고자 했다. 조향, 이봉래, 김경린, 김차영, 김규동 같은 시인들과 1951년 '후반기'라는 전위적인 시운동을 시작했다. 전후의 폐허 위에 그들은 서구 모더니즘의 역동적·반항적 생명력의 꽃을 피워 내려 했던 것이다.

프랑스의 시인 장 콕토를 특히 좋아했다는 박인환의 시도 콕토의 시처럼 '그림'으로 가득차 있다. 그의 시를 조용히 소리내 읽다보면 어느새 노래가 되고 그림이 펼쳐지는데 이 시의 노래화·회화화야말로 박인환 시의 가장 큰 매력이 아닌가 싶다. 서른 살을 갓 넘어 세상을 떠날 때까지 그는 언제나 시를 생각하며 살았던 듯하다. 대화가, 노래가 모두 시였다.

사람들과 얘기하다가도 시상이 떠오르면 어디로인가 사라지고 다시 돌아올 때는 주머니에서 시를 꺼냈다. 부산 피난 시절에는 당장 저녁쌀이 없어도 흥분에 들떠 새로 쓴 시와 음악에 대해 지칠 줄 모르고 이야기했다 한다. 당시의 분위기를 한 지인은 이렇게 전했다.

환도 이후 인환은—나도 그러했지만—이봉래, 유두연, 이진섭, 허백련 등과 영화를 열심히 보았고, 비평을 쓴다든지 그러한 문화활동에 많은 시간을 바쳤다. 그러면서 시도 썼지만 조만간 우리도 가족을 거느린 이상에는 생활의 기반이란 걸 세워야 했던 것이다. 셋방이라도 얻고 각자 살아나가야 했다.

내가 근무하던 한국일보 낡은 사옥 2층에 앉아 있노라면 하루에도 두어 차례씩 인환이 들르곤 하였는데 그때의 희고 여윈 모습은 잊을 수가 없다.

"여봐, 뭐 좀 먹을 것 없어?" 하면서 싱글벙글하던 그 티 없이 맑은 얼굴……

— 김규동, 「박인환론」에서

사랑은 봄날처럼
박인환 시의 모더니즘 경향 속에서 사랑과 여인은 중요한 소재가 된다.

시인 박인환은 가난하고 척박한 시대의 사람들에게 사랑으로 배부르는 법을 가르쳐주었다. 가슴마다 촉촉이 불려야 할 시의 노래가 있음을 일깨워주었다. 외롭고 고달픈 삶의 굽이굽이에서 시가 어떻게 노래가 될 수 있는지 일러주고 갔다. 「목마와 숙녀」도 그런 노래의 하나였다.

한잔의 술을 마시고
우리는 버지니아 울프의 생애와
목마를 타고 떠난 숙녀의 옷자락을 이야기한다
목마는 주인을 버리고 거저 방울 소리만 울리며
가을 속으로 떠났다 술병에서 별이 떨어진다
상심한 별은 내 가슴에 가볍게 부서진다
그러한 잠시 내가 알던 소녀는
정원의 초목 옆에서 자라고
문학이 죽고 인생이 죽고
사람의 진리마저 애증의 그림자를 버릴 때
목마를 탄 사랑의 사람은 보이지 않는다
세월은 가고 오는 것
한때는 고립을 피하여 시들어가고
이제 우리는 작별하여야 한다
술병이 바람에 쓰러지는 소리를 들으며
늙은 여류작가의 눈을 바라다보아야 한다
… 등대에 …
불이 보이지 않아도
그제 간직한 페시미즘의 미래를 위하여

우리는 처량한 목마 소리를 기억하여야 한다

모든 것이 떠나든 죽든

거저 가슴에 남은 희미한 의식을 붙잡고

우리는 버지니아 울프의 서러운 이야기를 들어야 한다

두 개의 바위 틈을 지나 청춘을 찾은 뱀과 같이

눈을 뜨고 한잔의 술을 마셔야 한다

인생은 외롭지도 않고

그저 잡지의 표지처럼 통속하거늘

한탄할 그 무엇이 무서워서 우리는 떠나는 것일까

목마는 하늘에 있고

방울 소리는 귓전에 철렁거리는데

가을바람 소리는

내 쓰러진 술병 속에서 목메어 우는데

　1970년대에 박인희라는 맑고 깨끗한 음색의 가수가 있었다. 「목마와 숙녀」는 박인희의 노래로 불리면서 1970년대의 시가 되고 노래가 되었다. 노래로 쓰인 지 서른 해나 되었건만 언제 불러도 가슴에 스며든다.

　박인환은 1956년 3월 20일 술에 취해 귀가하여 답답하다며 가슴을 쥐어뜯다가 그만 심장마비로 눈을 감은 것으로 알려져 있다. 그때 나이 서른 살, 새벽이슬처럼 져버린 것이다. 그가 세상을 뜨기 전 썼다고 알려진 「세월이 가면」은 명동에 있던 주점 '경상도집'에서 송지영, 이진섭, 나애심 등과 대작을 하다가 즉흥적으로 쓴 것이라 알려져 있다. 이 시를 즉석에서 이진섭이 작곡하고 나애심이 불러 노래가 되었던 것이다.

지금 그 사람 이름은 잊었지만

그 눈동자 입술은

내 가슴에 있네

이 시야말로 사랑을 떠나보낸, 사랑과 헤어진 모든 이들이 오랜 세월 뒤에도 부르고 싶은 노래가 되었다.

문우 송지영은 박인환의 20주기를 맞아 쓴 글에서 이 시가 나오게 된 뒷이야기를 이렇게 적고 있다.

박시인이 세상을 뜨기 얼마 전 우리가 잘 모이던 동방살롱에서 인환, 진섭, 나애심, 나, 넷이 만나 헤어지기 서운하니 아무데서나 한잔하자고 하여 바로 길 건너 대폿집으로 들어가 카운터에 걸터앉아 얼근히들 취하자 누군가 먼저 노래를 불렀다. 당대에 크게 이름을 떨치던 애심양에게 짓궂게 한 곡조 뽑으라고 조르게 되었다. 좀체 노래는 나오지 않았다. 그러자 박형은 취흥을 빌려 즉석에서 가사를 썼고, 진섭형이 또한 그 자리에서 곡을 만들었다. 가사와 곡을 들여다보며 나양은 저절로 흥이 솟구쳐 그 맑고 구성진 목청으로 노래를 불렀다. 다음엔 셋이서 합창을 하고, 나는 손바닥으로 카운터를 두들기고, 그날 밤 그 자리에서 만들어진 것이 바로 오늘까지도 널리 애창되는 「세월이 가면」인 줄을 아는 사람은 흔치 않다.

—함동선, 『문학비 답사기』(앞선책, 1997)

이 시 「세월이 가면」은 망우리 묘지에 묘비를 겸한 시비로 세워져 있다. 1956년 9월 19일 추석에 시비를 세워 그를 추념한다는 내용이 함께 새겨져 있다.

박인환을 생각하면 똑같이 서른의 나이로 요절한 기형도가 생각난다. 시골 출신으로 서울에서 똑같이 심장마비로 떠나버린 시인이었다. 누가 그 빛나는 감성의 시인들을 이 서울에서 몰아냈는가.

　옛날에 가난했던 자들은 혹 지금 부유한 자가 되어 있다. 옛날에 울었던 자들은 지금 혹 웃기도 한다. 그러나 이 땅의 시인만은 어제도 오늘도 가난하다. 시인을 궁핍으로 내모는 나라에 화 있을진저.

　서울에는 떠나가는 사람만 있는 것이 아니라 오늘도 추억 찾아 돌아오는 사람들이 있다. 연어처럼 그리움에 겨워 찾아오는 이들에게는 그러나 찾아갈 옛 공간이 없다. 그들이 살던 거리와 골목은 서울의 지도 위에는 없다. 그러나 쓸쓸히 돌아서게 하지는 말자. 그 옛날 그 자리는 잊어버렸지만 그리움에 겨워 찾아오는 이들마다 시집을 한 권씩 선사하자. 박인환의 시집을 선사하자. 그 시집을 펼치면 희미한 흑백사진처럼 거기 '그 눈동자 그 입술 그 거리'가 아직 살아 있을 것이기에.

시 인 박 인 환 의 생 애   박인환(朴寅煥, 1926~1956)은 강원도 인제 출신으로 4남 2녀 중 장남으로 태어났다. 부친의 사업 때문에 서울로 옮겨와 1939년 서울 덕수공립보통학교를 졸업하고 경기공립중학교에 입학하나 교칙을 어기며 영화관을 출입한 것이 문제가 되어 1941년 중퇴한다. 이후 한성학교를 거쳐 1944년 황해도 재령의 명신중학교를 졸업했다. 그해 평양의학전문학교에 입학했으나 해방을 맞고 나서 학업을 중단했다.

그뒤 상경해 마리서사茉莉書肆라는 서점을 경영하면서 당대의 시인들과 교분을 맺었다. 1948년 서점을 그만두면서 이정숙과 혼인했고, 그해에 자유신문사, 이듬해에 경향신문사에서 기자로 근무했다.

1946년에 「거리」를 국제신보에 발표하면서부터 작품활동을 시작해 1947년에는 시 「남풍」과 영화평론 「아메리카 영화시론」을 『신천지』에, 1948년에는 시 「지하실」을 『민성』에 발표하는 등 본격적으로 활동했다.

1949년에는 김병욱, 김경린 등과 동인지 『신시론』을 발간했고, 같은 해 김수영, 김경린, 양병식, 임호권 등과 합동시집 『새로운 도시와 시민들의 합창』을 펴내 주목받았다. 1950년에는 김차영, 김규동, 이봉래 등과 피난지 부산에서 동인

'후반기'를 결성했다. 이 시기 도시문명의 우울과 불안을 감상적 시풍으로 노래한 「살아 있는 것이 있다면」 「밤의 미매장未埋葬」 「목마와 숙녀」 등을 발표했다.

1955년 그의 시작품을 망라한 『박인환 시선집』이 발간되었으며 1956년 작고 일주일 전에 쓰인 「세월이 가면」은 노래로도 널리 불렸다.

박 인 환 과 '마 리 서 사'   해방 이후 평양의학전문학교를 중퇴하고 서울로 돌아온 박인환은 시인 오장환이 경영하던 낙원동의 서점을 인수받아 이 공간을 '마리서사'로 재개업한다.

마리서사의 서가에는 박인환이 소장하고 있던 앙드레 브르통, 폴 엘뤼아르, 마리 로랑생, 장 콕토와 같은 외국 현대 시인들의 시집, 『오르페온』 『판테온』 『신영토』 『황지』와 같은 일본의 유명한 시 잡지들이 진열돼 있었다고 한다.

박인환은 마리서사를 생활의 방편이라기보다 문학수업의 한 과정으로 여겼던 것 같다. 김광균, 이봉구, 김기림, 오장환, 장만영, 정지용, 김광주 등의 문인들을 비롯해 『신시론』 동인이었던 김수영, 양병식, 김병욱, 김경린, 『후반기』 동인이었던 조향, 이봉래, 화가 최재덕과 길영주 등이 이곳의 단골이었다. 박인환은 특히 이 시기에 더욱 두터운 교분을 쌓은 동년배 김수영 등과 함께 합동시집 『새로운 도시와 시민들의 합창』을 내기도 했다. 박인환에게 마리서사는 활동의 무대이자 발판이었던 셈이다.

배
희
한
과

서
울

우리를 감동하게 하는 것은 화려함이 아니라 진솔함이 아닐까. 배희한이 남기고 간 집, 그 속에 담긴 건
축철학에서 한없이 투명하고 담백한 진솔함을 만난다. 사람을 가두고 윽박지르거나 겁주지 않는, 사람
과 더불어 숨쉬는 집 한 채. 그것은 이 시대 최후의 조선 목수 배희한의 꿈이었을 것이다. 숨쉬는 집 어
디선가 그의 중얼거림이 들려오는 듯하다. "집이라는 것이 숨을 좀 쉬어야 하는 것인데…… 그래야 사
람도 숨을 쉬는 것인데."

숨쉬는
집 한 채의 꿈

1998년 3월 초. 전화가 한 통 걸려왔다. 육순의 연출가 K선생이었다.

"언젠가 팔당의 내 시골집 좋다고 했지?"

선생의 화법은 이렇게 늘 앞과 뒤가 잘린다.

"그랬지요."

"그거 가지라구."

"네?"

"그 집 가지라구. 난 이제 필요 없게 됐어."

당호가 '금주정사錦州精舍'인 선생의 시골집은 비록 한 칸짜리 토담집이었건만 담 너머가 강인데다 후원엔 수백 년 된 은행나무 그늘이 서늘하여 예술인들 사이에서는 상당히 소문난 집이었다. 그런데 밑도 끝도 없이 그 집을 가지라는 것이었다.

"그 집 가지라구. 난 바로 그 위쪽으로 더 큰 집을 하나 마련했어. 그러니 그 집은 김선생 가져. 됐지?"

얼결에 나는 감사하다고 했고 전화는 끊어졌다.

이렇게 해서 나는 난데없이 강가에 시골집을 갖게 되었다. 아니다. 난데없이는 아니다. 실은 강가의 토담집은 오래된 내 꿈이었다. 비록 남의 땅에 지어진 집이어서 해마다 지세를 물게 되어 있는데다가 안채, 사랑채 제대로 갖춘 집 아닌 단칸방의 토담집이었지만 내 집이 되고 보니 그 작은 집이 그렇게 사랑스러울 수가 없었다.

간단한 찻그릇과 시집 몇 권 들고 저물녘 그 집에 들어간 것이 5월 말, 밤이 되자 집 앞 무논에서는 개구리 울음소리가 귀에 가득 잠겨왔다. 밤새도록 이어지는 그 소리는 종교행사의 예음처럼 장엄하게 느껴질 정도였다. 강 위로는 커다란 달이 둥실 떠올랐다. 달은 물을 환하게 비추고도 모자라 넘실, 어두운 방 안까지 흘러왔다. 밤이 깊어지면서 어디선가 컹컹 개 짖는 소리도 들려왔다. 적막했고 달콤한 외로움이 몰려왔다. 혼자였지만 황홀했다.

전화는 물론 라디오나 텔레비전 한 대 없는 집이었다. 문 닫고 앉아 있으면 천상 절간이었다. 이런 적막 속에 거하기는 실로 눈물겹게 오래간만이었다. 거의 늘 소음에 휩싸여 지냈으니까. 도시의 삶에서 참으로 견디기 어려운 것이 소음과 색의 폭력이다. 집밖을 나서는 순간 불쾌하기 그지없는 선과 색과 소리 들이 치고 들어오는 것이다. 무질서하게 튀고 지르는 도시의 색과 선 들 그리고 죽일 듯이 덤비는 소음들은 거의 공포에 가까운 것이었다. 게다가 너나없이 비슷한 형편이겠지만 아파트살이 스무 해 동안 나는 거의 사무실에서 사무실로 출퇴근하는 형국이었다. 무엇보다 고통스러운 것은 그 시멘트와 철근구조물 속에서 나의 상상력 또한 시들어간다는 점이었다.

예술가에게 상상력이 죽어간다는 것은 동맥경화만큼이나 무서운 일이었다. 아파트 서재에서 나는 몇 번씩이나 만년필을 책상에 찍고 싶을 만큼 상상력이 막히는 것을 느끼곤 했다. 그러나 강가의 토담집에 오니 시든 풀이 빗줄기에 일어서듯 상상력이 날개를 치며 날기 시작했다. 무엇보다 집이 생물처럼 숨을 쉰다는 것이 경이로웠다.

그것을 안 것은 토담집에 들어간 며칠 후의 일이었다. 집은 확실히 숨을 쉬고 있었다. 순간 십수 년 전 스치듯 만났던 도인 같은 한 목수 노인이 떠올랐다. 그도 그런 말을 했다. 집은 숨을 쉬어야 한다고.

창호지 문 위로 새벽빛과 저녁 어스름이 길손처럼 오고갔다. 화선지에 먹물이 번지듯 시간이 스미고 또 바래었다.

날리는 분홍빛 꽃잎 그림자가 창호에 물들었다. 빗소리가 고즈넉했다. 후원의 은행잎이 우수수 날리던 계절까지 나는 그 집에서 보냈다. 집도 숨을 쉬고 나도 비로소 오래간만에 숨을 좀 쉬었다. 전화도 아홉 시 뉴스도 신문도 없는 그 집에서 나는 비로소 내 존재와 대면하는 시간을 가질 수 있었다. 다행히 안식년이어서 학교를 쉬고 있던 때였다.

나이가 들어가는 걸까. 부쩍 조선식의 모든 것이 그립다. 한때는 독일풍 카페에서 재즈를 듣는 것이 좋더니 이제는 한옥에서 녹차를 마시는 한가함과 정적이 좋다. 조선음식, 조선음악, 조선그림 그리고 따끈한 온돌의 조선집이 좋다.

팔당의 조선집에 들면서 나는 노자의 무위의 경지로 들어가고 있음을 느꼈다. 석 달 동안이나 나는 그 집에서 아무것도 안 했다. 아침저녁 군불을 지피는 일과 차를 끓이는 일, 우수수 바람 소리를 듣는 일과 방 안에 달빛을 들이는 일이 전부였다.

나는 그 집에서 차마 아무것도 할 수가 없었다. 달빛에 더 보탤 것도 어스름 새벽빛에 더 뺄 것도 없었다. 아궁이에 장작불을 지피거나 집 뒤의 산길을 산책하는 일, 강가에 나가 앉아 새벽과 저녁이면 피어오르

자연과 함께하는 조선집
바람, 나무, 구름, 달과 함께 숨쉬고 그 속에 깃들이기를 원하는 조선집.

는 물안개를 보는 일 같은 것이 생활의 전부였다.

특히 아궁이에 장작불을 땔 때마다 타닥타닥 타들어가는 불길을 보는 것이 좋았다. 불의 철학자 가스통 바슐라르처럼 나는 불길에 빠져들어가곤 했다. 타닥타닥 타들어가는 불길을 보면서 멀리 조선 도공의 불을 생각하기도 했다. 마침 집 부근은 광주분원의 유적지였고 내 집 뒤로는 그 조선 도공의 후예인 도예가 권대섭 선생도 살고 있었다. 빼어나게 아름다우면서도 수수하고 담박한 그릇을 굽는 권선생의 모습에서도 얼핏 조선 도공의 냄새가 났다. 조선 도공만 생각한 것이 아니다. 무엇보다 평생 조선집만 짓다가 떠난 한 노인을 생각했다.

조선의 마지막 도편수 배희한, 조그마한 조선집에 들어오게 되면서 나는 목수 '배노인'에 대해 부쩍 생각하게 된 것이다. 집에 관해서라면 그는 진실로 지혜로웠다.

배목수를 만난 것은 까마득한 오래전 초의 어느 봄날, 스승인 서세옥 선생의 성북동 집에서였다. 그분과의 만남은 그때 한 번뿐이었다. 그러나 훗날 배목수의 손길이 지나간 집들을 보게 되면서 나는 속으로 감탄하곤 했다.

화창한 어느 날 무슨 일로인가 선생 댁에 들르게 되었는데 선생은 한옥의 대청마루에서 한 꾀죄죄한(송구한 표현이지만 그때의 느낌은 그랬다) 노인과 대화를 나누고 있었다.

"인사 나누시게. 배목수일세."

선생의 한옥을 지은 노인이라고 했다. 그 멋들어진 조선집을 지은 사람이 누굴까 궁금했는데 뜻밖에 그는 노인이었고 그것도 여느 시골 노인과 다름없는 그런 행색이었던 것이다. 저런 노인이 이처럼 예술적 감각이 물씬한 집을 짓다니⋯⋯ 성경에 사람을 외모로 판단하지 말라고 했지만 사실 나는 그때 놀라기도 했고 실망하기도 했다. 배노인은 선생과 조선집에 대해 이야기를 나누는 중이었다.

"집이라는 것이 숨을 좀 쉬어야 하는 것인데⋯⋯ 그래야 사람도 숨을 쉬는 것인데."

그이는 못내 아쉽다는 듯 그렇게 말했다. 서세옥 선생도 고개를 크게 끄덕였다. 두 분은 그런 식으로 다분히 선문답 같은 집 이야기를 이어가고 있었다. 들자니 집은 곧 인격이고 철학이며 정신이었다. 무엇보다 숨쉬는 생물이었다.

간간이 '적심'이니 '중깃'이니 '숭송보'니 '창방'이니 '회량' 같은 용어들이 튀어나왔다. 노인이 쓰는 말은 그런 식의 '조선말'들이 대부분이었다. 낯선 말들이었지만 흰 이불홑청처럼 화사했다. 그날 내가 알아들을 수 있는 것이라고는 겨우 '팔작집'이나 '허청' '평고대'나 '흑창' 정도였다. 그나마 평소 조선집에 상당한 관심을 기울여 귀동냥으로 얻어들은 것들이었다. 목수 노인은 그렇다 치고 서선생 또한 조선집에 대해 두루 훤하여 두 분의 조선집 품평은 끝이 없었다. 햇살이 좋은 마루 한쪽에 앉아 그때 나는 저 어른들이 가시면 장차 누가 조선집의 성미며 아름다움에 대해 말해줄 수 있을까 하는 생각을 했다.

그뒤 한가한 날을 골라 서선생과 함께 혹은 혼자서 배노인의 손길로 지어지거나 고쳐지거나 다듬어진 집들을 구경하게 되면서 나는 몇 가지 공통점을 발견하게 되었다.

그가 1950년대 후반 손보고 수리했다고 알려진 경복궁 '하향정'이나 '향원정', 1960년대 초 지었다는 장충단의 영빈관 '팔각정', 그가 거의 다시 짓다시피 했다는 삼척의 '죽서루', 전주의 이성계 '비각', 노년에 수리했던 '경회루' 그리고 일흔이 다 되어 지었던 성북동 집에 이르기까지 한결같이 보이는 것은 '단아함'과 '단단함' 그리고 '예술성'이다. 이 세 가지 요소가 절묘하게 삼각대를 이루고 있었다. 흔히 한옥은 바깥의 풍경과 풍광을 끌어들이다보니 구조적으로 '열린 형태'를 취할 수밖에 없고 그러다보면 내적 견고함을 놓치기 쉽다. 그러나 배노인의 집은 숨을 쉬고 대기와 소통되는 것은 물론이고 건축적 우아함을 잃지 않으면서 동시에 견고함을 유지하고 있다.

견고할뿐더러 그의 집은 겸손했다. 자연 앞에 겸손했을뿐더러 짓는 이의 상상력이 최대한 억제되어 있었다. 번다하지 않고 간결했다. 단아함과 견고함과 간결함과 겸손함이 배희한 집의 미덕이었다. 지은 지 서른 해가 지난 서세옥 선생의 한옥에서도 그 미덕은 어그러짐이 없다. 나무들이 한결같이 트지 않고 있을뿐더러 바로 엊그제 지은 집처럼 단단함을 잃지 않고 있는 것이다(물론 선생의 집관리가 워낙 소문난 것이어서 그렇기도 할 테지만).

배희한 건축의 단아함, 견고함과 아름다움은 목재를 고르는 데서 시작된다. 사실 배노인의 집짓기 중 가장 어려운 것이 바로 이 나무 고르기라는 것이다. 그는 생전 나무와의 만남을 '인연'이라고 풀었다 한다. 인연이 있어야 좋은 나무를 만난다는 것이다. 인연이 없으면? 인연이 오기까지 기다려야 한다는 것. 먼저 나무의 인연 그리고 천기의 인연, 그다음이 사람의 인연이다. 이 세 가지가 잘 맞으면 좋은 집은 반쯤 지어진 것이다.

그렇게 따지다보니 평생 열심히 지었지만 지은 집의 수가 별로 많지 않았다. 그래서 생활은 늘 곤궁한 상태를 못 면했다. 남의 집은 온갖 정성 들여 잘 지으면서도 정작 자신은 번듯한 집 한 채 남겨놓지 못하고 가버렸다. 백내장으로 오래 고생하면서도 수술비가 없어 한쪽 눈을 실명할 위기까지 가기도 했다. 다행히 소문을 들은 '뿌리깊은나무'사의 한창기 사장이 주선하여 눈 수술을 하게 되었고, 그 수술한 눈을 영영 감기까지 늘 한사장에 대한 고마움을 되뇌었다고 했다. 배노인의 딸은 나와 통화하면서 그 한사장이 너무 일찍 세상 떠난 일을 두고 그렇게 비감해할 수 없었다 한다. 그 한사장이 떠난 얼마 후인 1997년 11월에 배노인도 이승을 하직했다.

"목수는 자기 집을 못 짓고 떠난다"라는 속설은 배노인에게도 마찬가지였다. 마포구 도화동으로, 용산구 산천동으로 옮겨다니다 배노인이 마지막 눈을 감은 곳은 은평구 역촌동 서부종합시장 근처 슈퍼마켓이 있는 한 비좁은 골목의 양기와집에서였다. 어쩌면 그이는 온 공력을 다 모아 포로롱 날아갈 듯한 자신의 집 한 채를 맵시 있게 짓고 싶었을 법도 한데 평생 지어주고 나면 그뿐, 지어서 가질 생각은 안 한 사람이었다. 나와 통화하면서 노인의 넷째 딸은 설움이 복받친 듯 흐느껴 울었다.

"아버지는 욕심이 없는…… 너무나도 착한 분이었어요."

착한 마음, 착한 손길이 좋은 집을 만든다. 특히 나무란 착한 이의 대패질을 잘 따른다고 했다. 오늘의 건축들이 이리도 어지러워진 것은 짓는 이의 마음새가 그렇게 된 때문이 아닐까.

팔당 집의 '금주정사' 당호가 떼어지는 날 나는 아직도 따스한 온기가 남아 있는 금방 켠 나무 위에 '관수세심觀水洗心'이라는 새 당호를 써서 걸었다. 아내는 저렇게 설명적이고 평이한 집 이름이 어디 있느냐고 야유했지만 나는 굳이 문자로써 정신적인 사치를 부리고 싶은 생각이 없었다. 담 너머로 물이 조용하게 흘러가고 있어서 그 물을 볼 때마다 어지러운 마음을 씻었으면 하는 바람을 담아보았을 따름이다.

결국 우리를 감동하게 하는 것은 진솔함이다. 화려함과 번잡함이란 일시적으로 혹하게 할 뿐이다. 배노인이 무언으로 남기고 간 건축철학도 그런 진솔함의 소중함을 일깨워준 것이었다. 사람을 가두거나 윽박지르거나 겁주지 않는, 사람과 더불어 숨쉬는 집 한 채가 이 시대 최후의 조선 목수 배희한의 꿈이었을 것이다.

기진호예技進乎藝! 기예가 정신화 작용을 일으키며 한 단계 높아지면 예라 했던가. 때때로 하얀 손의 유명한 예술가보다 투박한 손을 지닌 무명의 장인이 더 그립다. 배노인은 평생 내로라해본 적 없는 장인이었다. 그를 유능한 건축가로 대접한 이는 거의 없다. 본인 역시 예술가연하려는 생각은 꿈도 안 꾸었을 것이다. 그런데도 배희한의 조선집은 예술이다. 그가 지은 집들은 그의 사후에 더 빛을 발하고 있다. 그가 한사코 자신을 숨기려 하였음에도 집은 지은 이를 드러내는 것이다. 배목수는 우리가 모르는 중에 우리 곁에 머물다 떠난 당대 일급의 예술가였다. 한 사람의 소중한 예술가가 또 한 사람 그렇게 가고 만 것이다.

도편수 배희한의 생애　　목수 배희한(裵喜漢, 1908~1997)은 서울 용산 산천동에서 태어났다. 그의 아버지가 을축년 장마 때에 뗏목 장사를 망쳐서 그의 가족들은 대궐 같은 집을 일본인 빚쟁이에게 내주고 다른 난민들과 함께 복사 골(지금의 도화동)에서 살게 된다.

아홉 살 때 용산보통학교에 입학하나 열두 살 때 중퇴하고 목수 일을 배우기 시작하였다. 그는 '오다'라는 철도국 소속의 일본 목수에게 목수 일을 처음 배웠 다. 그에게 일본집을 짓는 법을 배우고 열일곱 살이 되던 해부터 당시 조선에서 가장 뛰어난 목수였던 도편수 최원식에게 조선집 일을 배우게 된다. 만 3년 만에 모든 기술을 다 배운 그는 스무 살이 되던 해부터 아버지뻘인 선배 목수들을 거 느리고 편수 곧 대목장 노릇을 하기 시작하였다.

계속 집 짓는 일을 이어가나 한국전쟁 이후 한때 생계를 위해 이태원 미군부대 에서 미군들의 궤짝이나 짜는 이른바 소목으로 변신하기도 했다. 그의 '오케이장' 은 미군들에게 큰 인기였으나 본래 대궐 목수인 그에게는 몹시 힘든 나날이었다.

이후 그는 용산구 도동 남묘, 경복궁의 하향정 등을 지었고 향원정을 맡아 수 리하였다. 이외에도 전주의 이성계 비각, 도선사의 청담선사 비각, 장춘단 팔각정 두 채, 연천의 향교, 과천의 연불암, 성북동의 오래사, 봉천동의 구암사, 행주산성의 충장사 등을 짓고 덕수궁, 삼척의 죽서로, 영월의 관풍루와 경복궁 경희루 등의 보수를 맡아 하였다.

1980년 12월 국립민속박물관이 '목공 연장 특별전'을 열면서 그의 연장을 전시하였다. 이름난 도편수인 그에게 장인에 대한 예우를 다한 것이다. 또 1981년에는 '뿌리깊은나무' 사에서 그의 생애를 구술한 민중자서전인 『이제 이 조선톱에도 녹이 슬었네』가 발간되기도 하였다. 1997년에 향년 여든아홉 살의 나이로 별세하였다.

대목장(大木匠)이란   나무를 다루어 집 짓는 일을 업으로 삼은 사람을 목수 또는 목장木匠이라 통칭하는데, 문짝·반자·난간과 같은 사소한 목공을 맡아 하는 소목과 건물을 설계하고 공사의 감리까지 겸하는 대목으로 구분한다.

목수 중 대궐을 지을 줄 아는 상급 목수를 '편수'라 하고 다시 그 우두머리를 '도편수'라 한다. 그 아래에 부편수(또는 중편수)가 있고, 그 밑에 다시 기둥과 보를 세우는 정현正絃 편수, 기둥과 기둥 사이에 공포를 짜는 공도工蹈 편수, 서까래를 깎아 거는 일을 하는 연목椽木 편수 등이 있었다.

본래 대목은 다른 대목 밑에서 일하며 기초부터 배우는 이른바 도제 제도에 의하여 양성되는 것이 일반적이었다. 대목은 우리나라 건축의 양식과 기법에 통달하여야 하고, 수치에 밝아야 하며 제도술도 그 나름으로 익혀야 한다. 이처럼 엄격한 수련과정을 거쳐야만 대목장이 될 수 있다.

대목장은 중요무형문화재 제74호로 지정되어 있으며 대목장 기능보유자로는 경복궁을 중건했던 도편수 최원식-조원재-이광규를 잇는 신응수씨와 김덕희·김중희 계열의 전흥수와 최기영씨, 그리고 조원재·배희한으로 이어지는 고택영씨가 있다.

이월화와 서울

어떤 배우는 그의 삶마저 영화와 같다. 요릿집 기생으로 팔려왔다가 수많은 남성의 마음을 뒤흔드는 여배우가 되었지만 정작 사랑에는 번번이 실패한 이, 이월화는 이처럼 섬광처럼 솟구쳤다가 어둠 속으로 사라져버렸다. 뜨고 진다는 것은 무엇일까. 빈방에서 쓸쓸히 죽어간 이월화를 생각하면 슬프고도 허무한 마음을 달랠 길이 없다. 얼음과 불의 여자 이월화, 그녀야말로 '떠오르는 것'의 덧없음을 절실히 느끼지 않았을까.

사랑아, 영화야,
나는 통곡한다

충청북도 청주, 지금으로부터 70년 전의 그 거리는 쓸쓸한 시골이었다.
그곳 을종乙鍾 요릿집 장성관. 그 장성관으로 거금 50원에 팔려온 화초 기생
이월화. 50원 중 30원은 '동경 유학생'인 애인 손에 쥐여주고 나머지 20원은
어머니에게 털어준 이월화는 슬펐다. 장성관은 '한 순배'에 20전짜리 색주
가다. '한 순배', 약주 반의반 되에 김치, 깍두기, 빈대떡 한 접시를 합쳐 말
하는 양 단위의 술값 기준이다. 그즈음 서울 단성사 앞 골목 양옆에 죽 늘
어선 최고급 색주가집에서도 '한 순배'에 40전씩 받았는데 순배 합계 1원
20전~1원 30전이면 큰소리치면서 마실 수 있었다. 그 술값이면 색주가집
여성과 마음대로 하룻밤을 지낼 수 있다는 것이 보통이었다.

어쨌든 서울 미인, 서울 신극 여배우 월화가 나타났다는 소문에 청주 거
리는 술렁인다.

1966년 3월 5일자 조선일보가 전해준 전설의 여배우 이월화에 대한
영화평론가 정영일의 글이다. 흡사 '변사'가 설명하는 신파조 영화의

한 대목 같은 이야기다. 누가 이 나라 여명기 최고의 여배우를 이런 파국과 비련의 주인공으로 내몰았는가.

"죽은 이월화가 살아온다 한들……"

어렸을 적 새색시인 숙모가 혼례를 치르고 초례청에서 나왔을 때 마당에 가득 모인 아낙 중의 누군가가 한숨을 쉬며 숙모의 고운 미색을 말했던 것을 나는 이상하게도 수십 년 동안이나 기억하고 있었다. '이월화가 누굴까. 도대체 어떤 미인이었기에……' 하는 생각이 머릿속에 맴돌곤 했다. 중학교 때 대소가(大小家, 집안의 큰집과 작은집을 아울러 이르는 말)의 한량 아저씨 한 분에게 물었던 기억이 난다.

"이월화가 예뻐요, 김지미가 예뻐요?"

그이가 나를 근심스럽게 쳐다보더니 중얼거렸다.

"이놈아…… 공부나 열심히 해라. 이월화는…… 화냥년이다."

그후로도 1920년대의 비운의 여배우 이월화에 대해 뒤적인 자료나 들은 얘기들은 하나같이 종잡을 수 없는 것들이었다. 1920년대의 남성들을 홀렸던 그 이월화는 출생과 죽음에 이르기까지 모든 것이 불분명했다. 오다가다 걸리는 이야기마다 모두 그러했다. 복혜숙과 쌍벽을 이룬 천재적 연기자, 조선의 카추샤, 전무후무한 여배우, 여자 나운규, 예원의 여왕, 극단 토월회의 꽃, 요부, 술집 여자, 사생아를 낳은 기생……

그 죽음에 관한 것 또한 마찬가지였다. 서른 살의 나이로 자살했다, 심장마비로 죽었다, 일본 어느 땅에서 굶어 죽었다, 중국에서 죽었다……

이처럼 이월화는 늘 환영처럼 존재했던 안개 저편의 여자였다. 그리고 이상스럽게도 오랜 세월을 그 안개 저편의 여자는 머릿속에서 떠나지 않았다. 이 모든 엇갈리는 평가에도 이월화가 초기 우리 연극과 영화에 신화적인 인물이었다는 사실만은 누구도 부인하지 못한다. 극단 토월회는 이월화가 없이는 극이 안 된다고 할 지경이었다고 전해진다. 1920년대 초 톨스토이의 〈부활〉을 비롯하여 〈장한몽〉〈불여귀〉 그리고 버나드 쇼의 〈그 남자는 그 여자의 남편에게 무엇이라 거짓말을 했나〉 등에서 그녀는 타고난 미모와 감성 그리고 풍부한 연기로 무대를 압도했다.

1924년 3월 18일자 매일신보가 쏟아놓은 이월화 예찬론.

이월화양, 조선의 유일한 여배우요, 예원의 여왕인 이월화양. 만일 조선에 비록 형태만이라도 극단이 있다면 이월화양을 빼놓으면 건조무미하고 살풍경한 사막이 되고 말 것이다.

1천여 관중의 시선을 한몸에 모으고 무대에 올라서서 섬세하게 기예를 아로새겨가는 것을 볼 때 누구라고 이러한 감상을 아니 느낄 자 있으랴.

그의 일거수일투족에는 반드시 천재의 번뜩임을 볼 수 있고, 그의 울고 웃는 데에는 관중의 가슴을 찔러주는 굳센 힘이 있다. (…)

지금부터 조선에 허다한 배우가 난다 해도 그같이 번화한 가운데에도 침묵한 맛을 띠고 무대의 모든 것을 혼자 차지하고 어려운 역의 복잡한 성격을 살려내는 수완에는 도저히 미치지 못하리. (…)

그 이월화가 어떻게 해서 지방의 색주가를 전전하게 되었단 말인가. 한때 영화감독이 꿈이었던 나는 이월화의 생애를 추적하면서 벌린 입을 다물 수가 없었다. 섬광처럼 솟구쳤다가 어둠 속으로 사라져버린 이

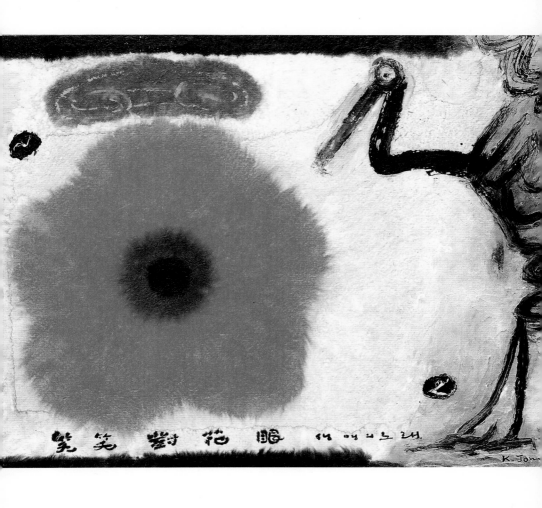

꽃의 눈처럼
밝고 빛나고 화려한 세계, 이월화가 꿈꾸던 세계.

월화. 얼음과 불의 여자 이월화의 삶은 그 자체로서 한 편의 영화였던 것이다. 드라마도 그런 드라마가 없었다.

이월화 신화의 모태가 된 토월회의 창설은 1923년 2월이다. 일본의 도쿄 유학생이던 박승희, 김기진, 이서구, 김복진 등이 토월회를 만들고, 여성시인 김명순 등이 객원으로 합류하여 1923년 7월 첫 공연을 한다. 창단 무대를 비롯하여 큰 각광을 받지 못하던 토월회는 1924년 1월 이월화를 무대에 세우면서 폭발적인 인기를 끌기 시작한다. 그녀는 〈부활〉의 카추샤와 〈알트하이델베르크〉의 술집 딸, 〈사랑과 죽음〉의 폴리아와 〈카르멘〉의 타이틀롤을 맡으면서 떠오르는 스타가 된다. 귀엽고 통통한 얼굴에 보석처럼 빛을 발하는 눈동자, 요염한 음색에 간드러진 웃음, 금방 눈물을 쏟아내는 여린 모습 등을 종횡무진으로 보이면서 관객들, 특히 남성 관객들을 사로잡는다. 그리하여 아름답기로 이름난 꽃 이월화 없이는 연극이 안 된다고 할 정도로 순식간에 극단의 여왕이 되어버렸다.

그러나 이 어린 스타는 그녀의 연극이나 영화사적 존재만큼이나 본인의 사랑 이야기로도 이름이 높았다. 스캔들과 로맨스가 그녀 주위를 떠날 날이 없었던 것이다. 그러나 스캔들 같은 것을 별로 두려워하지 않았던 이월화는 늘 사랑에 대담했다. 그녀는 자기감정에 솔직하고 연애에 용감했다. 떠도는 소문 따위에 연연하지 않았다. 그녀가 꽃다발과 돌멩이 사이의 삶을 살게 된 것도 대중을 무시해버리는 듯한 이런 자기중심적 태도 때문이기도 했다.

연극무대의 스타였던 그녀는 영화에 진출, 윤백남 감독의 〈월화의 맹서〉에 주연으로 등장하면서 영화 쪽에서 재질을 드러낸다. 비록 조선총독부 체신국이 제작한 30분짜리 영화였지만, 〈월화의 맹서〉는 명실상부한 한국인 시나리오 작가와 감독, 배우에 의한 우리 영화였다는 점에서 의미가 있다. 그녀는 이어 〈지나가支那街의 비밀〉〈해海의 비곡秘曲〉에서 절정의 인기를 누렸으나, 1928년을 끝으로 연극과 영화계에서 홀연히 자취를 감춘다.

한동안 종적이 묘연하던 그녀가 권번(券番, 일제강점기 기생들의 조합) 기생이 되었다는 소문이 나돌면서 스크린의 여왕은 순식간에 비극의 헤로인이 되어버린다.

1928년 1월 5일자 조선일보는 실제로 기생이 된 그녀를 어렵게 찾아내 인터뷰 기사를 싣는데, 여기서 그녀는 "한 달에 60원씩만 꼬박꼬박 주는 극단이 있다면 당장이라도 이곳을 뛰쳐나가고 싶다"라고 가슴 아픈 고백을 한다. 요컨대 그 같은 명성에도 경제적 형편이 여의치 못했다는 이야기다.

그러나 이월화의 파국은 그런 사정 때문만은 아니었던 듯하다. 토월회의 동료 배우 박승희와 이루지 못한 사랑을 비관하여 자포자기와 절망의 삶으로 빠져들어갔던 것이 더 큰 이유였다. 그녀는 초대 주미공사에다가 구한말 총리대신까지 지낸 박정양의 아들 박승희에 매료되었다. 귀공자인 박승희는 명문가 출신에다가 토월회의 첫 무대부터 상대역으로서 그녀의 마음을 뒤흔들어놓았던 것이다. 그러나 박승희는 이미 도쿄 우에노음악학교 재학생인 명문가 규수 장세숙과 정혼한 사이인데다 이월화의 복잡한 과거를 소상히 알고 있는 처지여서 그녀에게 쉽게 빠질 리가 없었다.

결국 박승희에 대한 일방적 사랑이 실패로 끝나면서 그녀는 토월회와도 결별하고 폭음과 함께 남성편력으로 공허감을 달래는 생활로 빠져들었다. 안종화의 권유로 영화 출연으로 방향을 돌렸지만 1924년 11월 개

일세미인 이월화를 그리며
희미한 흑백사진으로만 전해지는 이월화의 모습은 전형적인 살집미인이었다. 부덕을 육덕
으로 풀었던 육적 미관 속에서 통통한 얼굴의 이월화는 이상적인 미인이었던 듯하다.

봉한 조선키네마 제작의 〈해의 비곡〉마저 좋지 못한 평을 들었다.

영화평론가 이구영은 작품평에서 "이월화양보다도 이채전양의 표정이 나았고, 이월화양의 영화배우로서의 부적합함을 느꼈다"(매일신보, 1924년 12월 29일)라고 혹평하기도 한다. 아마 통통하고 둥그런 얼굴이 화면을 잘 받지 않았던 것 같다. 토월회를 떠난 뒤 그녀는 영화에 매력을 느껴 연락이 오는 대로 출연하려 했다. 그러나 〈해의 비곡〉 다음 작품인 〈운영전雲英傳〉에서 뜻밖에 신인 김우연에게 주연을 빼앗기자 자존심이 센 그녀는 출연을 거부하고 집으로 가버린다. 자기를 스타로 키워준 윤백남 감독과 싸우게 된 것이다.

그후로는 술과 남성편력으로 세월을 보내기 시작했다. 함께 연극을 했던 이응수, 안석영 등과 가까이 지내다가 엉뚱한 남자에게 기생으로 인신매매되어 중국 상하이까지 팔려갔다가 겨우 살아 돌아왔는가 하면 한 부호의 애첩으로 들어가기도 하는 등 영화 속 인물 같은 삶이 이어졌다. 그것이 대체로 1925년부터 1927년까지 2년여간의 행적이었고 그녀 나이 채 스물다섯이 되기도 전이었다. 보통 여자라면 꽃처럼 피어날 한창때지만 그녀는 이때 이미 세상을 다 살아버린 듯 심신이 지친 상태였다.

화려한 스타의 삶과 뒤이은 추락을 그녀는 감당하기 어려웠을 것이다. 어제의 열광이 오늘의 차디찬 냉소로 바뀌어버린 현실 앞에서 그녀는 분노하기도 했고, 세속적 호사를 과시하여 자신의 존재를 드러내려고도 했다. 그러나 연극과 영화를 떠난 삶은 늘 허허로웠다. 그녀는 2년가량을 어느 늙은 부호의 애첩으로 묻혀 있다가 1927년 조선키네마의 제6회 작품, 김태진 감독의 〈뿔 빠진 황소〉에 주연으로 나서고 이후 친구 복혜숙과 함께 대륙키네마의 영화에 잇따라 출연하면서 재기했으나 3년여의 영화배우 생활을 또다시 청산하고 중국 상하이로 훌쩍 떠나버렸다.

몸집은 비대해지고 얼굴의 선은 조금씩 무너져내렸다. 그녀는 상하이에서 신분을 숨기고 카바레 댄서 생활을 하다가 이국적 분위기를 풍기는 혼혈의 중국 청년을 만나 다시 사랑에 빠지고 만다. 그때의 형편에 대해 동아일보(1933년 7월 19일)는 다음과 같이 보도했다.

순박하고 씩씩한 홍안의 미소년! 이는 상해 동문서원에 다니는 이춘래란 중국 학생이었으니 청춘과 청춘의 오고가는 시선은 두 사람으로 하여금 끊지 못할 인연을 맺게 하고야 말았다. 이후 그들의 스위트홈을 상해에서 조선 수원으로 옮기고 아담한 신접살이를 시작하는 한편 수남포목상이란 간판을 걸고 그날그날의 달콤한 사랑을 속삭였다. 그러나 중국인 남편, 일본인 시어머니, 중국인 시아버지와 꾸려가는 가정에서 그는 마침내 불안과 권태를 느꼈다. 이리하여 남편과 더불어 다시 현해탄을 건너 모지로 건너갔다. 이것이 지금으로부터 한 달 전의 일이었다. 그후 자기 어머니의 병이 위독하다는 소식을 듣고 돌아왔으나 노인의 병이 하루이틀에 쾌히 나을 것 같지 않음을 짐작하였는지 다시 모지로 건너갔다. 이것이 이월화가 마지막으로 조선 땅을 밟았던 것이니 지금부터 일주일 전인 7월 열하룻날이었다.

그녀는 당시의 우리나라 여성으로서는 참으로 이례적인 삶을 살았다. 기질적으로 어느 한곳에 머무르지 못하는 타고난 방랑아였다. 사랑도 마찬가지였다. 그리고 그녀가 택한 남성들도 하나같이 평범한 사람들이 아니었다. 대체로 바람기 많은 남성이거나 아니면 평범함을 거부하는 예인들이었다. 그녀가 마지막으로 만난 남성도 외국인인데다가 혼혈아어서 가정적으로 복잡할 수밖에 없었다. 그러니 안주하려고 해도 운명적으로 불가능했던 것이다. 그럼에도 그녀는 끝까지 살아보려 몸부림을 쳤다.

절친한 친구였던 복혜숙은 수원 집으로 그녀를 찾아갔을 때 옛날의 화려했던 삶을 접고 열심히 포목장사를 하면서 살아보려 애쓰던 그녀의 달라진 모습이 참으로 인상적이었다고 술회했다. 그러나 포목점마저 청산하고 서울을 떠났던 그녀는 결국 원인불명의 죽음으로 불귀의 객이 되고 만다. 당시 동아일보는 일세를 풍미했던 여배우 이월화의 죽음을 단 한 줄로 짤막하게 전해주었다.

눈뜨기 시작하는 여명의 조선 극계에서 화려한 꽃으로 피었던 이월화 여사는 17일 이역 모지에서 서른 살의 꽃다운 청춘을 일기로 세상을 떠났다. 사인은 심장마비……

심장마비…… 그러나 생전 동료 배우 복혜숙이나 영화평론가 안종화는 그녀의 심장마비설을 부인했다. 그녀는 일본에서 음독자살했다는 것이다.

예나 이제나 대중의 속성은 잔인하다. 배우의 말 한마디, 몸짓 하나에 울고 웃으며 열광하다가도 돌아서면 눈 흘기고 침 뱉기 일쑤다. 노모와 함께 최소한의 생계를 이어갈 돈만 있다면 무대를 떠나고 싶지 않다고 울먹였던 이월화. 나이 들면서 서서히 무너지는 자신의 외모와 샛별처럼 빛을 발하며 떠오르는 후배들을 바라보며 느꼈을 서글픔과 초조함을 이해할 수 있을 것 같기도 하다.

대체 '뜨고' '진다'는 것은 무엇인가. 사람들은 왜 한결같이 떠오르고 싶어하는가. 이월화는 떴고 이월화는 졌다. 그녀야말로 '떠오르는 것'의 덧없음을 절실히 느꼈을 것이다. 떠오름이 운명이라면 지는 것 또한 운명일까. 이월화, 그녀는 타고난 예인이었다. 예인은 '끼'를 타고나지 않으면 못한다. 여염집 여인처럼 삶이 반듯하지 못했던 것도 어쩌면 무대 밖에서도 요동치는 그 '끼'를 제어할 수 없었기 때문이었을 것이다. 그러나 시대는 아직 그녀의 끼를 용납할 수 없었다. 용납은커녕 침을 뱉고 돌멩이를 던졌다. 그러나 이월화에게 돌멩이를 던지는 대신 이제는 어둠과 안개에 싸인 그녀를 복권시켜야 한다. 지워져버린 그녀의 영정을 다시 그려야 한다. 그녀와 같은 이들이 먼저 가시와 엉겅퀴 속에 길을 열었기 때문에 한국영화는 그 길 따라 오늘에 이른 것임을 아무도 부인할 수 없을 것이기에.

최초의 여배우 이월화   이월화(李月華, 1904?~1933), 본명은 정숙이
다. 한국영화계에서 최초의 여배우로 평가받으나 출생이나 어린 시절에 관해서
는 정확한 기록이 남아 있지 않다. 진명보통학교를 졸업하고 이화학당에 다녔다
는 사실 정도가 확인될 뿐이다. 학창 시절부터 틈틈이 조선극장과 단성사와 우미
관을 드나들던 그녀는 열여덟 살 때 연극인 박승희를 통해 연극에 입문하게 된
다. 이후 여명극단의 〈운명〉에서 메리 역을 맡으면서 윤백남을 만나 민중극단 창
단 멤버가 되었다. 이정숙이란 이름으로 토월회의 두번째 작품 〈부활〉에서도 여
주인공역을 맡았다.

　그녀의 연기력과 외모를 눈여겨본 윤백남은 1923년 영화 〈월하의 맹서〉를 제
작한다. 이 영화에서 그녀는 연극할 때 사용하던 이정숙이란 예명을 버리고 원래
부르던 이월화라는 이름을 쓴다.

　이후 〈해의 비곡〉 〈뿔 빠진 황소〉 〈지나가의 비밀〉 등에 출연하였다. 1929년
무렵에는 여성들로 구성된 오양극단을 창설해 운영하나 경영에 실패한다. 상하
이로 건너간 이후의 삶과 서른 살의 젊은 나이에 맞은 죽음에 대해 여러 가지 설
이 전하나 확실하지 않다.

〈월하의 맹서〉   조선총독부 체신국에서 저축 장려를 목적으로 윤백남이 이끄는 민중극단에 의뢰한 작품이었다. 1923년에 제작되고 처음 상영되었다. 윤백남이 직접 각본과 감독을 맡았으며 당시 그가 이끌던 민중극단 단원들이 대거 출연했다.

조선총독부에서 자금을 댔다는 점을 제외한다면, 〈월하의 맹서〉는 처음부터 끝까지 모든 과정을 한국인이 만든 최초의 영화다. 또한 전체가 극영화로 된 최초의 작품으로 한국영화의 효시에 해당한다. 〈월하의 맹서〉는 여자 주인공 역할을 전처럼 남배우가 아닌 여배우가 맡은 최초의 한국영화라는 의의도 있다.

조광과 서울

원래 전통 발레를 전공했던 조광은 일본 유학 시절 우연히 플라멩코 공연을 보고 이에 매혹되고 만다. 같은 춤이지만 격식을 갖춘 발레와 자유를 추구하는 플라멩코의 거리는 얼마나 먼가. 그러나 결국 그는 망설임 없이 에스파냐 무용으로 전공을 바꾸어 마드리드로 유학을 떠났다. 정열적인 플라멩코처럼 춤을 향한 그의 열정 또한 뜨거웠던 것이다.

식지 않는 플라멩코의
핏빛 자유

서울 서초동의 한 지하 플라멩코 카페 '체르니'(현 플라멩코 무용연구소). 벽에 붙은 붉은 옷의 투우사와 붉은색 일색의 플라멩코 포스터들로 카페는 불타는 듯했다. 그 속에 몸에 착 달라붙은 무용복에 검은 망사 모자를 쓴 그이가 서 있었다.

날렵한 몸매에 조각 같은 얼굴을 한 이 플라멩코의 명인 조광은 손짓하나 음성 하나까지도 춤의 한 부분인 듯 예술 그 자체였다. 학 같은 목에 손가락이 긴 서늘한 신선과도 같은 이 예인에게는 한여름 무더위도 머물지 못하는 듯했다.

춤의 구도자. 그이와 마주앉았을 때 처음 스친 이 생각은 몇 시간 내내 머릿속을 떠나지 않았다.

"플라멩코, 위험한 춤이야. 빠지면 못 나와. 날 보라고. 잠깐 들어갔나 싶은데 눈 깜짝할 새 40년이 지났어."

청량음료를 빨대로 빨면서 눈을 깜박이는 이 사랑스러운 노무용가에게서는 무더위뿐 아니라 시간도 머무르지 못하는 듯싶었다. 누구라도 실제보다 20년은 아래로 볼 수밖에 없을 듯한 젊음의 비결을 물었다.

"비결 같은 것은 없고…… 나는 춤만 생각하며 살았어. 춤 인생 시작한 이후 매일 서너 시간씩은 연습을 해왔지. 비결이라면 그게 비결일까."

원래 집시의 무용이었다는 플라멩코에 정통 발레를 하던 자신이 그토록 빠져버린 것은 어쩌면 자신에게도 집시 기질이 있어서였을 거라며, 그것 아니고는 플라멩코와 자신의 관계를 설명할 수가 없다며 웃었다.

어찌되었거나 일흔 살 넘은 노인의 몸이 이토록 눈부시게 아름다울 수 있다는 사실에 감탄하지 않을 수 없었다. 일어서거나 걷거나 둥글게 돌 때마다 그이의 몸은 얼음조각 같았다가 금세 바람에 날리는 버드나무 가지 같았다.

"플라멩코는 선線이야. 그 점에선 우리 춤도 그렇지만 말이야. 우리 춤이 옷의 선이라면 플라멩코는 몸의 선이야. 특히 남성 무용수의 경우가 더 그렇지. 몸이 불어 선이 흐트러지면 춤은 죽고 말아. 그물에 걸리지 않는 바람같이 몸이 늘 자유롭고 부드러워야 해."

실제로 몇 가지 포즈를 보여주면서 그이는 동작은 보지 말고 선의 흐름을 유의해서 보라고 일러주었다.

"춤을 시작한 이후 평생 하루 한 끼 반만 먹었어. 포만감 있게 식사해본 기억이 아득해. 플라멩코…… 무서운 자기 절제 없이는 안 되는 춤이야. 그 점에서 이건…… 도道야. 도는 산에 가야만 얻는 게 아니라고."

그이를 처음 소개할 때 서울대 음대의 황준연 교수도 비슷한 얘기를 한 바 있었다. 아름다운 춤의 도인을 한번 만나보지 않겠느냐고.

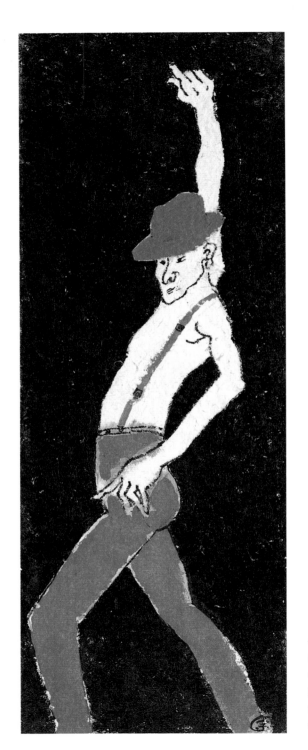

플라멩코의 명인
에스파냐 춤과 한국춤, 인도춤 등을
결합시켜 제3의 창작품을 즐겨 만
드는 조광. 1999년에는 국립극장
대극장에서 플라멩코와 재즈를 결
합시킨 새로운 춤을 선보였다.

몇 가지 동작을 보여주고 나서 해탈한 승려처럼 맑게 웃으며 그이는 다시 캔음료를 잡아 쪼르륵 소리가 날 만큼 빨았다. 그런 다음 손짓, 몸짓, 눈빛을 섞어가며 말을 이어갔다.

"어떻게 그 옛날에 안무가의 길을, 그것도 에스파냐 댄서의 길을 걷게 되었냐고? 많이 듣는 질문이지만…… 운명이라고밖엔 말 못해. 부모님과 3년간 밥 한끼 같이하질 못했어. 내가 춤꾼의 길을 걷겠다고 나서자 우리 가문에 생겨나지 말았어야 할 놈이 나왔다고 아버지는 땅을 치셨지. 어머니가 몰래 쥐여주신 돈으로 일본 유학길에 올랐어. 유명한 핫토리-시마다服部鳥田 발레단에 들어가 6년을 배웠지. 그런데 발레리노이던 내 인생에 지진이 일어나는 사건이 터졌어. 어느 날 도쿄에 들어온 안토니오 가데스(Antonio Gades, 에스파냐의 무용가 겸 안무가. 민속무용의 동작을 예술적으로 완성한 플라멩코의 대가)의 플라멩코 공연을 보게 된 거야.

그 밤 내내 나는 속으로 부르짖었어. "내가 추어야 할 춤이 저기 있다!"고. 아름답고 고요하고 깨끗하기만 한 클래식 발레가 내게 맞지 않는다는 것을 비로소 알았지. 그날 이후 에스파냐로 떠날 생각에만 골몰하며 지냈어. 개척자? 그렇게 말할 수 있지. 사파토스(Zapatos, 플라멩코 슈즈) 하나, 캐스터네츠 하나 없을 때도 열심히 추었으니까."

그이는 개척자일 뿐 아니라 춤을 추다보면 때로는 자신이 투우사가 된 듯한 느낌이 들기도 한다고 말한다. 7분이 지나면 호흡이 흐트러지기 시작하고 10분이 지나면 대개 헉헉대기 시작한다는 토로(Toro, 죽음으로 몰리는 소와 투우사의 긴장을 묘사한 춤)나 불레리아스(Bulerías, 빠른 템포의 에스파냐 민요에 맞춰 추는 플라멩코의 고전적인 춤)를 출 때면 그 격렬함 때문에 흡사 생사를 넘나드는 투우사 같은 기분이 든다고.

"플라멩코는 아주 전투적인 춤이야. 그 점에서 나는 전사인가?"

하얀 이를 드러내며 웃는 이 칠순의 청년은 최소한 앞으로 10년간은 현역으로 뛸 거라며 줄줄이 공연 계획을 이야기한다.

자리에서 막 일어서려 할 때 바람같이 한 여인이 들어왔다. 그이가 평생의 룸메이트이자 공연 메이트라고 소개한 부인 한순호 여사 역시 실제보다 20년 아래로 보이기는 마찬가지였다.

노인 아닌, 두 노인의 배웅을 받으며 체르니를 나설 때 거리에는 무서울 만큼의 폭양이 쏟아지고 있었다. 문득 조금 전 노안무가가 한 말이 생각났다.

"플라멩코는 한여름의 춤이야. 그 붉은색 뜨거움이 여름을 닮았거든."

조 광 의　춤　인 생　6 0 년　　현대 우리 춤 역사의 한 축을 차지하는 조광 (趙光, 1929~)은 1929년 서울 종로구 안국동에서 태어났다. 1946년 장추화 무용 연구소에 입소해 발레를 시작한 한국 발레 1세대로 1949년 일본으로 건너가 도쿄의 핫도리−시마다 발레연구소에서 발레를 배우고 공연에도 참가하던 중 우연히 플라멩코를 시작한다. 1973년 스페인으로 유학을 떠나 토마스 데 마드리드와 마르틴 바가스에게 춤을 사사하였다. 1979년 한국에 돌아와 '조광 플라멩코 무용단'을 창단하였고, 국립극장 대극장과 부산 시민회관에서 정기공연을 열었다. 그 후 지금까지 2년에 한 번 정기공연을 갖고 있다.

　플라멩코 공연은 물론이고 뮤지컬 〈가스펠〉 〈살짝이 옵서예〉 〈포기와 베스〉 등에서도 안무를 맡았으며 최근에도 오페라 〈카르멘〉 중 '하바네라'의 안무를 담당하는 등 안무가로도 맹활약중이다.

　1987년 한국무용협회 무용대상, 1999년 한국예술문화단체총연합회(예총) 예술문화상 무용부문 공로상, 2002년 예총 예술문화상 무용부문 대상, 2003년 전국연예예술인협회 공로상, 2004년 한국무용협회 무용대상을 수상하였다.

집시들의 민속춤, 플라멩코　스페인의 민속춤인 플라멩코는 우리의 민속춤과 비슷한 점이 많다고 한다. 집시들의 박해의 역사와 함께한 플라멩코 역시 한(恨)과 열정을 담은 춤이기 때문이다.

인도의 북서부에 살다 아랍, 이집트, 모로코 등의 북아프리카 지역을 거쳐 그리스, 체코 등지를 떠돌다가 스페인 남부 안달루시아 지방에 정착한 집시들은 긴 방랑생활 동안의 서글픔을 음악과 춤으로 표현했는데, 이것이 플라멩코의 출발이었다. 이들이 거쳐온 나라의 음악적 요소가 자연스럽게 이들 고유의 음악에 스며들어, 플라멩코는 인도 음악도 아랍 음악도 스페인 음악도 아닌 복합적인 성격을 띤다.

플라멩코 연주는 주로 노래(칸타), 춤, 기타에 의해서 이루어진다. 처음에는 노래와 손뼉치기 등이 주요 연주 수단이었는데, 1860년경 안토니오 토레스가 플라멩코용 기타를 개발하면서부터 기타가 일반적으로 반주에 쓰이게 되었다고 한다. 오늘날 흔히 볼 수 있는 발 구르기도 이 시기에 시작되었다. 연주 형식도 천차만별이어서 춤 또는 노래만으로 이루어진 형식도 있으며, 여러 명의 무용수와 함께하는 형식도 있다.

플라멩코의 노래는 여러 개의 마디를 단위로 하는 12박자 이상의 진행 속에 몇 개의 강박(強拍)을 가지고 있고 악구(樂句)들이 연주자 간의 '주고받는' 형식에 의해 악상의 발전과 전개를 이루는 독특한 구조다.

천상병과 서울

하늘이 낮게 가라앉고 눈발이라도 흩날리면 '귀천'에 간다. 구태여 허름한 찻집을 찾아가는 까닭은 따뜻한 모과차 때문만은 아니다. 순수함이 절실하게 그리워서다. 시를 잘 모르는 사람과 그의 쉬운 시를 좋아했다. 세상이 때묻어갈수록 천상병은 맑고 투명한 정신으로 인사동을 지켰건만 그는 새가 되어 하늘로 돌아간 지 오래. 그리고 이제는 '귀천'을 지키던 그의 아내마저 세상을 떠났다. 이제는 누가 남아 인사동을 지킬까. 무채색의 거리에 서서 시인이 돌아간 하늘을 올려다본다.

귀천의 노래 부르며
떠나간 새

　가난했던 한 시인이 천국으로 떠났다. 조의금이 몇백만 원 걷혔다. 생전에 그렇게 '큰돈'을 만져본 적 없는 시인의 장모는 가슴이 뛰었다. 이 큰돈을 어디다 숨길까. 퍼뜩 떠오른 것이 아궁이였다. 거기라면 도둑이 든다 해도 찾아낼 수 없을 터였다. 노인은 돈을 신문지에 잘 싸서 아궁이 깊숙이 숨기고서야 편한 잠을 잘 수 있었다. 그러나 다음날 아침, 시인의 아내는 하늘나라로 간 남편이 추울 거라는 생각에 그 아궁이에 불을 넣었다. 타오르는 불길 속에 푸르스름한 빛이 이상했다. 땔나무 불빛 사이로 배추 잎사귀 같은 것들이 팔랑거리고 있었다.

　조의금은 그렇게 불타버렸다. 다행히 타다 남은 돈을 한국은행에서 새 돈으로 바꾸어주어, 그 돈을 먼저 떠난 시인이 "엄마야" 하며 따르던 팔순의 장모님 장례비로 남겨둘 수 있게 되었다. 시인은 늘 '엄마'의 장례비를 걱정했기 때문이다.

　이 슬픈 동화 같은 이야기는 시인 천상병가※의 이야기다. 평생 돈의 셈법에 어둡고 돈에 자유로웠던 시인이었다. 지상에 소풍 온 천사처럼 무구하게 살다 간 시인의 혼은 가고 남은 자리마저 그런 식으로 자유로워지기를 바랐는지도 모른다. 그는 자신이 장차 천상으로 날아가야 할 '새'라는 것을 알았다. '불현듯 왔다 사라지기 위해서' '순수 균형을 유지하기 위해서' 새는 무거운 몸이어서는 안 된다는 것을 알았다. 「새」라는 제목의 시를 여러 편 쓰면서 그는 새와 자신을 하나로 줄긋기했다.

외롭게 살다 외롭게 죽을
내 영혼의 빈터에
새날이 와, 새가 울고 꽃잎 필 때는,
내가 죽는 날
그 다음날.

산다는 것과
아름다운 것과
사랑한다는 것과의 노래가
한창인 때에
나는 도랑과 나뭇가지에 앉은
한 마리 새.

정감에 그득찬 계절,
슬픔과 기쁨의 주일,
알고 모르고 잊고 하는 사이에
새여, 너는

낡은 목청을 뽑아라.

살아서
좋은 일도 있었다고
나쁜 일도 있었다고
그렇게 우는 한 마리 새.

그처럼 숫자 계산에 어둡고 어린애 같은 셈법으로 살다 간 시인은 사실 '서울상대' 출신이었다. 본디 명석하고 논리적인 사람이었다. 일찍이 시작詩作과 함께 평론활동을 했다는 사실로도 이는 입증된다. 하지만 그는 논리도 분석도 다 버리고 결국 지극한 단순함으로 나아가게 된다. 세상의 엄청난 어둠과 악을 체험하면서 그는 이 바보 같은 단순함과 순수함으로 악에 대항한다. 명석한 바보, 위대한 바보였다. 그 위대한 바보야말로 그의 한 가지 소원이었을지 모른다.

나의 다소 명석한 지성과 깨끗한 영혼이
흙속에 묻혀 살과 같이
문드러지고 진물이 나 삭여진다고?

야스퍼스는
과학에게 그 자체의 의미를 물어도
절대로 대답하지 못한다고 했는데
억지밖에 없는 엽전 세상에서
용케도 이때껏 살았나 싶다.

아이 같은 영혼의 소유자
시인은 어린아이 같은 순수한 영혼의 소유자였다.

휴일의 인사동
자동차가 없는 휴일의 인사동에
는 장이 선다. 옛 시골장터를 흉
내내어 갖가지 풍물이 나온다.
삭막한 서울생활에 휴일의 인사
동 장은 즐거움을 준다.

별다른 불만은 없지만,

똥걸레 같은 지성은 썩어버려도
이런 시를 쓰게 하는 내 영혼은
어떻게 좀 안 될지 모르겠다.

내가 죽은 여러 해 뒤에는
꾹 쥔 십 원을 슬쩍 주고는
서울길 밤버스를 내 영혼은 타고 있지 않을까?

—「한 가지 소원」

　우리는 모두 천상병 시인을 사랑했다. 우리에게 달라붙어 있는 세속과 악의 혐의가 짙을수록 그 어린아이 같은 시인을 그리워했다. 지상에서 가난했고 고난을 당했던 그 시인은 그러나 천국에 가면 땅은 선한 것이었다고, 지상은 아름다웠노라고 전할 것이라고 썼다. 악은 그의 머릿속에도 없었고 가슴에도 없었다. 악에 관한 한 그는 지진아인 셈이다.

　그러나 사물과 사람을 투명하게 바라보며 그려내던 천상병은 1967년 7월 한 친구가 동베를린 공작단 사건에 연루되면서 엉뚱하게도 기관에 끌려가 전기고문을 받는다. 그 후유증으로 정신병원에 입원하게 되고 평생 아이를 갖지 못하는 몸이 된다. 뜻밖의 고초와 충격으로 그의 정신은 황폐해졌고 어느 날 거리에 쓰러져 행려병자로 분류되어 시립병원에 입원한다. 그의 친구들은 그가 어디선가 죽은 것으로 생각해 유고시집 『새』를 출간하고…… 유명한 사건이었다. 유독 어린아이를 좋아했던 시인은 훗날 아내에게 "전기고문을 두 번만 받았어도 아기를 볼 수 있었는데……"하며 아쉬운 마음을 술회하곤 했다 한다.

동베를린 공작단 사건 이후 그의 시세계는 죽음 저편을 바라보는 초월의식과 함께 종교적 원융무애(圓融無碍, 모든 이치가 하나로 융화되어 일절 거리낌이 없는 상태)의 어린아이 같은 세계로 나아간다. 엄청난 고초를 겪었지만 절망과 증오와 비탄 아닌 맑고 투명한 어린아이의 세계를 열어 보인 것이다. 그 점에서 그는 성자였다. 그는 바람같이 이 성자의 길을 갔다. 바보 성자의 길을.

> 강하게 때론 약하게
> 함부로 부는 바람인 줄 알아도
> 아니다! 그런 것이 아니다!
>
> 보이지 않는 길을
> 바람은 용케 찾아간다.
> 바람길은 사통팔달이다.
>
> 나는 비로소 나의 길을 가는데
> 바람은 바람길을 간다.
> 길은 언제나 어디에나 있다.
>
> —「바람에게도 길이 있다」

병구완에 헌신적이었던 아내 목순옥을 그는 하나님이 숨겨두셨던 천사라고 했다. 그는 생전에 고문 후유증으로 활발한 걸음걸이가 아니었지만 인사동에 나오기를 즐겨 했다. 아니, 인사동 골목에서 아내가 하는 작은 찻집 '귀천'에 나오기를 좋아했다. 귀천에 나오면 무엇보다 온종일 아내를 볼 수 있어 좋고, 문인, 화가, 연극인 같은 다정한 사람들을 만날 수 있어서 좋다고 했다. 하지만 빨간 옷 입고 오는 여자나 안경 낀 남자는 무척이나 싫어했다고 한다. 무슨 논리가 있는 것도 아니고 그냥 싫어했다는 것이다. 이 역시 아이 같은 일면이다. 빨간 옷 입거나 안경 낀 손님이 오면 "문디가시나, 문디가시나" 하며 아내를 원망했다는 것이다.

그의 행복에 대한 고백은 눈물이 날 정도로 아름답다.

하루에 용돈 2천 원이면 나는 행복하다. (…) 내가 즐겨 마시는 맥주 한 잔과 아이스크림 하나면 딱 좋다. 예수님은 가난한 사람을 좋아했다. 바늘 귀를 통과하는 낙타가 있겠는가. 그런데 사람들은 다 부자가 되려고 하니 딱한 노릇이다. 굶지 않기만 하면 되는데……

"살아서/좋은 일도 있었다고/나쁜 일도 있었다고/그렇게 우는 한 마리 새"(「새」)처럼 가볍게 살다가 시인은 이제 인사동을 떠나 천국으로 갔다.

"나 하늘로 돌아가리라/아름다운 이 세상 소풍 끝내는 날/가서, 아름다웠더라고 말하리라"(「귀천」)라고 작별을 고하며.

천상병이 떠나버린 인사동은 쓸쓸하다. 야트막한 집들과 필방, 도자기와 그림 그리고 한국차와 시의 동네 인사동. 모든 것이 번쩍거리기만 하는 시대에 무채색으로 가라앉아 있어 정겹던 인사동. 이제는 그 동네도 반들반들 닳고 닳은 상업의 거리가 되어간다.

옛 화신백화점을 설계한 박길룡의 작품인 민익두가(서울시 민속자료

제15호)와 경인미술관의 고택이 마지막으로 버티고 선 이 거리의 운명은 어찌될 것인지. 종묘와 창경궁, 창덕궁 그리고 탑골공원과 종각과 천도교 중앙총본부, 율곡로가 둘러싸고 있는 이 유서 깊은 거리를 베이징의 류리창(琉璃廠, 베이징에 있는 유서 깊은 필방가로 고서점, 화랑, 문방, 골동의 거리로 이름높다)처럼 지켜낼 수는 없는지. 인사동은 서울 골동품점과 화랑의 절반가량과 필방 대부분이 들어차 있고 아직도 따스한 역사와 문화의 온기가 서려 있는 곳이지만, 천민자본의 바람은 이 문화의 거리를 슬슬 비문화의 요소로 먹어들어오고 있다.

인사동이 때묻어갈수록 시인의 맑고 투명한 정신이 그 때묻음을 씻어내고 정화하여 그래도 인사동의 인사동다운 맛을 지켜냈건만, 그 인사동 지킴이 천상병은 새 되어 천상으로 떠나버린 것이다. 촉수 낮은 '수희재' 전등 밑에서 세상과 인생을 들려주던 '민병산 선생' 떠나고, 인사동을 홀로 지키던 「귀천」의 시인 천상병마저 천국으로 돌아가버려 인사동은 허전하기 그지없다. 그 허전한 석양의 거리를 검은 옷에 중절모를 쓴 박일송 노인이 아코디언을 켜며 걸어가는 모습은 서글프다.

하늘이 낮게 가라앉고 눈발이라도 흩날릴 때 '귀천'을 찾아가는 마음들이 비단 그 모과차의 따뜻함 때문만은 아니었을 터이다. 저기 저만큼 어두운 한쪽에 옛 동자상 모습으로 앉아 있던 시인의 순수가 더 그리워서였을 것이다.

천 천 히   읽 기

천상병 시인의 생애와 문학   천상병(千祥炳, 1930~1993) 시인은 일본 효고현 히메지 시에서 태어났으며, 1945년 귀국해 마산에서 성장했다. 한국 전쟁중에는 송영택 등과 함께 동인지 『신작품』을 발간, 여기에 여러 편의 시를 발표했다. 이어 1952년 『문예』에 시 「강물」「갈매기」 등으로 추천을 받았다. 1953년 같은 잡지에 「사실의 한계—허윤석론」, 1955년 『현대문학』에 「한국의 현역대가現役大家」 등의 평론을 발표하기도 했다.

이 무렵 그는 서울대학교 상과대학에 입학하나 문학에 뜻을 둬 졸업까지 한 학기 앞둔 시점에서 자퇴했다. 당시 문인 이현우(1933~?), 김관식(1934~1970) 등과 어울리며 '기인 삼총사'로 불렸던 천상병은 가난과 무직, 주벽, 무절제한 생활 등과 관련된 많은 일화를 남겼다.

1967년 천상병은 '동베를린 공작단 사건(동백림 간첩단 사건)'에 연루되어 6개월간 옥고를 치르고 그해 12월에 집행유예로 풀려난다. 세 차례 전기고문과 오랜 수감생활로 몸과 마음이 망가졌지만, 「귀천」을 발표하며 자신의 존재를 세상에 알렸다.

그후, 고문 후유증과 음주, 영양실조 등으로 거리에서 쓰러져 행려병자로 서울시립정신병동에 갇히기도 했다. 이를 몰랐던 그의 지인들은 각방으로 수소문하다가 결국 그가 죽었다 단정하고, 1971년 12월 유고 시집 『새』를 출간했다. 이 시집의 사연이 기사화되자, 천상병의 주치의가 이를 보고 그의 주변 사람들에게 연락해 돌아갈 수 있었다.

1993년 세상을 떠날 때까지 『주막에서』(1979)와 『천상병은 천상 시인이다』 (1984), 『저승 가는 데도 여비가 든다면』(1987), 『요놈 요놈 요 이쁜 놈!』(1991)을 더 펴냈다.

문인들의 사랑방, 찻집 '귀천'   '귀천'은 천상병 시인의 부인 목순옥 씨가 1985년부터 운영해온 찻집이다.

문순옥 여사는 동백림 사건 이후 제대로 몸과 마음을 가누지 못하던 천상병 시인을 보듬는 데서 그치지 않고, 1993년 4월 28일 천상병 시인이 이 세상 소풍을 마치고 '귀천'한 이후에도 계속해서 그의 일을 돌보았다. 천상병 시인 관련 행사에 참여하고, 천상병 시인 문우들의 대소사에도 찾아갔으며 그를 기억하고 찾는 수많은 사람들을 찻집에서 1년 내내 맞이했다. 그러다가 2010년 8월 27일 세상을 떠났다.

많은 사람들이 천상병을 그리워하며 '귀천'을 찾는다. 신봉승, 강민, 민영, 성춘복, 정호승과 같이 천상병 시인과 우정을 나눈 문인들과 박정희, 허영자, 유안진 등 여성작가들, 양희은, 양희경, 고두심, 김청, 장사익, 이동원 같은 연예계 인사들도 자주 '귀천'에 들른다. 천상병 시인을 사랑하던 중년의 애독자들과 「귀천」을 교과서에서 배운 어린 학생들도 찾아온다. 시집 『귀천』이 영어로 번역되고 미국의 코넬 대학교에서 한국학 교재로 사용되면서 천상병 시인은 외국인들에게까지 알려졌다. 또한 귀천이 인사동의 명소로 소개되면서 요즘에는 외국인들도 이곳을 많이 찾는다.

모과차 맛이 특별한 '귀천'에 관해 천상병 시인은 생전에 「세계에서 제일 작은 카페」라는 제목의 시에서 다음과 같이 노래했다. "내 아내가 경영하는 카페/그 이름은 '귀천'이라 하고/앉을 의자가 열다섯 석밖에 없는/세계에서도/제일 작은 카페/그런데도/하루에 손님이/평균 60여 명이 온다는/너무나 작은 카페/서울 인사동과/관훈동 접촉점에 있는/문화의 찻집이기도 하고/예술의 카페인 '귀천'에 복 있으라."

고유섭과 인천

가난하고 헐벗은 조선에 무슨 아름다움이…… 싶을 때 '아름다움'에 대해 학문의 뼈대를 세운 분이 고
유섭이다. 시대의 문물을 일찍부터 받아들여 근대적인 감성에 담뿍 젖어 있는 인천. 고유섭이 미학을 택
하게 된 데는 미추홀 인천의 예술적인 분위기가 작용한 것이 아닐까. 남의 말을 써야 했던 시절이었지만
고유섭은 문화유산 속에 흐르는 미적 숨결을 확인하고 싶었을 것이다. 석양녘 들판에 서 있는 화강암.
석탑 하나에서도 우리 미술의 '구수한 큰 맛'을 보고 '조선의 숨결'을 느꼈던 미학자. 고유섭은 우리 미
학의 씨를 뿌리고 간 고독한 선구자였다.

조선의 아름다움에 바친
한 고독한 영혼

인천 자유공원 아래 중국인 동네 청관. 서른 몇 해 전 우리는 이 근처 선린동의 한 적산가옥에 잠시 머문 적이 있다. 여러 세대가 함께 산 그 '마당 깊은 집'에는 아침에 일어나면 문 앞까지 짙은 바다 안개가 밀려와 있곤 했다. 간혹 집을 흔들어놓는 듯한 무적(霧笛. 안개가 끼었을 때 선박이 충돌하는 것을 막기 위하여 등대나 배에서 울리는 고동)에 놀라 아침잠을 깨기도 했다.

그 기억자집 문간방에는 내 또래의 딸 하나를 데리고 중국인 남자가 살았는데 식당에 나가던 그 사내는 가끔 냄비에 짜장면을 담아와 건네주곤 했다. 비라도 부슬부슬 내리면 사람들은 마루에 나와 앉아서 중국인 염씨가 혹 짜장을 가져오지 않나 기다리곤 했다. 딸 이름이 연화였는데 기분이 좋으면 사내는 "니예에엔" 하고 연 자를 중국음으로 길게 뽑아 부르다가도 화가 나면 "쨩!" 하고 외마디로 부르곤 했다.

내가 학교에서 돌아오다 보면 소녀는 집 앞 커다란 회양목 아래 앉아 있곤 했다. 서편 하늘이 붉게 물들 때까지 음지식물처럼 온종일 바다를 향하고 그렇게 앉아 있는 것이었다. 때로는 나직이 중국노래를 부르기도 했다. 그런 연화를 보면서 나는 조용히 가슴이 설레곤 했다. 연화가 보이지 않으면 마음이 허전했다.

하지만 어른들은 왜 그랬는지 중국인 사내와 연화를 근본 없고 무식한 것들이라고 폄하하시곤 했다. 연화가 '이상스럽게' 예쁜 것도 폐병 때문이라고 했고, 저렇게 온종일 바다의 습기를 마시고 있으니 곧 죽고 말 거라고도 했다. 내가 그곳을 떠나던 날도 연화는 그 자리에 꼼짝 않고 앉아 있었다. 눈발 속에 짐을 실은 트럭이 그 골목을 다 빠져나갈 때까지 나는 그녀의 모습을 바라보았다.

내 추억의 사진첩 속에 희미한 동판화로 찍혀 있던 그 중국인 소녀의 모습 같은 것은 이제 이 거리 어디에도 없다. 사라진 것이 어찌 소녀의 모습뿐이랴. 신비로운 거대한 성처럼 보였던 청관의 화려한 분위기도, 저물녘이면 진동하던 '공화춘'과 '중화루'의 청요리 냄새도, 음력 설날 밤하늘에 터지던 폭죽도 찾을 수가 없다. 한때 2천 명이 넘게 살았던 중국인들은 이제 거의 떠나고 텅 빈 거리에는 적막이 가득할 뿐이다. 삶은 이렇게 지나가는 하나의 환영에 불과한 것일까. 이제는 폐광처럼 변해버린, 옛날 내가 수채화를 그리던 그 울긋불긋한 거리를 거닐며 풍경도 인생처럼 늙어가는 것이라는 생각을 했다. 어찌 풍경뿐이랴. 불 꺼진 흐린 유리창 저 너머로 바라보이는 무채색으로 흘러간 시간 또한 늙어가는 것이리라.

그러다가 수년 후 그 청관이 다시 옛 모습을 찾는다는 기사를 보게 되었다. 차일피일 미루다 찾아가본 그 동네는 그러나 옛 모습은 아니었다. 공화춘의 짜장면도 그 옛날 그 맛이 아니었다.

옛 이름이 '미추홀'인 인천은 황해문화의 관문이자 개화의 물꼬를 튼

청관의 추억
중국인 거리 '청관'의 이국적이면서도 화려한 풍경은 늘 한 장의 채색화로 다가온다.

곳이기도 하다. 이 항구도시는 일찍이 중국의 상하이처럼 서구 각국의 문화가 들어서면서 자유공원의 옛 이름이 만국공원이었던 것만큼이나 여러 문화가 교차한 곳이다.

이런 분위기 탓인지 미술 분야에서도 전통미술보다는 서양화와 조각 같은 분야에서 많은 미술인이 쏟아져나왔다. 그중에는 북으로 간 조각가 조규봉을 비롯해 김순배, 이무영, 김영근, 최석재 같은 쟁쟁한 미술인들이 있었다. 그런가 하면 미군부대를 따라 일찍부터 서양음악이 들어왔고 학교까지 드럼이며 트럼펫을 가지고 오는 아이들이 있을 정도였다.

미술반 아이들은 학교가 끝나면 으레 청관이나 부두 쪽으로 스케치북을 가지고 나가곤 했는데 정신적으로 지나치게 조숙했던 당시의 문예반 아이들은 톰 존스나 클리프 리처드, 야구나 스케이트를 화제로 삼는 애들을 경멸했다. 문예반을 이끌었던 고2 때 나는 이미 1백 매가 넘는 소설을 다섯 편이나 썼고, 「한국미술의 방향에 대하여」 같은 평론 비슷한 글도 썼다. 게다가 사람이든 풍경이든 닥치는 대로 그려젖혔다. 예술적인 갈망 비슷한 것으로 터질 것 같은 그 무엇이 그 시절 인천에는 있었다.

고유섭은 당시의 이런 도시 분위기 훨씬 이전에 청년기를 보낸 사람이었지만 나는 그가 미학이라는 학문을 택하게 된 데는 미추홀 인천의 예술적인 분위기가 작용한 것이 아닐까 상상해본다. 시대의 문물과 근대 감성을 일찍부터 받아들인 이 도시의 독특한 분위기는 그가 택한 미학과 어쩐지 잘 어울려 보인다. 문화의 도시 인천에 시립박물관이 세워진 게 일제시대의 '향토관'까지 거슬러올라가면 벌써 일흔 해에 이를 정도이고, 고교 시절 내가 단골로 다니던 '애관극장'만 하더라도 90년 가까운 역사를 지니고 있다.

고유섭은 한때 그 고색창연한 애관극장 뒤에 있던 삼촌 고주철씨 병원에서 아버지, 동생 등과 함께 살다가 경성제대 법문학부 철학과에 입학한다. 그리고 미학, 미술사의 전공교수였던 우에노上野直伽昭 교수에 의해 경성제대 미학연구실의 조수로 출근하게 된다. 첫 봉급 71원 78전, 괜찮은 집 한 채 값이 2천 원 정도이던 시절이었다.

미학은 지금도 대단히 어정쩡하고 불확실한 학문으로 취급받고 있거늘 당시에는 더더욱 현실적 힘이 되어줄 만한 분야가 아니었을 것이다. 그러나 어딘지 몽롱하면서도 한없이 빨려들어가게 할 만한 매력의 학문이 아니었을까 싶다. 특히 나라 잃은 학자의 처지로서 그는 제 나라의 혼과 그 순결한 아름다움을 도자기나 탑을 통해 확인해보고 싶었을지도 모른다. 이름도 남의 나라 이름으로 바꾸고 말도 남의 나라 말을 써야 했던 시절이었지만 민족의 문화유산 속에 흐르는 미의 숨결만은 계속되고 있다는 것을 내밀하게 확인하고 싶었을 것이다.

그래서 그는 그 생명 없는 것들을 목숨붙이들처럼 어루만지고 쓰다듬으며 들길, 산길을 헤맸을 터이다. 그냥 아름다움을 확인하는 것이 아니고 부모 잃은 어린것들처럼 산천에 나뒹구는 그것들을 애잔한 마음으로 쓰다듬고 끌어안으며 속으로 울었을지도 모른다. 그 차디찬 돌멩이나 기왓장을 쓰다듬으며 어쩌면 세 살도 되기 전에 죽은 자신의 장남과 장녀를 생각했는지도 모른다. 현실이 고달프고 쓸쓸하기에, 문화유산 속에 흘러온 높고 깊고 그윽한 또하나의 아름다움의 현실이 그를 더 위로하고 긍지를 주었을 것이다.

그는 우리 문화유산의 아름다움을 드러내기에 미친 듯 몰두하면서 일제를 향해 속으로 '나라는 너희의 속국이 되었지만 미에 있어서는 우

고 유 섭 과 인 천

리가 승리자다, 너희들의 스승이다'라고 외치고 싶지 않았을까. 그리고 그 증거로서 도자와 탑과 그림과 건축을 보이고 싶지 않았을까.

그런 점에서 어쩌면 고유섭은 태극기를 흔들며 외치지 않았을 뿐 펜으로 무언의 항거를 한 민족주의자라 할 수 있지 않을까 싶다. 그가 열다섯 살 되던 해의 3·1만세운동 때 동네 아이들에게 태극기를 그려주고 함께 만세를 부르며 용동 일대를 돌다 일경에게 붙잡혀 3일씩이나 구류를 살다가 풀려났다는 기록은 그의 기질과 성향의 한 부분을 짐작하게 한다. 물론 일제강점기에 일본인 교수에게 총애를 받으며 미학의 길로 들어섰다는 한계 때문에 광복 후의 자생적 미학·미술사가들에 비해 한국미술사나 미학 연구의 길이 더 고독하고 자유롭지 못했으리라는 점은 인정하더라도 말이다.

어쨌든 고유섭이 처음 경성제대에서 미학과 미술사를 공부하겠다고 했을 때 지도교수마저 "집안이 넉넉하느냐. 이건 취직을 못 해도 좋다는 각오가 있어야 하는 분야다"라고 했을 만큼 미학은 비인기 학문 분야였다. 그러나 고유섭은 어떤 글에서 자신은 소학교(인천공립보통학교) 때부터 이미 우리 미술사 연구에 뜻을 두었다 했으니, 거의 운명적인 길이었다고 할 수 있다. 이후 광복 한 해 전 세상을 뜨기까지 고스란히 일제강점기를 보내면서 그는 조선의 아름다움을 좇는 고독한 편력을 계속한 것이다. 그리하여 갖은 병고에 시달리다 마흔 살의 짧은 나이로 생애를 접기까지 10년 남짓 동안 실로 경이로운 저작물들을 쏟아놓는다.

약관 스물아홉에 개성부립박물관장으로 취임해서는 고려의 옛 미술과 건축유적에 대한 연구서들을 냈으며 그를 따랐던 황수영, 진홍섭, 최순우 등과 함께 흰 도포자락을 휘날리며 답사를 다니기도 한다. 당시

산동네
바다 도시의 옛 산동네 모습. 1960년대의 인천에도 이와 비슷한 풍경들이 많았다.

개성 부윤이던 권중식의 추천으로 박물관장에 취임한 그는 지방신문 고려시보에 송도 고적과 고고학 관계의 글을 잇따라 발표한다.

한때 인천시립박물관장을 지낸 인천 출신의 미술평론가 이경성씨와 개성 부윤 권중식의 아들 권태선이 내게 전한 말에 의하면 고유섭은 빼어난 미남자인데다가 인품이 좋아 권중식이 은근히 사윗감으로 탐을 내기도 했다.

그러나 그 수려한 사색형의 미남자는 일찍부터 오직 학문에만 뜻을 두었다. 암담한 시대배경과 걷지 않으면 기껏 달구지를 타야 했던 열악한 환경이 우리 미술의 아름다움을 더 애틋하게 했으리라. 석양녘 들판에 서 있는 이름 없는 화강암 석탑 하나에서도 그는 '무기교의 기교'와 '구수한 큰 맛'을 보았으며 조선의 숨결을 느꼈던 것이다. "우리 미술은 민예적인 것이며 신앙과 생활과 미술이 분리되어 있지 않다"라고 했던 신념도 이처럼 발로 뛰고 손길로 쓰다듬어 가슴으로 품었던 편력 속에서 얻은 결론이었을 것이다.

일찍이 인천 문화운동의 씨앗이 된 '경인 기차통학생 친목회'의 문학 활동에 참여하여 시와 수필로 단련했던 문학청년이었던 그는 역사 속에 사라진 비류백제의 고도 인천을 사랑하여 「경일팔경」(1925), 「해변에서 살기」(1925) 같은 인천 소재의 글과 유려한 스케치들을 남기기도 한다. 그의 인천문화 사랑은 훗날 민족문화 사랑으로 확대되어갔다.

청관 옛 거리를 거닐며 나는 새삼 우리 미학, 미술사 연구의 씨를 뿌리고 간 한 고독한 선구자의 넋이 아직도 이 도시의 구석구석에 남아 있음을 느낀다. 그가 그리도 사랑해 마지않던 이 인천에 보이지 않는 유물로 떠도는 것을 느낀다. 자신의 짧은 생애를 예감했던 때문일까. 그는 『조선탑파의 연구』『한국미술사급미학논고』『우리의 미술과 공

예』『조선화론집성』 등 이제는 이 분야의 고전이 된 명저들을 초인적인
노력으로 숨가쁘게 쏟아놓기 시작한다. 그러다 필생의 꿈이던 본격적
우리 미술사 저술을 위한 「조선미술사료」를 유고로 둔 채 박물관 사택
에서 숨을 거둔다. 해방 몇 달 전의 일이었다.

　일본의 저명한 소설가 아쿠타가와 류노스케(芥川龍之介, 1892~1927)
가 서른여섯 살에 죽은 것을 떠올리며 자신의 죽음도 임박하리라고
예견했다는 예민한 감성의 소유자, 명석했으나 우수와 고독의 생애를
살았던 미학자, 평생 '생활과 싸우고 세상과 싸우고 병과 싸운'이 선
각자의 생애는 그가 연구한 미술사의 유장함과는 달리 너무도 짧은
것이었다.

미술사의 개척자 우현 고유섭　　인천 용동에서 태어난 우현 고유섭 (又玄 高裕燮, 1905~1944)은 인천공립보통학교(지금의 창영초등학교)와 보성고등보 통학교에서 수학했다. 보성고보 시절에는 기차통학생친목회가 조직한 '한용단' 문예부, '인천유성회' 등에서 활동하면서 문화운동의 선봉에 서기도 했다. 그후 경성제국대학 법학부 철학과에 입학하여 '오명회' '문우회' 등에서 활동을 계속 하는 한편, 전공을 바꾸어 미학과 미술사를 공부하기 시작했다.

1930년 졸업과 함께 모교 미학연구소 조수가 되었고, 1933년에는 스물아홉 살 의 나이로 개성부립박물관 초대관장이 되어 10여 년간 박물관의 발전을 위하여 노력했다.

『신흥』에 「미학의 역사 개관」「금동미륵 반가상의 고찰」「조선탑파의 개설」 「고려의 불사건축」 등의 논문을 잇따라 발표했고, 1936년부터는 이화여자전문학 교와 연희전문학교에서 미술사 강의를 하기도 했다. 한국의 불교조각과 탑 연구, 고려시대 회화, 조선시대 회화, 고려청자를 중심으로 한 도자기 연구 등 우리 미 술사 전반에 관한 수많은 논문을 발표하였고, 미술사 기초자료 수집에도 열정을 보였다.

하지만 1944년 마흔 살의 젊은 나이로 병사한다. 광복 후 제자들이『조선탑파의 연구』『한국미술사급미학논고』『조선화론집성』『한국미술문화사논총』등 10권의 저작으로 그의 논문들을 간행했는데, 이는 미술사학 분야의 중요한 학문적 기반이 되었다.

1974년, 그가 처음으로 그 존재를 밝힌 문무대왕 해중릉이 보이는 경북 감포와 고향인 인천의 자유공원 인천시립박물관 앞에 각각 기념비와 추모비가 세워졌고, 1980년에는 그의 업적을 기리는 '우현상'이 제정되어 오늘에 이른다.

고유섭이 본 조선의 미　　우현 고유섭의 조선미술사 연구는 서구의 근대 미학이론에 기반을 두고 있다. 그는 논문에서 독일 미학자들의 개념을 많이 사용함으로 일본인 중심의 조선미술사 이해에서 벗어나고자 했다. 조선미술의 특징을 정신적인 면에서 찾으려 했다는 점에서 같은 시기 활동한 세키노 타다시나 야나기 무네요시의 영향에서 벗어나려 했음을 알 수 있다.

김대환과 인천

할리데이비슨을 타고 다니며 미친듯이 북을 두드리는 이와 쌀알 위에 『반야심경』을 새기는 이가 어떻게 같은 사람일 수 있을까. 검은 비를 예고하는 천둥 같기도 하고 그 가느다란 빗줄기 같기도 한 김대환은 이 상반된 두 가지 예술을 자기 안에 품고 있다. 말하는 시간조차 아까워 혀끝을 자르고 연습에 골몰했다는 그. 그 미친 열정이 쌀알 위에 예리한 문장을 새기게 하지 않았을까. 북장이일까 조각가일까. 그를 뭐라 불러야 할지 모르겠지만 누가 뭐래도 그는 예술가다.

광풍의
검은 비

　인사동에 가면 맑은 날에도 검은 비가 내린다. 광풍의 검은 비가······ 비를 부르는 도인은 검은 모자, 검은 옷의 예순일곱 된 남자. 면벽 3년의 여느 도인과 달리 그 손에는 북채가 쥐어져 있다. 그의 호는 흑우黑雨. 타악기 연주의 명인이다.

　화랑과 필방의 거리 한편에 있는 음식점 '아리랑가든'의 2층 한쪽에는 2004년에 타계한 김대환의 생애와 예술이 고스란히 담겨 있다. 이름하여 김대환기념관이다.

　일찍이 로스앤젤레스에서 샌타페이까지 1천 8백 킬로미터를, 주문제작한 오토바이 할리데이비슨을 타고 달려가 인디언 페스티벌에 참가하기도 했던 열정의 남자다. 당시 주최측은 비행기 탈 것을 권유했지만 그는 사막의 불볕더위를 뚫고 이틀을 밤낮없이 죽음의 질주를 한 끝에 파란 눈의 관객들 앞에 나타났던 것이다. '소리'도 '소리'거니와 검은 재킷, 검은 벙거지 모자에 먼지를 뒤집어쓴 채 황혼에 나타난 그를 관객들은 환호와 열광으로 맞았다. 1988년 여름이었다. 그때 그의 나이 쉰여섯, 환갑을 5년 앞둔 나이였다. 끝없는 평원과 협곡을 달리는 기나긴 고통의 여정을 그는 짧은 환호와 바꾸었다. 프리재즈 음악가와 타악기 연주자가 그의 직함이라면 직함이지만 그의 음악세계는 그런 한정된 직함에 가두어지지 않는다.

무려 여섯 개의 스틱을 두 손의 손가락 사이에 끼고 두들기는 그의 신기神技에 접하면 누구라도 한숨을 토할 수밖에 없다. 악보도 형식도 없이 그는 두들긴다. 검은 먹 속에 다섯 가지 색이 숨어 있듯, 나는 그가 두들기는 소리에서 그 다섯 가지의 색을 본다. 무지개가 떠오르는 것도 본다. 섬광과 번개, 이슬과 태양을 본다. 그리고 내 눈에는 연주가 끝날 때 얼핏 그의 손가락 사이로 흐르는 핏물도 보인다. '세계적인'이라는 수식어가 붙는다는 점에서는 김대환과 미국의 트럼펫 주자 레오 스미스Leo Smith나 일본의 프리재즈 피아니스트 야마시타 요스케山下洋輔가 같지만 그들의 소리에서 나는 아직 색이 빛나고 스러지는 것을 보지는 못했다.

일박통섭一拍通涉, 한 번 치는 것만으로 모든 것이 통한다! 번쩍 한 번의 때림으로 우주의 끝에 가 있다. 그의 애마 할리데이비슨이 질풍같이 세계의 끝에서 끝으로 옮겨가듯이 소리로써 화려하게 빛과 색을 펼쳐 보인다는 점에서 그는 도인이다.

모든 예술의 도인은 하나一를 말한다. 중국의 화가 석도(石濤, 1641~?)도 일획론으로 그림의 무궁한 원리를 모두 하나로 귀일시켜 말했다. 그의 화두도 일박통섭이다. 뛰어난 조각가는 일도일각(一刀一刻, 한 번 칼을 대어 하나를 새기는 것)을 원칙으로 한다. 서법가는 더 말할 것도 없다. 도법刀法 즉 필법筆法이요, 필법 즉 도법인 까닭이다. 김대환에게는 타법打法

이 도법이다. 그는 광풍과 섬광을 부르는 타법의 소유자면서 동시에 극한까지 미세함을 추구하여 대상을 쪼는 미세각가微細刻家다. 그가 쌀 한 톨에 새겨놓은『반야심경』전문은 기네스북에 올라 있다. 미세각, 조각의 유형에 이런 용어가 있는지는 모르겠으나 어쨌든 그는 소리와 새김으로 사람을 모으기도 하고 흩어지게도 하는 기를 부리는 도인이었다. 장삼 대신 몸에 꼭 끼는 섹시한 검은 가죽바지와 검은 재킷, 검은 터틀넥 스웨터를 입고.

김대환의 '소리'를 한마디로 정의하기는 어렵다. 워낙 폭이 넓기 때문이다. 우리의 전통 북이나 징 소리가 있는가 하면 사물놀이의 소리가 있다. 록과 재즈를 아우른 우리 가락이 있다. 전통적 타법과는 사뭇 다르게 새로운 방법으로 두들겨 내는 소리가 있고, 서양악기로도 심벌즈에 콘트라베이스, 드럼이 뒤섞이기도 한다. 그냥 '소리'의 이벤트다. 각각 굵기가 다른 북채를 여럿 들고 나와 신들린 듯 두들겨대는 것을 보면 검무劍舞를 연상시킨다.

처음 그의 연주를 본 것은 1980년대 초 워커힐 미술관의 '독일로 가는 한국화'라는 전시회에 작품을 냈을 때였다. 전람회 개막 공연으로 김대환 타악연주가 있었던 것이다. 그 이후 20년 동안 몇 번 그의 공연을 보았는데 그야말로 언제나 예측불허였고 전위적이었다. 늘 '머무름' 없이 계속 실험중이었다. 듣는 사람의 귀가 조금씩 열리고 고개가 끄덕여지는 순간 그의 소리는 다시 저만치 앞서가서 손짓한다.

힘들게 만들어 부수고 다시 만들기를 거듭한다. 머무름이 없다는 점에서 그는 영원한 실험음악가다. 칠순이 내일모레건만 육신의 나이에 아랑곳없이 검은 모자, 검은 천, 검은 신발로 온몸을 감고 장발의 머리를 질끈 묶은 채 오토바이의 시동을 걸어 도시 속으로 사라져버리던 사람. 질주하는 오토바이와 타악기 소리는 얼핏 줄긋기가 안 되지만 1430시시짜리 육중한 오토바이에 앉아 머플러를 날리며 그는 땅의 울림과 바람의 소리에 귀를 기울였다. 자연이 내는 그 모든 소리는 물소리든 바람 소리든 그리고 땅의 숨소리든 머무름이 없고 형체가 없다. 그러나 그 속에는 분명히 생명의 맥박이 있고 기의 파장이 있다. 김대환은 그 맥박과 기운을 두드려서 끌어내 살려내고 싶었던 것이다.

김대환의 소리는 음악학교에서 배우고 익혀 나온 소리가 아니다. 혼자서 터득하고 길을 열어가는 소리다. 선배도 없고 스승도 없다. 맹인 특유의 직관과 감각으로 길을 가듯 그는 특유의 음감 하나만으로 야생마처럼 소릿길을 열어왔다. 나라 안팎에서 조금은 비밀스럽게 열리던 그의 연주회마다 용케 알고 찾아다녔던 김대환 마니아 중에는 그를 '신화적 존재'로 떠받들려는 사람들이 있지만 정작 그는 자신을 한 번도 '소리 천재'나 타고난 북장이로 생각해본 적이 없다.

오히려 그는 음악을 좋아하는 했지만 재능이 별로 없다는 사실을 일찍부터 간파했노라고 고백했다. 그래서 재능에 기대기보다 연습에 몰두하는 쪽을 택했노라고. 그의 '연습'은 실로 독한 데가 있었다. 밤무대가 끝나는 새벽 세시에도 하숙방으로 가서 쓰러지는 대신 악기 창고로 들어가 자물쇠를 채우고 동이 트도록 드럼을 두드렸다. 한때는 사람들과 말하며 보내는 시간이 아까워 혀끝을 잘라버리고 연습에 몰두하기까지 했다. 스틱을 쥔 손마디에서 흘러내리는 검붉은 피를 보고서야 연습을 그치기가 예사였다. 타고난 재능이 있다면 바로 이 연습 재능일 뿐이라며 그는 소년처럼 웃었다.

그의 '두드리는 음악' 인생은 인천 동산중학교 브라스밴드부에서 시작되었다. 그는 이때부터 음악으로 건방을 떨기 시작했다. 그러다가 공군 군악대와 미8군을 거치고 강태환트리오의 멤버로 활동하면서 본격화된다.

인천은 황해문화의 관문으로 일찍부터 외래문화가 길을 내었던 도시다. 일본과 중국은 물론 프랑스와 영국, 미국과 독일 같은 열강들이 인천 바닷길을 따라 조선반도에 들락거렸고, 이런 분위기야말로 인천이 근대문화적 감각에 눈뜬 요인이기도 했다. 일찍부터 서양음악이 자연스럽게 저변에 퍼졌고 미군부대를 중심으로 서양악기들이나 그 악기들을 사용하는 연주를 볼 수 있게 된다. 개방적이고 어딘지 들뜬 분위기의 도시였다. 뒷골목까지 이국의 냄새가 흘러다녔다. 도시의 그런 분위기는 자연 소년 김대환의 낭만적 기질에 불을 붙였고 음악인생을 걸게 한 요인이 되기도 했다.

그의 예술에는 상반된 부분이 많다. 온 힘을 다해 폭발적으로 두드려대는 타악의 세계와 1밀리미터 두께의 쌀 한 알에 수많은 글자를 새겨넣는 미세한 조각의 세계도 전혀 상반된 것이다. 북을 두드릴 때는 손에 힘이 가해지지만 쌀, 상아, 금속 등에 하는 미세한 조각에 오면 반대로 손의 힘을 빼야 한다. 45배까지 확대되는 공업용 현미경으로 들여다보면서 0.8밀리미터의 철필로 글을 새기기 위해서는 손의 감각에 의존해서는 안 된다. 이 극도로 섬세한 작업을 위해서는 손의 감각 이상의 다른 어떤 초감각이 있어야 한다. 이 초감각의 근원을 그는 종교성에 두고 있다. 『반야심경』이나 '주기도문'을 새기는 것도 어쩌면 몸의 감각을 넘어서는 그 어떤 힘의 도움이 필요하기 때문인지도 모른다. 그가 즐겨 다루는 주제 중에는 종교적인 소재 말고도 〈아리랑〉이 있다.

생명의 노래-화동
꽃의 군무 속 소년처럼 김대환의 세계는 물아지경의 그것이었다.

그는 〈아리랑〉이야말로 한민족의 동질성을 엮는 핵심이라고 생각하는 것이다.

실제로 그는 통일부총리를 지낸 한완상 박사가 명예이사장으로 있는 한민족아리랑연합회의 이사를 맡았었고 나 역시 그 회에 관련되어 있던 연고로 아리랑회에서도 만나게 되었다.

예인으로서 그가 보이는 상반된 특징은 그대로 사람됨에서도 드러났다. 늘 기존의 세계를 뛰어넘으려 전력투구하는 예술가이면서도 강한 보수성을 지니고 있었다. 한사코 매스컴을 피하려 드는 측면이나 소년 같은 수줍음은 그의 발산하는 음악세계만을 알고 있는 사람을 어리둥절하게 했다. 상반된 두 분야, 음악과 조각에서 독특한 길을 열어 일본과 미국을 비롯한 많은 나라에서 명성을 얻고 있음에도 예술가임을 내세우려 들지를 않았다.

그러나 곰곰 살펴보면 그의 이런 상반된 듯한 세계는 하나의 세계를 이루고 있었다. 미세한 조각에 의해 귀로 들리지 않는 섬세한 음까지 잡아내고, 소년 같은 순수성과 수줍음을 지니고 있기 때문에 일흔에 다다른 나이에도 안주함이 없이 한결같이 새 음을 찾았던 것이다. 돈 될 리도 없는 쌀 세각에 매달린 것도 마찬가지였다. 마치 나비채를 들고 산으로 숲으로 아름다운 나비를 채집하기 위해 정신없이 헤매는 소년처럼 그는 늘 무언가에 몰두했던 것이다.

유난히 지루한 우리 예술계, 어쩌다 새것이라 해도 외국에서 배워온 것 보이기 일쑤인 닳고닳은 예술계에 김대환 같은 상쾌한, 그리고 돌올한 개성의 예인이 있었다는 것은 즐거운 일이다.

보통사람은 나뭇잎에 떨어지는 빗소리를 좋아하건만 헬멧에 튀기는 불규칙한 비의 리듬을 좋아하던 사람, 그 탄력적인 박자에 전율을 느끼며 비 오는 날일수록 오토바이의 질주를 좋아한다던 사람, 자신의 북소리에 천둥소리와 새벽이슬을 함께 담고 싶어하던 사람, 전후좌우를 돌아보지 않고 자신의 원 비트 음악인생과 각쟁이 인생길을 가던 사람. 그는 그래서 내가 말없이 바라보는 교실 밖의 스승이기도 했다.

흑우 김대환의 음악인생　　　타악기 연주자 흑우 김대환(黑雨, 金大煥, 1933~2004)은 인천 동산중학교의 브라스밴드에서 트럼펫을 불며 음악인생을 시작했다. 이후 선무공작대, 공군 군악대에서 연주하다가 전쟁으로 스물일곱에 제대해 1959년 무렵부터 미8군 쇼 무대에서 드럼을 연주했다. 이때 만난 신중현과 함께 클럽을 순회하며 '클럽 데이트'라는 '패키지 쇼'를 시작하게 되었고, 이후 신중현이 처음 만든 록그룹 '애드포(Add 4)'에도 가담한다. '애드포' 이후에는 조용필을 만나 '사랑과 평화'의 최이철과 함께 '김트리오'를 결성했다. 김트리오 해체 이후 사촌동생인 색소폰 주자 강태환과 '프리재즈'라는 낯선 음악을 추구하는 재즈밴드 '강트리오'를 결성해 재즈 뮤지션으로 활동한다.

'드러머'에서 '타악기 주자'로 전향하여 10년간 강트리오로 전성기를 보내다 다시 재즈밴드를 그만두고 '타악기 솔리스트'로 길을 바꾼다. 북 하나로만 연주하기 시작한 것이다. 그의 연주는 북채, 장구채, 드럼 스틱 등 무려 여섯 개의 채를 동시에 사용하여 큰북을 두드려 다채로운 소리를 내는 것이 특징이다. 그의 대표작 〈흑우黑雨〉(1991)는 일본 시장에서 먼저 선을 보인 뒤 한국에 역수입될 정도로 국외에서 더 유명하다. 5백여 회의 세계 순회공연을 다녔고, 1999년 10월에는 도쿄 신주쿠에서 음악인생 50년을 기념하는 콘서트를 가졌다.

연주활동 외에도 쌀 한 톨에 『반야심경』 283자를 새겨넣는 작업을 1985년에 완성하여 기네스북에 오르는 등 세서細書 혹은 세각細刻의 달인으로도 알려져 있다. 2004년 일흔한 살의 나이로 세상을 떠났다.

김대환의 음악 철학　　김대환은 세상의 모든 소리를 음정의 여부에 따라 조음과 악음 그리고 잡음으로 분류한다. 김대환은 악음 악기를 도와 음의 조화를 이루어주는 조음 악기를 좋아했다. 그는 "악음(협화음)의 음정이 맞듯 조음(불협화음)은 어울림이 맞아야 한다. 악음 악기는 음정이 있기 때문에 음정이 맞는지를 가려야 하고 조음 악기는 음정이 없기 때문에 소리의 어울림만을 가려야 한다"고 이야기했다.

그가 도달한 곳은 결국 '소리'의 세계다. "음악은 끝낸 지 오래되었다. 지금 나는 '소리를 내는 사람'이다. 음악은 관념과 함께 가기 때문에 아무리 잘해도 음악이라는 테두리에서 벗어날 수 없다. 그걸 뚫고 나가야 '소리'라는 거대한 세계를 만날 수 있다." 이것이 그가 음정·박자 등 음악적 형식에서 탈피해 하나의 주제 아래 즉흥 연주로만 일관되는 '프리 뮤직'에 빠진 이유다.

결국 김대환은 '모든 박자는 일박一拍에 통섭通涉된다'는 음악 철학에 도달했다. 한 번의 때림으로 일체를 완성하고 한 번의 울림으로 산천을 깨울 수 있는 소리, 그것이 바로 '검은 비' 즉 '흑우'의 소리다. 생명은 있되 일정한 형태는 없는 비, 아주 작은 것이지만 때로 산을 허물고 바위를 구르게 하는 힘을 지닌 비, 한 번의 번쩍하는 때림 속에 산천이 울리게 하는 비, 그것을 닮고자 하는 철학이 그의 호에 담겨 있다.

바우덕이와 안성.

마음의 불길이 혹여나 세상으로 번질까 하여 그늘끼리 숨어산 것일까. 철새처럼 떠돌아다니며 발 닿는
곳마다 예술혼을 남기고 사라진 남사당 바우덕이패. 그 바우덕이를 만나러 간다. 마음의 길을 따라. 이
땅의 선배 예인과 나 사이에 난 그 길 위로 꽃잎이 흩날린다. 스물여섯에 죽어 거적때기에 둘둘 말려 버
려졌어도 그녀는 여전히 살아 이 땅의 신명나는 곳 어디에라도 나타날 것 같다. 늘 그랬듯이 맨 앞에서
환하게 웃으며.

눈물의 길,
남사당의 길

나는 얼굴에 분칠을 하고

삼단 같은 머리를 땋아내린 사나이

초립에 쾌자를 걸친 조라치들이

날라리를 부는 저녁이면

다홍치마를 두르고 나는 향단이가 된다.

이리하여 장터 어느 넓은 마당을 빌려

램프불을 돋운 포장 속에선

내 남성이 십분 굴욕된다

─노천명, 「남사당」에서

남사당을 아는가. 안성 남사당 바우덕이패를 아는가. 그중에서도 원
화(源花, 신라시대에 사회의 전통적 가치와 질서를 익히며 예절과 무술을 닦던 청
년단체로 화랑의 전신)의 환생, 국자랑(國子郎, 고조선시대에 활쏘기를 익히며
심신을 다스리던 청년단체로 화랑의 기원)의 후예라고 불렸던 바우덕이(본명

김암덕), 짓밟히고 업신여김을 당하면서도 고통의 절규마저 예술로 승화시켰던 그 민중예인의 삶을 아는가. 스물세 살의 처녀로 죽어 관도 없이 눈 속에 묻혔던 그 서러운 죽음을 또한 아는가. 남사당을 떠올리면 영화 〈패왕별희〉가 함께 떠오른다. 그 장국영도 어느 날 꽃잎처럼 홀연히 지고 만다.

길 하나를 낸다. 마음의 길을. 이 땅의 선배 예인들과 나 사이의 그 길에는 바람이 불어 꽃잎이 흩날린다. 그 길 따라 바우덕이를 찾아간다. 안성땅 불당골, 그 남사당 최후의 은거지로. 팔사당골이라고도 불렸던 그 골짜기의 입구에는 천년 고찰 청룡사가 있다. 불사佛事 때면 남사당패들이 내려와 일손을 거들곤 했다는 쓸쓸한 절이다. 정제청 앞으로 초파일 연등이 두셋 나부끼고 있을 뿐 조용한 절집 마당에는 햇빛만이 자글자글 끓고 있다.

바우덕이의 신화는 대원군 때로 거슬러올라간다. 고종 2년(1865) 대원군은 경복궁을 다시 짓기 시작하여 고종 4년(1867)에 마쳤는데 이때 공사를 독려하기 위해 온 나라 안에서 농악대가 동원된 적이 있다. 이때 전국의 농악대 중에서 가장 뛰어난 재주를 보인 안성 석정농악대에게 대원군은 옥관자(정3품 당상관 이상의 벼슬아치가 쓰던 옥으로 만든 망건의 관자)를 내린다. 그리하여 안성 석정농악대의 두레기(두렛일을 할 때 풍악을 울리면서 세우고 가는 농기)가 나타나면 어느 마을의 두레기이건 간에 기를 숙여 절을 드렸다고 한다. 그런 이유로 세월이 지나가면서 안성 농악을 영좌농악領座農樂이라고 이르게 되었는데, 영좌기의 명성은 안성뿐 아니라 전국으로 퍼져갔다. 이 옥관자 공로는 안성 남사당패를 이끈 바우덕이에게 있었다고 한다. 안성 남사당의 뿌리를 바우덕이가 살았던 안성군 서운면 청룡리 불당 마을에 둔 것도 그 까닭이다.

곡마단 오던 날

이제는 사라져버린 곡마단. 곡마단이 들어오던 날은 마을의 축제일이었다.

경내를 둘러보고 나오던 길에 사하촌 같은 마을 입구에서 노인 한 분(김기섭)을 만났다. 뜻밖에 그이는 바우덕이와 열두 사당패 얘기를 엊그제 본 것처럼 들려준다.

"조선 제일의 예능 재주를 타고난 사람들이었지. 신라의 원화 맥을 이어받았다고들 했다는구먼. 흥선대원군에게 정3품 당상관 옥관자를 받았을 만큼 팔도에 이름이 높았어. 특히 바우덕이는 남장했어도 복숭아꽃 같은 미녀였던데다가 조선 유랑집단 사이에 하늘이 내린 재주로 불렸다우. 염불은 물론 소고춤에 풍물, 꼭두각시놀음, 덧뵈기놀음, 줄타기 등등 못하는 기예가 없었어. 바우덕이 굿판 열리는 장터마다 사람이 구름같이 몰렸지. 하지만 죽을 땐 천한 신분이라고 관 하나도 제대로 쓰지 못했어. 가마니때기에 둘둘 말아 저 산 아래 개천가에 버렸다고 전해진다우. 숫제 짐승 취급이었지."

노인은 한 세기도 전 일을 현재형으로 이야기했다.

"구경은 좋아했지만 사람들은 그들과 어울려 사는 것만은 한사코 피했어. 워낙 기예를 천시한데다 남녀가 같이 먹고 자는 패륜집단으로 여긴 탓이야."

원래 안성장은 『허생전』에 나올 만큼 유명했던 곳이다. '경상도, 전라도, 충청도가 교류하는 경기도의 교차로'로 팔도의 물산과 사람이 모여드는 곳이었다. 놋그릇, 꽃신, 갓으로 유명했고 장거리에는 몸재주와 풍물 등 판굿놀이가 늘 풍성했다. 바우덕이패의 남사당 풍물놀이도 이런 분위기 속에서 발달했을 터이다. 마을로 내려가 한 집을 잡아 저녁밥을 얻어먹고 나면 어둠과 함께 놀이판의 마당에 횃불을 밝히면서 흥겨움도 함께 깊어간다. 그 밤이 지나고 나면 더는 갈 곳이 없이 막다른

꽃 피고 새 울면
바우데기가 온다. 마을마다 동네마다 바우데기가 온다

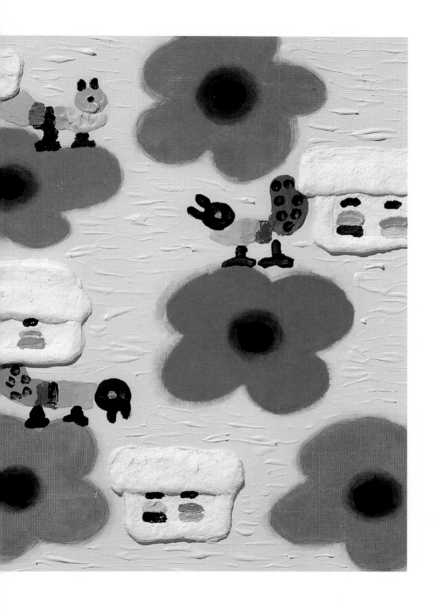

이 팔사당 골짝으로 들어와 몸을 숨겼던 것이다. 나병환자들처럼 그들은 저희끼리만 어울렸다.

과연 팔사당 마을은 깊고 외진 데 있었다. 팔사당은 남사당패가 한창 전성기일 때 집을 여덟 채씩이나 짓고 살았대서 붙여진 이름이지만 지금은 서너 채가 남고 그나마 남사당과는 전혀 관련 없는 집들이다. 계곡 비탈에는 알 수 없는 붉은 꽃들이 수없이 피어 있었다. 피를 토하듯 붉은 그 꽃은 팔사당 마을을 에워싸며 여기저기 피어 있었다. 피어서 뭐라고 아우성을 치는 것 같았다. 마치 남사당의 혼백들처럼.

바우덕이, 그녀는 이 팔사당골에 마지막까지 혼자 남아 길 떠나는 남사당패를 쓸쓸히 배웅하곤 하다가 병이 깊어져 스물세 살 되던 해 홀로 죽어간다. 천한 신분이라 하여 관도 없이 누군가 가마니때기에 둘둘 말아 근처 어느 골짜기에 묻고 말았다.

기록에 의하면 1990년 말까지 그녀의 묘지는 돌보는 이 하나 없이 잡초 속에 황량하게 버려져 있었다. 그러던 차에 다행히 '안성 남사당'이 제30회 전국민속예술경연대회에서 대통령상을 받게 되면서 안성지방의 예능을 주도했던 바우덕이의 넋을 기려야 한다는 소리가 높아졌고 마침내 서운산 밤나무골 양지바른 비탈에 묘를 꾸미기에 이른 것이다.

해 저무는 시간 서운산 자락을 찾아 바우덕이의 묘소 앞에 앉았다. 저 멀리 건너편 청룡사 가는 국도로 한 무더기 꽃처럼 둥둥 떠오는 남사당의 환영을 본다. 영기令旗 앞세우고 길군악 울리며 꽹과리, 날라리에 상쇠, 굴쇠, 벅고, 장고와 함께 벌죽하게 불당 마을로 돌아오는 바우덕이패의 환영을.

흥겨운 음악과 다채로운 색채들이 한데 어울려 눈부신 길 맨 앞에 전설의 가인 바우덕이는 환하게 웃고 있다.

바우덕이의 생애　　　안성 남사당패의 전설적인 명인인 바우덕이의 본명은 김암덕(金岩德, 1848~1870)이다. 그녀의 출생지는 분명하게 밝혀져 있지 않고, 다섯 살에 남사당에 들어가 열다섯 살에 꼭두쇠가 되었다는 이야기 정도가 전해진다.

　　바우덕이는 꼭두쇠로서 기량도 뛰어났지만 미모도 빼어나 보는 사람을 매혹시켰다고 한다. 특히 소고에 능해 경복궁 증건 당시 '판놀음'에서 소고와 선소리를 하였다고 한다. 그녀의 놀이를 높이 산 흥선대원군이 손수 옥관자를 하사하기도 했다. 이후에도 전국을 돌며 공연을 한 바우덕이는 스물세 살의 꽃다운 나이로 세상을 떠나 안성시 서운동 청룡리에 묻혔다.

　　1989년 안성 남사당이 전국민속예술경연대회에서 대통령상을 수상하자 이를 계기로 안성지방의 예능을 주도했던 바우덕이의 넋을 기려야 한다는 소리가 높아져 현재 해마다 '바우덕이 축제'가 펼쳐진다.

안성 남사당　　　남사당패는 1990년대 초 사라지기 시작해 그 원형을 찾기 어려워 일반적으로 사당패와 남사당패 또는 걸립패 등을 같은 것으로 혼동한다. 남사당놀이를 '뜬광대놀이' '사당패놀이'라고도 부르나, 재인청 등에 예속된 광대들을 중심으로 한 '뜬광대놀이'나 춤과 소리를 위주로 하는 '사당패놀이'와 남사당놀이는 그 성격이 다르다. 남사당놀이는 서민들이 사는 마을 부락을 찾아다니며 놀이판을 벌였으며, 풍물을 위주로 하되 연희적 성격이 강한 놀이다. 중앙 남사당놀이는 중요 무형문화재 제3호이며 안성 남사당놀이는 1997년 경기 무형문화재 제21호로 지정되었다. 현재 지방 여러 곳에 남사당패가 현존해 있는데, 여섯 놀이마당은 지역마다 기능 면에서 다소간의 차이가 있으나 거의 비슷하다.

경기도 안성 및 진위, 충청도 당진 및 회덕, 경상도 진양 및 남해, 황해도 송화 및 은율 등지가 남사당패의 겨울나기 은거지로 알려져 있는데, 그중 안성은 조선 후기 각종 예인패가 집중된 지역으로 특히 유명했다. 안성 남사당은 바우덕이로부터 김복만, 원육덕, 이원보, 김기복 등으로 그 맥이 이어져오고 있다.

이건창과 강화

가팔랐던 이 나라 근대사의 불길 속을 부릅뜬 눈과 표표한 걸음걸이로 걸어간 조선 말 문신이자 대문장가 이건창. 역사상 보기 드문 청백리였지만 반대파의 중상으로 멀리 압록강변 벽동과 전라도 고군산도 등으로 귀양을 가기도 했던 시인은 항상 나라와 백성을 걱정하고 염려했다. 수많은 사회시, 애국시, 애민시를 남겼던 그는 풍전등화 같던 구한말 우리 민족의 정신적 지주였다.

강화도, 핏빛의 일몰 속에서
우국의 음성을 듣다

바다 한가운데서 크고 붉은 해가 치솟았다. 해는 점점 커져 하늘을 메우더니 미친 불길 되어 파도를 삼키고 섬을 덮친다. 푸른 섬은 삽시간에 불덩이로 타올랐다. 핏방울로 튀어올랐다.

꿈이었다. 전날 일몰을 욕심내 석모도에 들어왔던 것이 탈이었다. 지는 해의 화려함에 취해 그만 그 이쁜 섬에서 하룻밤 묵고 만 것이다. 내가 '민머루 해변'에서 본 해는 그토록 아름다웠건만 웬일로 꿈은 흉몽이었다.

석모도 부두에 선다. 우국의 섬 강화로 되돌아가기 위해. 예나 이제나 나라는 상처 입은 짐승처럼 앓고 있다. 옛 시인은 듣는가. 그 뒤척이는 신음을.

대몽항쟁의 망명정부, 임금이 몸을 숨겼던 한 많은 그 땅으로 가는 감회는 화창한 날씨임에도 가볍지가 않다. 끼룩끼룩 갈매기떼는 뱃전을 덮다시피 따라온다. 사람들이 던져주는 과자 부스러기를 쫓아. 문득 드넓은 바다와 푸른 하늘을 버려두고 날개들을 부딪치며 뱃전에 엉기

는 저 갈매기들이…… 추해 보인다. 내가 지금 그 흔적 찾아가는 강화
의 옛 시인 이건창의 삶은 저렇지 않았다. 비석 하나 없이 '건평리' 야
산에 초라한 봉분으로 누워 있지만 시인은 세속의 이익을 좇아 저렇게
야단스럽게 덤비지 않았다.

이건창, 가팔랐던 이 나라 근대사의 불길 속을 부릅뜬 눈과 꼿꼿한
걸음걸이로 걸어갔던 사람. 밖으로는 외국 열강들이 침흘리며 옥죄어
오고 안으로는 귀족들의 부패가 극에 달하던 시절에 서슬 퍼런 글로 시
대의 미친 바람을 꾸짖었던 사람.

지금 나라는 치욕을 당하고 있고 백성은 근심에 잠겨 있으며, (…) 재정
은 고갈되어 이 상황은 진실로 (…) 눈물 흘리며 통곡해야 할 때입니다.
(…) 한 개 부서나 편제를 약간 바꾸는 정도로 이름뿐인 개화 아닌 실질적
인 변화에 힘을 다해야 합니다.
　　　　　　　　　　　　　　　　　—「의론시정소擬論時政疏」에서

역사는 어쩌면 이리도 되풀이되는 것인가. 백여 년 전 시인의 한숨과
꾸짖음은 그대로 오늘 우리에게 향하는 것인 양 생생하기만 하다.
　시인 이건창은 4백 수 넘는 한시를 썼지만 개인적·주관적 정서의 표
현에 머문 작품은 거의 없다. 한결같이 나라에 대한 걱정과 민중에 대
한 연민으로 가득찬 시들이며 농어민과 화전민 들의 생활에서 우러난
정감들을 표현하고 있다. 외세를 경계하고 국가를 지키는 일의 중요성
을 일깨우는가 하면, 그 악독한 세금 정책과 부패한 관리를 고발하고
폭로한 내용도 많다.

서울의 부귀한 곳은

철 따라 아름다운 절기도 많지만

시골의 가난한 사람들에겐

추석 같은 명절도 없다네

—「전가추석田家秋夕」에서

찬우물 약수터와 철종 외가와 시인 이규보 묘소를 빠르게 지나쳐
간다.

강화는 과연 민족사의 축소판, 지나치는 곳마다 역사의 맥박이 짙어
진다. 고려가 38년간(1232~1270) 몽고에 대항하여 죽음을 걸고 싸웠던
최후의 저지선이자 수도가 되었던 이곳은 신화와 호국과 충절과 사상
그리고 문학의 땅이다.

까마득한 날의 고인돌과 '한울님'께 제사 올리던 성산聖山 마니산과 참
성단, 수많은 호국유적과 함께 정제두와 강화학파의 생명사상이 숨쉬
고 있는 곳이다. 강화가 뚫리면 나라가 날아간다고 강화의 역사는 말해
준다.

민족 최후의 보루 강화에서는 옛 조선 포대의 후신인 해병대 초소들
마저 예사로이 보이지 않는다.

'함허동천' 가는 한적한 외곽도로를 돌아 마침내 화도면 사기리
167번지 이건창 생가에 닿는다. 저 작은 초가에서 그는 조부 이시원에
게 무릎 꿇고 글을 익혔을 것이다. 그리고 이조판서였던 그 할아버지가
병인양요에 스스로 목숨 끊는 것을 보면서 충절의 가르침을 뼈아프게
새겼을 것이다.

생가 앞 들판 한쪽에는 흰 눈을 뒤집어쓴 듯 탱자나무 꽃이 눈부시

비마(飛馬) 같은 문학세계
힘과 기세 그리고 탈속과 비범함으로 일세를 풍미한 이건창의 문장세계는 질풍처럼 들판을
가르며 달리는 한 마리 준마를 연상시킨다. 이건창의 시를 읽고 한숨에 그려보았다.

사기리 탱자나무
이건창 생가 앞의 늙은 탱자나무(천연기념물 제79호). 처음 적병의 접근을 막기 위해 심었다는
이 나무는 결국 역사의 증인이기도 한 셈이다.

다. 제 가시로 제 몸을 찔러 향기를 낸다는 나무. 프랑스 함대의 풋소리에 놀라 새벽녘 벌판을 달려 동검도 앞바다로 시커멓게 몰려가는 이양선을 바라보았을 소년 이건창을 저 늙은 나무는 지켜보았을까. 원래 성벽 아래 적의 접근을 막기 위해 심었다는 강화의 탱자나무다. 적은 함대의 포로 공격해오는데 순하디순한 우리 백성은 탱자나무 가시로 막으려 했는가.

음습하게 강화 앞바다에 나타났다가는 사라지고 나타났다가는 사라지곤 하던 수상한 이양선이 사기리 앞바다를 거슬러 초지진, 광성진 앞바다로 새까맣게 밀려와 섬을 불덩어리로 공격해온 것은 1866년의 일이다. 그 병인양요로 강화 땅이 짓밟히자 어린 건창을 그리도 사랑하던 스승이자 조부 시원은 스스로 목숨을 끊는다. 그것은 하늘이 무너지는 충격이었다. 그러나 그 조부의 순절을 기리는 별시別試에서 이건창은 열다섯 나이로 급제한다. 조부는 임종 때 어린 이건창을 앉히고 송나라 정자程子의 구절을 인용한 '질명미진質明美盡' 네 자를 유서로 남긴 바 있는데 건창은 그 조부의 뜻을 평생 되새겼다. 서재의 이름을 명미당이라 하고, 후일 시문집을 『명미당집』이라 이름 붙였을 만치 조부는 그에게 큰 스승이었다.

풍광은 변함없이 눈부시건만 섬의 역사는 왜 이리 애달픈 것인가. 이건창의 시들은 한결같이 풍광의 '눈부심' 아닌 삶의 '애달픔'을 담고 있다.

(팔려간) 한구, 주인의 말 듣고/새 주인 따라갔네/(밤이면) 몰래 옛 주인집으로 돌아와/차마 옛 주인 보지는 못하고/다만 주인집의 문만 지켜주다 가네 (…)

그는 장시 「한구편韓拘篇」에서 팔려갔으나 밤마다 옛 주인의 집에 돌아와 그 문을 지켜주고 돌아가는 충직한 개를 그리고 있다. 멀고 고통스러운 귀양길에서조차 나라 사랑으로 눈물 뿌렸던 자신의 마음을 그렇게 표현했던 것일까.

이건창의 죽음을 접하고 멀리 전라도 장수 땅에서 '북으로 800리'를 달려와 통곡하며 시인 매천 황현은 이렇게 제문을 썼다.

공의 돌아가심은 커다란 구슬이 (소리내며) 부서짐 같습니다. 사람들이 들에서 통곡하고 잠자리에서 웁니다. (…) 공을 모함하던 자들도 오히려 슬퍼하거늘, 하물며 나같이 외로운 자는 그 눈물이 어찌 강을 이루지 않겠습니까. 이제 풍상우로風霜雨露에도 내가 목숨 부지하려 함은 오직 공을 통곡하기 위함입니다. (…)

그러나 그 황현 또한 이건창 사후 10여 년 만에 한일병합조약 체결 소식을 접하고는 절명시를 남긴 채 독약을 삼켜 자결하고 만다.

이건창의 생애　　이건창(李建昌, 1852~1898)은 조선 말기의 문신이자 명문장가다. 본관은 전주며 조선 말기 이조판서 시원是遠의 손자로, 증이조참판 상학象學의 아들이다. 어려서부터 할아버지로부터 가르침을 받았고, 열다섯 살 되던 해에 급제하여 열아홉 살 때 벼슬길에 올랐다.

천성이 강직해 지위 고하를 막론하고 양보가 없어 주위의 앙심을 샀고, 충청도 암행어사 시절에는 모함을 받아 유배생활을 하기도 했다. 그후로는 벼슬에 뜻을 두려 하지 않았으나 고종이 친서를 보내 부르자 다시 경기도 암행어사로 나아갔다. 이때도 그는 관리들의 비행을 파헤치고 흉년으로 고통받는 농민들을 일일이 찾아다니면서 세금을 감면해주는 등 구호에 힘써 각처에 그의 선정비善政碑가 세워졌다.

1890년 한성 소윤 시절에는 청인과 일본인 들이 조선의 토지를 마구 사들이는 것을 막기 위해 시급히 국법을 마련해야 한다는 상소를 올렸고 이들에게 땅을 판 사람을 다른 죄목으로라도 엄하게 다스렸다.

갑오경장 이후에는 새로운 관제에 의한 해각부의 협판協辦·특진관特進官 등에 임명되었으나 모두 거절했다. 1896년에는 해주관찰사에 제수되었으나 사양하다가 다시 유배되기도 했다. 두 달 정도 지나 풀려나자 고향인 강화에 내려가서 초야에 묻혀 지내다가 2년 뒤 마흔일곱 살의 나이로 세상을 떠났다. 저서로 문벌을 초월하여 당쟁의 원인을 객관적으로 서술한 『당의통략』과 문집 『명미당집』 등이 있다.

이건창이 남긴 「명미당집」 이건창은 창강滄江 김택영, 매천梅泉 황현과 더불어 구한말 3대 문장가로 꼽힌다. 고종 역시 그를 당대 최고의 글쟁이로 꼽았다. 임오군란 당시 대원군이 청나라에 압송되자 고종은 그에게 "글을 짓는데 그대가 꼭 필요하다. 이 글을 보는 사람으로 하여금 한 글자를 볼 때마다 한 방울의 눈물을 흘릴 수 있도록 하라"며 청 황제에게 바칠 주문奏文을 명하였다는 일화가 있다.

그가 남긴 문집 『명미당집』에 실린 산문 중에는 그가 여러 지방을 암행했을 때 혹은 멀리 귀양 갔을 때 백성들의 생활을 보고 쓴 것이 많다. 한 예로 「전가추석田家秋夕」에서는 시골 사람들이 추석을 맞이하는 모습을 통해 당시 농촌의 가난한 모습을 묘사하고 있다. 또 충의를 표현한 작품들도 실려 있다. 「육신묘六臣墓」에서는 "이 마음 하루라도 잃어버린다면, 더러운 육신 흙만도 못하다"라고 하면서 대의大義의 중요성을 설파한다. 단발령을 소재로 한 「잡제雜題」에서는 일찍 죽지 못해 머리를 깎아야 하는 지경을 만났다고 하면서 "어리 같은 이 세상에 어디로 가잔 말고. 아침 내내 말없이 벽만 쳐다보네"라고 한탄했다. 이러한 작품들은 당시 사대부의 참담한 심경을 잘 담아내고 있다.

글을 잘 짓는 비결을 알려달라는 친구에게 곡진하게 답한 편지인 「답우인논작문서答友人論作文書」도 있다. 여기서 이건창은 먼저 뜻을 세운 다음 말을 꾸밀 것, 수사修辭에 있어서는 시를 짓듯이 한 글자 한 글자에 신경을 쓸 것, 글을 묵혔다가 남의 글 보듯이 하여 문장이 자신의 마음에 들 때까지 철저하게 고쳐나갈 것

등을 충고했다.

이렇듯 다양한 명문이 가득한 『명미당집』은 1917년 중국에 망명중이던 김택영 등에 의해 난통주南通州 한보린서국翰墨林書局에서 간행되었다. 현재 국립중앙도서관 위창문고에 보관되는 이 책은 『이건창 전집』『명미당 전집』 등의 제목으로 출간되었고, 최근에는 한글로 쉽게 풀이되어 쉽게 접할 수 있게 되었다.

나혜석과 수원

가끔은 드라마나 소설이 따라잡을 수 없는 삶이 있다. 나혜석이 그 경우가 아닐까. 우리나라 최초의 여성 서양화가이자 독립운동가요 진보적 사회사상가, 문인으로도 일세를 풍미했던 나혜석. 실천적 여권운동가로서 극적인 삶을 살다 간 예술가이기도 했다. 식민지 조선의 신여성으로 선택받은 삶을 산 대표적인 신데렐라였으나 가부장제적 사회구조의 질곡 속에서 이지러진 그녀의 삶은 끝내 황폐해지고 만다.

못다 핀 화혼은
서호西湖에 서리고

　파리에 머물고 있던 고암 이응로 선생의 부인 박인경 여사와 차 한잔을 나누며 들었던 이야기 한 토막.

　"이화여고 졸업반 때였어요. 안양으로 스케치를 나갔다가 친척이 하던 양로원에 들렀지요. 할머니들이 돌팍에 앉아 해를 쪼이고 있는데 저만치 홀로 앉아 있던 40대 여인 한 분을 가리키며 친척이 일러주셨어요. '저분이 나혜석씨야'. 다가가 인사를 드리자 스케치북을 좀 보여달라면서, '눈부신 나이로구나'라고 하더군요. 그러나 어린 내 눈에는 알 수 없는 기품이 서려 있는 그분이 더 눈부셔 보였어요. 그날 나여사는 냄새나고 어두운 방 한쪽에서 원고를 찾아내와서는 손이 떨려 글을 더 못 쓰니 원고 정리를 좀 해달라고 부탁했어요. 파리생활을 기록한 글들이었지요. 훗날 파리에서 생활하면서 문득 그 글들이 떠오르곤 했답니다."

　아직도 조선 왕조의 기운이 서려 있는 긴 성의 도시 수원. 붉은 해는

'여기산' 너머로 지고, 팔달산 낙조가 장엄하다. 길이 6천여 미터에 이르는 엄청난 규모의 화성은 동서남북에 창룡문, 화서문, 팔달문, 장안문 등의 4대문을 거느리고 따로 장대포를 쏘는 '포루'며 진지인 '포사' 그리고 봉화를 올리는 '봉돈'을 두고, 인공호수 곁에는 날아갈 듯한 '방화수류정'을 세웠다.

화성 옛터를 따라 걷다보면 수원이 단순히 서울을 80리 앞에 둔 외성 外城 밖 도시가 아닌 또다른 '서울'의 면모를 갖추고 있음을 알게 된다. 실제로 정조대왕은 명을 다 못 채우고 죽은 부친 사도세자의 묘소를 수원읍 화산으로 옮기고 그 자리에 현륭원을 세운 후 직접 화성 쌓는 작업을 독려하며 '작은 서울'을 계획한다. 정조는 현륭원을 찾아 향을 올린 후에는 슬피 울며 수원행궁으로 돌아가지 않고 재실(齋室, 무덤이나 사당 곁에 제사를 위해 지은 집)에서 꼬박 밤을 새우곤 했다 한다. 영조의 손자이자 그 할아버지의 손에 죽은 사도세자의 아들로 태어난 기막힌 운명의 정조는 빼어난 규중문학인 『한중록』을 지은 혜경궁 홍씨의 아들이기도 하여 문장이 뛰어났다. 시·서·화에 두루 빼어나서 시인이나 서예가, 화가로서도 그 이름이 높았다.

수원성의 이러한 역사적 내력 탓일까. 정조가 죽은 후 한 세기 만에 수원에서는 증조부가 조선조 호조참판을 지낸 왕족 같은 명가에서 조선예술계의 여왕인 나혜석이 태어난다. 뛰어난 재능을 가졌지만 뼈저린 슬픔을 겪어야 했던 내력마저 닮았다. 그녀에 대해 사람들이 기억하는 것은 우리나라 최초의 여성 서양화가로서의 나혜석이다. 아직 조선이 캄캄하던 1910년대에 도쿄여자미술전문학교에서 유학하고 유럽을 여행하며 이름을 날렸던 화려한 명성의 그 나혜석만을 기억한다. 구시대적 권위와 인습과 도덕률에 저항하며 실의와 고독 속에 죽어간 또다

여인, 검은 구름
여인, 검은 구름 그리고 고양이……

른 나혜석에 대해서는 알지 못한다.

낙조의 석양빛을 받으며 '서호'로 간다. 남쪽에서 밤새워 달려온 열차가 벌판을 흔들며 가는 소리에 놀라 갈대숲에서 일제히 철새가 날아오르곤 하던 그 서호. 조선시대 옛 이름이 '축만제'던 이 서호는 이젠 농업진흥원 시멘트 담 안에 갇혀 옛 정취를 찾을 수가 없다.

나혜석은 꿈 많은 여학교 시절부터 이 호수를 자주 찾곤 했다. 유학에서 돌아와서는 푸근하고 너른 이 호수를 바라보며 예술가의 꿈을 키우곤 했다. 두 명의 한복 입은 여성이 호숫가에 나들이 나와 있는 그녀의 〈수원 서호〉를 보면 두 여성 중 하나는 화가 자신임을 짐작게 된다. 서호의 물위로 나혜석, 그 화려하면서도 슬픈 반세기 생애가 떠오른다.

증조부가 호조 참판을, 부친이 용인 군수를 지낸 명가에서 태어난 정월 나혜석. 도쿄 유학에서 돌아온 그녀의 첫 개인전(1921년 3월, 경성일보사 안의 내청각)이 몰고 온 폭발적인 반응을 매일신보는 이렇게 전한다.

(여성) 서양화가로 우리 조선에 유일무이한 나혜석씨의 양화 전람회는 (…) 인산인해를 이루도록 대성황이었으며 (…) 제2일에는 더욱 많아, 세 시까지의 관람자가 무려 4, 5천 명에 달하였더라.

한 사람의 전시회에 4, 5천 명이 몰렸다. 요즘에도 쉽지 않은 일이다.

그녀는 외교관 김우영과 결혼하여, 1927년 유럽 여행길에 오름으로써 또 한번 대중의 뜨거운 관심을 받는다. 이때 그녀의 나이 서른두 살. 당시의 유럽이나 미국은 조선인에게는 풍문으로나 듣던 세계였다. 영국 유학을 하고 돌아오는 청년 장택상을 조선 총독이 마중 나갔다는 시절이었다. 그런 점에서 그녀는 식민지 조선 여성으로서는 선택받은 신데렐라였다. 장장 16개월에 걸친 유럽과 미국 여행은 벅찬 흥분과 감동의 연속이었다.

그녀는 수많은 미술관과 박물관, 화랑을 들러 서구미술의 흐름을 숨가쁘게 체험하고 1933년부터 이듬해에 걸쳐 「구미유기歐美遊記」라는 글을 월간지 『삼천리』에 집중적으로 연재한다. 파리에서 그녀는 20세기 미술의 새로운 기운을 엿보았으며, 여성의 당당한 실존과 자유를 보았다. 밤늦도록 카페에서 삶과 미술을 이야기하며 그녀는 거기서 다른 세상을 보았다. 그러나 미술을 전공하고 돌아오더라도 제대로 된 화랑 하나 없던 경성을 생각하면 우울하기만 했다. 예술가라고는 했지만 며느리로서 그리고 어머니로서의 가사와 육아 문제 등에 있어서 그녀라고 별다른 해결책이 있을 리 없었던 것이다.

마침내 남편 김우영만 귀국하고 그녀는 1년 동안 파리에 남아 아내도 어머니도 아닌 화가 나혜석의 삶을 살아간다. 이 기간이야말로 완전히 화가 나혜석 자신만을 위한 삶이었다고 할 수 있다. 파리에 홀로 남은 그녀는 몇몇 연구소와 작가의 아틀리에를 드나들며 20세기 미술의 새로운 기운을 호흡하는데, 특히 야수파 계열의 격정적이고 활달한 화풍이 그 마음을 사로잡는다.

그러나 파리에 머무는 동안 중추원 참의 출신에 언론사 사장을 지낸 당대의 명사 최린과의 염문으로 그 이후의 삶은 전혀 다르게 펼쳐진다. 여성의 버선목만 보아도 허벅지를 보았다고 하던 시절이었다. 그녀를 향한 어제까지의 박수가 비난으로, 선망이 저주로 바뀌는 데는 그리 긴 시간이 필요치 않았다. 「여류화가 나혜석」이라는 글을 쓴 이명온이라는 사람은 이 사건에 대해 "누구의 과오도 아니며 원죄다"라고 역설한다. 이방인, 특히 이방 예술가를 정신없이 취하게 만들어버리는 파리의 분

화가 나혜석
여성 억압과 차별의
사슬을 끊고 흑암의 세상
을 향해 고고성을 울리다

에미는 선각자였느니라.
한 사람의 화가이기 전에 진보적 지식인이었던 나혜석은 봉건적 가치와 피투성이로 대결
했다.

위기가 감성 여린 그녀에게는 덫이었다는 것이다.

파리에 갈 때마다 몽마르트르나 몽파르나스 그리고 생제르맹 거리의 카페에 앉아 나는 멍하니 나혜석의 자취를 더듬곤 했다. 예나 이제나 예술가의 자유혼을 불타게 하는 파리는 확실히 낭만을 넘어 사람을 취하게 하는 그 무엇이 있었다.

거대 자본의 이동에 따라 파리는 미술도시의 옛 영화를 그 잔해로만 안고 있지만 그래도 파리 하면 미술이다. 나 대학 다닐 때까지만 해도 미대생에게 유학 하면 맨 먼저 떠오르는 곳이 파리였다. 도대체 그 도시의 무엇이 그토록 미술가들을 들뜨게 했던 것일까. 나혜석에게 있어서 파리는 그리움의 도시이기 이전에 독배毒杯의 도시였다.

어쨌든 이 사건이 빌미가 되어 그녀는 원치 않는 이혼을 하게 된다. 그러나 굴하지 않고 『삼천리』에 저 유명한 「이혼고백서」를 쓴다. 그와 함께 사람들의 손가락질을 온몸으로 막아내며 다시 일어서기 위한 전시를 준비하여 마침내 100점이 넘는 작품으로 최후의 개인전을 열었지만 평단과 대중의 반응은 싸늘했다. 이후 그녀는 급격하게 황폐해져갔고, 붓을 놓아버린 채 수덕사, 마곡사, 해인사 등지를 떠돌며 정처없는 유랑의 길에 오른다. 언젠가는 수덕사 견성암으로 승려가 다 된 여성작가 김일엽을 찾아가기도 한다.

그때 남편과 아이들은 대전에서 생활하고 있었다. 그녀는 스스로 에미 노릇을 못했다는 자괴감에 가슴이 찢어지는 듯한 고통을 안고 먼발치에서 하교하는 아이들을 바라보곤 했다. 그런 날 밤이면 소나무숲을 스치는 바람 소리마저 어머니를 부르는 아이들의 소리로 들려 화들짝 놀라 일어설 때가 한두 번이 아니었다. 그때 이미 육신은 무너져가고 죽음의 그림자는 서서히 그녀를 덮치고 있었다.

나혜석, 그녀가 간 지 꼭 반세기 만에 반도의 이름 없는 미술학도인 내 앞에 작은 스케치북 한 권이 펼쳐졌다. 장안평 고서점에서 먼지를 쓰고 있다가 누군가 찾아내어 보관하고 있던 것이 내 앞에까지 흘러온 것이다.

나프탈렌 냄새가 코를 찌르는 그 작은 양피지 스케치북을 들추면서 나는 왈칵 육친의 정 같은 것을 느꼈다. 스케치북을 넘길 때마다 그녀의 살갗을 스치는 것 같았다. 문득 나혜석이나 이중섭 같은 파란의 생을 디딤돌로 하여 나 같은 작자가 여기까지 올 수 있었다는 생각이 들었다. 피투성이로 가시덤불을 베어내고 예술의 길을 닦아놓은 것은 그들이다. 그 길 위를 나 같은 시러베는 무임승차하여 굴러온 것이다. 부디 '예술가입네' 하고 턱을 쳐들고 다니며 까불지 말 일이라는 생각이 들었다.

1920년대 후반 러시아·중국·태국 등지를 여행하면서 이국 풍경을 연필로 그린 작은 스케치북에는 한자로 쓴 10여 개의 주소와 조금은 서툴러 보이는 프랑스어로 쓴 메모 같은 것도 있었다.

정신도 몸도 아름다웠던 시절에 그린 그 작은 그림들과 글씨들 사이로 행복의 냄새가 묻어나왔다. 그러나 그 행복의 페이지들은 너무도 짧았다.

우리나라 최초의 여성 서양화가이자 『폐허』의 동인으로도 활동했던 문인 나혜석은 확실히 어떤 탁월한 상상력의 소설로도 따라잡기 어려울 만치 극적인 삶을 살다 간 예술가였다.

내가 나혜석을 처음 알게 된 것은 1970년대 초반 어느 여성잡지에서였다. 누이가 구독하던 그 잡지에는 미술평론가 이구열 선생이 발굴하여 기록해간 그녀의 평전이 실려 있었다. 매달 그 글을 대할 때면 가슴이 두근거리곤 했다.

그 잡지에는 또 한 사람, 프랑스의 샹송 가수 에디트 피아프의 생애가 실려 있었다. 빛나는 재능을 가졌지만 불운했던 두 여인의 이야기를 나는 소중히 오려 모으곤 했다. 알 수 없는 일이었다. 왜 불운했던 생애 쪽에 더 눈길이 가곤 했던 것일까.

일간 신문에 「화첩기행」을 한두 번쯤 게재하고 나서였을 것이다. 내 앞에 다시 자료 묶음 하나가 도착했다. '정월나혜석기념사업회'의 유동준이라는 이가 보낸 것이었다. 유회장이 평생 모은 나혜석의 자료들 속에서는 그녀의 최후를 기록한 '관보'도 들어 있었다. 유회장은 자식도 그렇게 할 수 없을 만큼 나혜석에 열중했다. 놀랍게도 그는 문화나 예술과는 거리가 멀어도 한참 먼 동물 사료와 관련된 이었다. 그러고 보면 인연의 얽혀듦이란 묘하고도 묘했다.

크리스마스를 앞둔 어느 해 겨울밤, 산사와 양로원을 떠돌던 반신불수의 그녀는 마지막으로 옛 화우 이승만의 집에 들렀다. 거의 폐인의 행색이었다. 그녀는 몰라보게 피폐해 있었다. 육신의 마비와 함께 정신분열 증세까지 겹쳐 있었다. 그 크고 아름답던 눈은 피곤에 찌들대로 찌들어 총기를 잃고 있었으며 손은 떨고 있었다. 오만하던 미의 여왕의 모습은 간곳없었다. 그녀는 심하게 떨리는 손을 감추며 입술을 달싹여 뭐라고 중얼거렸다.

"자식들이…… 자식들이 미치도록 보고 싶어."

마른 볼 위로 주르르 눈물이 흘렀다.

2년 후 그녀는 행려병자가 되어 용산의 한 시립병원 무연고자 병동에서 홀로 숨을 거둔다. 눈부신 봄날 태어나, 춥고 시린 겨울밤 그렇게 스러져간 것이다.

"4남매 아이들아, 어미를 원망하지 말고 사회제도와 도덕과 법률과 인습을 원망하라. 네 어미는 과도기에 선각자로 그 운명의 줄에 희생된 자였느니라"고 절규했던 나혜석.

자신의 예술과 사랑에 오만하도록 당당했던 그 조선 예원의 꽃은 죽음을 지켜본 사람도, 시신을 거두어 묻어준 사람도 없이 '관보'의 사망자 광고란에 그렇게 한 줄로 남았다. 그러고는 끝이었다. 나혜석의 모든 것은 신화처럼 묻혀버렸다. 불과 50년 세월의 안팎에서 모든 것이 지워져버렸다. 그녀의 생가터인 수원 '나羅참판댁'도 그녀가 잠들어 있는 묘지도 알 수 없다. 심지어 문화관광부에서 예술가들의 생가터나 묘지에 세우기 위해 마련한 표지석마저도 수년 동안 수원시에 그대로 보관되어 있을 정도로 모든 것이 오리무중이다. 묻고 물어 겨우 화성군 봉담면 어딘가에 그녀의 묘소가 있을 거라는 말을 듣고 '봉담' 일대를 다 뒤지다시피 했건만 허사였다.

봉담면 이곳저곳을 헤매다 산기슭에 앉아 쉴 때였다. 문득 허공에 당당하면서도 오만한 나혜석의 얼굴이 떠올랐다. 언젠가 흑백사진에서 본 그 얼굴이었다. 그녀는 이 세상 인연을 끊은 지 반세기 후에 자신의 자취를 찾아 헤매는 후학을 나무라는 듯 귀찮아하는 듯 싸늘한 표정이었다. 나혜석의 초상은 그렇게 잠깐 떠올랐다가 지워졌다.

나는 '나혜석 묘소 찾기'를 포기하고 일어섰다. 어쩌면 생애의 모든 흔적을 지워버리려 했던 것이 이 선각자의 생각이었을지도 모른다는 생각 때문이었다.

나혜석과 수원   우리나라 최초의 여성 서양화가이자 문인으로, 「모^母 된 감상기」 「이혼고백서」 등을 통하여 남녀불평등한 사회구조에 당당하게 맞섰던 예술인 정월 나혜석(晶月 羅蕙錫, 1896~1948)은 경기도 수원에서 나고 자랐다. 나혜석에 대해서는 사생활과 관련한 온갖 풍문만 있을 뿐, 예술가로서의 평가와 자료 정리는 아직도 미흡하다.

생가는 남아 있지 않지만, 수원불교보급소(현 수원사)에서 '최초의 여성 서양화가 개인전'을 열었던 인연으로 수원시에서는 2003년부터 나혜석 예술제, 나혜석 음악회 등을 정기적으로 개최해왔다. '나혜석 생가 거리미술제'가 열릴 때에는 나혜석의 생가 일원에서 그를 추모하는 미술 및 사진전시, 체험행사, 공연 등 다양한 문화행사가 펼쳐진다.

수원 화성에는 나혜석의 예술혼을 기리기 위해 그녀의 이름이 붙은 거리도 생겼다. 2000년에 생긴 이 길은 3백여 미터밖에 되지 않지만, '차 없는 거리'로 조성되어 예술가들의 거리 전시나 각종 공연이 자주 열린다.

정월 나혜석의 생애   정월 나혜석은 수원에서 한말 사법관을 거쳐 군수를 지낸 나기정의 5남매 중 둘째로 태어났다. 수원의 삼일여학교(지금의 매향여자경영정보고등학교)와 서울 진명여학교를 졸업한 뒤 유학을 떠나, 1913년 우리나라 여성으로서는 최초로 일본 도쿄여자미술전문학교에서 유화를 전공했다.

1918년 미술학교를 졸업하고 함흥 영생중학교, 서울 정신여자고등학교에서 미술 교사를 지냈고, 1919년에는 3·1운동에 참가했다가 체포되어 수개월간 투옥했다. 1921년 경성일보사 내청각에서 첫 유화 개인전을 가진 이후 서화협회전람회, 조선미술전람회 등에 작품을 출품했다.

나혜석의 회화는 시기별로 화풍이 다르다. 도쿄 유학 이후부터 세계 일주 이전까지의 작품(1918~1926)은 일본에서 습득한 아카데미즘과 인상파 화풍이 절충된 양상이다. 세계 일주 및 유럽체류시기(1927~1929) 작품은 인상파 화풍 위에 야수파 화풍과 입체파 화풍이 함께 나타난다. 귀국 이후(1930~1935)에는 인상파 화풍의 작품과 파리 시절의 스케치로 제작한 것으로 보이는 작품 등 다양한 작품들이 섞여 있다. 대표작으로는 〈자화상〉〈무희〉〈나부〉〈정원〉〈스페인의 풍경〉〈파리풍경〉 등이 있다.

나혜석은 미술뿐만 아니라 문학에도 뛰어나서, 소설, 시, 산문 등 다양한 장르에서 많은 글을 남겼다. 유학 시절에는 최승구·이광수와 교류하면서 도쿄 유학생 동인지였던 『학지광』에 여권신장을 옹호하는 글을 주로 발표했고, 1918년에는 『여자계』에 단편소설 「경희」를 발표하기도 했다.

나혜석은 남편 김우영과 세계 일주 여행을 하던 중 파리에서 최린과 사랑에 빠져 이혼했다. 사회적 비난과 자식들에 대한 그리움, 경제적 궁핍 등으로 많은 고통을 겪었지만 여성의 삶을 억압하는 사회적 관습을 거침없이 비판했다.

이후 양로원, 보육원 등을 전전하다가 1948년 12월 10일 무연고자 병동에서 눈을 감았다. 그녀의 무덤은 어디에도 남아 있지 않다. 작품도 상당수 소실되어 현재 30여 점의 작품만 남아 있다.

김삿갓과 영월

아비를 죽인 자가 바로 자신임을 깨닫고는 스스로 눈을 찔러 장님이 된 오이디푸스. 그는 그뒤에 어떻게 살았을까. 아마 김병연처럼 세상을 떠돌아다니며 시를 토해내지 않았을까. 조부를 욕되게 하고 차마 얼굴을 들 수 없어 삿갓으로 눈을 덮고 구름처럼 방랑한 김삿갓 말이다. 길운. 뉘운. 무운. 꽐운…… 발 닿는 곳마다 구름의 이름을 한 영월에서 나 역시 구름처럼 바람 따라 떠돌았다.

노루목 누워서도
잠들지 않은 시혼

산어귀에서 자동차가 서버렸다. 나는 기계치다. 어찌할꼬, 앞으로 컴퓨터와 기계에 어두우면 향, 소, 부곡 같은 집단이 된다는데. 지나가던 순찰차의 도움으로 겨우 시동은 걸렸지만 이번에는 자갈투성이의 길. '와석계곡' 입구는 도로공사로 어수선한데다 막돌이 깔린 비포장길이다.

'삿갓 영감이 막는구나' 하는 생각이 들자 껄껄 웃는 그의 웃음이 골짜기 가득 울리는 것 같다. '이 사람아, 걸어서 오게나. 나는 걸어서 팔도를 유랑했는데 자동차가 웬 말인가.' 차를 버려두고 '노루목'까지의 10리 남짓 거리를 걷는다. 따가운 5월 햇살에 삿갓 하나 없이. 『정감록』에는 이 일대를 죽음 없는 땅, 종적 감출 만한 곳이라 하여 '미사리*
死里'라고도 했다는데, 김병연은 갔어도 이 계곡에 분명히 그의 시혼만은 죽지 않고 살아 있을 터이다.

시원하게 흘러내리는 물소리 따라가면서 문득 "나는 지금 청산으로 들어가는데, 녹수야 너는 왜 게서 나오는 거냐"고 산천과 대화하던 김삿갓을 떠올린다. 그도 이 길을 구름처럼 떠돌며 걸었을까. 그리고 보

왕방연의 시조비 쪽에서 내려다본 청령포 소묘
청록빛 물길이 이 흰 모래톱을 그림처럼 감아 흐르는 빼어난 절경이지만 어린 왕 단종에게
는 천형의 감옥이었다.

영월 산수 쪽으로

영월 가경과 김삿갓 운수행을 한 붓에 담아본다. 백운, 태화, 구룡산, 구곡지중 흘러내린 청
록수가 '동강' '서강' 물길 이루는 영월은 모두가 가경, 승경이다.

니 영월은 길운, 뉘룬, 무운, 팔운, 곳곳에 구름 지명이다. 계곡은 들어 갈수록 아름다워 밟고 가기마저 송구하다. 하긴 비단 '노루목' 가는 길만이 아니다. 영월은 백운, 태화, 구룡, 구곡지중九曲之中이 모두 신선이 노닐고 있을 것처럼 아름답다.

그러나 이 빼어난 산수 풍광 속에 역사의 피바람과 울음은 유난히 많았다. 수십 척 깎아지른 태화산, 구룡산, 백운산. 깊은 골짜기 차고 시린 물이 흘러 이룬 청록빛 '동·서강'엔 차마 발목 담그기조차 어렵다. 그러나 미인이 복이 없듯 산수도 너무 아름다우면 그 삶은 가파르게 흐르고 마는 것일까. 삶이 슬플진댄 산수의 눈부심도 오히려 원망이 되는 법. 그래서 영월 땅에는 한 맺힌 슬픈 시가 유난히 많다. 한 맺힌 사연이 유난히 많았다는 이야기다.

태어난 지 이틀 만에 어머니를 잃고 열두 살에 왕이 되었으나 폐위된 채 청령포에 유배되어 열일곱 나이로 사약을 받았던 단종. 그도 이 눈부신 영월 봄경치를 두고 "골짝마다 피 흘러내리는 것 같다"며 절규 같은 「자규시子規詩」를 썼다. 그 단종에게 사약을 전하고 돌아서며 금부도사 왕방연 또한 눈물 뿌려 "천만리 머나먼 길 고운 임 여의옵고……"라며 애달픈 마음 시로 남기지 않았던가. 가슴 아픈 역사를 새기며 해마다 5월 이곳에서는 단종제가 열린다. 제향을 올리고 충신봉화, 낙화제, 제례무가 펼쳐지고 백일장이 열린다. 그런 일로나마 단종의 한이 달래질 수 있을지……

비단 단종이나 왕방연의 시뿐 아니다. 영월 땅에는 성삼문, 박팽년, 이개, 하위지, 유응부, 김시습 같은 헤아릴 수 없이 많은 이들의 애절한 시들이 산천에 떠돌고 있다. 그리고 이러한 시맥詩脈은 '조선의 두보'인삿갓 김병연에 와서 다시 한번 절창으로 피어난다. 그의 시가 풍자와 저항과 해학을 담고 있는 것도 어쩌면 이 영월 땅에 어려 있는, 슬픔과 한의 시맥과 닿아 있어서는 아닐까.

군이 운과 율을 맞추려고 애쓴 것 같지도 않게 붓 들어 한 호흡에 쳐내는 스님들의 선화禪畵처럼 그는 상황과 장소에 따라 즉흥적으로 시를 토해냈다. 그래서 한시임에도 옛 격식에 얽매이지 않아 자유롭게 쓴 한글 시와 같은 느낌이고, 눈높이 또한 주로 중인이나 그 이하 신분에 맞추고 있어, 그가 내로라하는 세도문중인 안동 김씨의 반상 출신이라는 것마저 잊게 한다. 단원, 혜원의 풍속화나 판소리 사설처럼 김삿갓의 시는 세속을 다루되 속되지 않고 직설적이되 예술성이 빼어난 것들이었다.

한겨울에도 늘 푸른 대나무가 난다는 '대밭드리' 지나 노루목에 닿는다. 등과 이마에 땀이 흥건하다. 묘소 입구에는 '시선 김삿갓 난고선생 유적비'라는 훌쩍 큰 바위가 서 있다. 영월의 한 향토사학자에 의해 이 무덤이 발견된 것은 30여 년 전(1982. 10). 전라남도 화순군 동복에서 철종 14년(1863)에 객사한 병연의 시신을 영월에 있던 차남 익균이 이곳으로 옮겨왔다는 내력이 자세하게 적혀 있다.

손으로 잡는 것마다, 토해내는 숨결마다 시가 되었던 김삿갓. 시로 말하고 시로 웃고 시로 울던 김삿갓. 그 김삿갓 병연은 원래 당대 제일의 세도가 안동 김씨의 문중에서 태어나 장래를 보장받은 몸이었다. 그러나 그가 다섯 살 되던 순조 11년(1811) 운명처럼 홍경래의 난이 일어났고 선천 부사였던 조부 김익순은 홍경래의 농민군에게 투항하여 겨우 목숨을 구했다가 역신이 된다. 똑같이 개혁과 혁명의 기치를 들었건

산과 물의 가족들
노루목 가는 길에는 산과 계곡, 나비와 새와 물고기 들로 가족군을 이룬다.

만 홍경래와 김병연의 운명은 훗날 뒤틀리며 얽혀들어가게 된다.

14년 후, 이러한 집안의 사정을 알지 못한 청년 병연은 향시에 나가 "탄嘆! 김익순죄통어천金益淳罪通於天!" 즉 역적 김익순의 죄를 규탄하라는 문제에 답하여 "한 번 죽어서는 그 죄가 가벼우니 만 번 죽어 마땅하리오"라고 선천 부사 김익순을 매섭게 비판하고 장원이 된다. 그러나 그토록 격렬하게 비난했던 김익순이 곧 자신의 조부라는 사실을 알고 스스로 하늘을 볼 수 없는 죄인임을 자처하여 삿갓을 쓰고 유랑하게 되는 것이다. 그리하여 평생 대삿갓 쓰고 미투리 신고 "이대로 저대로 되어가는 대로 바람 부는 대로 물결치는 대로 (⋯) 그렇고 그런 세상 지나가는 대로" 정처없이 떠돌며 운명과 인생과 풍경을 조롱하고 시로 뱉어냈던 것이다.

운명은 때로 예기치 않은 길목에 있다가 사람의 뒤통수를 치는 것인가. 홍문관 대제학쯤의 출셋길을 달렸을 병연을 이 집 저 집 돌아다니며 빌어먹는 방랑시인으로 내몬 것도 그 불가사의한 '운명'이었다.

'김삿갓 소주'를 파는 천막 한쪽에서 잠시 쉬다가 물길 따라 서북으로 다시 2킬로미터쯤 올라가니 들풀 무성한 폐가 한 채가 나온다. 아들과 아내가 머무르던 김삿갓의 집터라 한다. 집 앞으로는 시린 석간수가 흐르고 들꽃은 흐드러지게 피어 바람에 일렁인다.

조선 명종 때의 풍수 대가 격암 남사고가 천하에 둘도 없는 피난처라고 했다는 이곳은 과연 밖에서 난리가 난다 한들 알 길 없는 은둔처다. 골짜기 해 짧아 바깥세상보다 어둠이 먼저 내린다 하여 '어둔'이라고 불렸다는 곳이다. 그리고 보면 김삿갓이야말로 그 몸은 한사코 어둠 속에 감추었으면서도 시의 빛으로 바깥세상 어둠 비추려 했던 사람 아니던가.

살 아 있 는 김 삿 갓   구전설화 속 대표적 인물이었던 김삿갓 즉 김병연 (金炳淵, 1807~1863)은 우리 곁에서 끊임없이 이야깃거리를 만들어낸다. 문학사가 이응수 선생은 일제강점기부터 전국 각지를 답사하면서 김삿갓의 시를 수집해 1939년에 『김립시집』을 발간했다. 이후에도 이응수 선생은 자료 수집과 연구를 거듭해 북한에서 『풍자시인 김삿갓』을 출간했다. 이 책은 남한에서도 『김삿갓 정본 풍자시 전집』으로 출간되었다. 김삿갓은 라디오 연속극 〈방랑시인 김삿갓〉처럼 방송의 소재가 되기도 했다.

1982년 강원 영월군 하동면에서 향토사학자 박영국이 김삿갓의 묘와 집터를 발견했다. 지금은 이 유적지에 묘비와 시비가 서 있으며 그의 생애와 문학세계를 한눈에 볼 수 있는 문학관도 생겼다. 이후 '김삿갓 마을'이라고 불리던 이곳은 공식 지역명을 '김삿갓면'으로 바꾸었다.

김 삿 갓 의 생 애 와 시 세 계   김병연은 쉰일곱 살로 객지에서 병사할 때까지 거의 30여 년을 방랑시인으로 떠돌았다. 그는 때로는 남의 문간방에서 자고, 때로는 동네 서당에 머물면서 수많은 시편들을 남겼다.

그의 시는 특유의 유머를 담아내고 있다. 예를 들어, 자격을 갖추지 못한 시골

훈장들의 허위의식을 "매양 모를 글자를 보면 눈이 어둡다 빙자하다가도/문득 술잔이 돌면 나이가 많다고 먼저 마시면서"라고 조롱했다.

그는 얼핏 들으면 모르지만 뜻을 자세히 풀면 그 의미가 새롭게 읽히는 풍자시를 많이 남겼다. "해 뜨면 원숭이가 들에 나가고/저물면 모기가 처마에 모인다/고양이가 지나가니 쥐가 모두 죽고/밤이면 벼룩이 나와 쏘아댄다"라는 시를 일례로 들면, 처음엔 그 뜻을 알 수 없지만 별것 아닌 직분을 뽐내는 지방 토호들을 조롱하며 양반사회를 비꼬는 풍자시라는 걸 알 수 있다.

이처럼 당시 사회상을 독특하게 반영한 그의 시는 민중들에게 많은 사랑을 받았고, 과거시험에서도 필수 참고서처럼 읽혔다고 한다.

이효석과 봉평

소금을 뿌린 듯 하얀 메밀꽃. 그 위로 달빛의 거친 숨소리…… 일찍이 한국문학사에서 이토록 회자되던 문장이 있었을까. 「메밀꽃 필 무렵」의 그 토속적 탐미주의는 아직도 봉평장터에 희미하게나마 남아 있다. 달빛을 머금고 흐뭇하게 이어지는 그 메밀밭 앞에 선다. 저 서늘한 흰빛…… 비로소 효석의 문학 속으로 성큼 다가선 느낌이다.

봉평에는 벌써
메밀꽃이 피었을까

길은 지금 긴 산허리에 걸려 있다. 밤중을 지난 무렵인지 죽은 듯이 고요한 속에서 짐승 같은 달의 숨소리가 손에 잡힐 듯이 들리며 콩 포기와 옥수수 잎새가 한층 달에 푸르게 젖었다. 산허리는 온통 메밀밭이어서 피기 시작한 꽃이 소금을 뿌린 듯이 흐뭇한 달빛에 숨이 막힐 지경이다. (…)

어느 견습작가는 "소금을 뿌린 듯이 흐뭇한 달빛에 숨이 막힐 지경"이라는 문장에 이르러 그만 원고지를 무르고 일어나 작가되기를 포기했다고 알려진다. 귀신이 아닌 바에야 어떻게 이런 표현을 할 수 있겠으며 이에 견주건대 나는 애시당초 가망 없기 때문이라는 것이었다. 「메밀꽃 필 무렵」, 관능적이고도 토속적인 아름다움으로 한국 단편문학의 으뜸으로 손꼽히는 작품. 아닌 게 아니라 그 언어는 갓 잡은 생선처럼 퍼덕인다.

하지만, 이효석, 그는 아무래도 환쟁이인 내게는 색채의 문학가다.

붉은 황토와 억센 산줄기, 푸른 들풀과 검붉은 벼슬의 수탉 그리고 그 위에 덧칠되는 야만적·충동적 색정의 세계가 그렇다. 효석의 문학은 그래서 야수파의 그림을 들여다보는 것 같다. 옻칠한 가죽 단화를 신고 서양 음반을 수십 장씩이나 모았으며 입맛 까다로운 미식가인데다 흑백 대비 강한 프랑스 영화를 즐겨 보았다는, 섬세하고 이지적인 사나이. 그 서구풍 멋쟁이는 뜻밖에도 황토에 핀 붉은 작약 같은 존재였던 것이다.

유진오가 급한 전보를 받고 병실에 도착했을 때 그는 핏빛 카네이션과 흰 글라디올러스가 고혹적으로 어우러진 병상에 고요히 누워 있었다고 전해진다. 세상에, 죽음의 순간까지 탐미주의자의 분위기를 잃지 않은 것이다.

그러나 그가 그려낸 세계는 한결같이 단내를 풀풀 풍길 만큼 원시적 생명력 넘치는 '색깔 있는' 것들이다. 그의 실제 삶은 지극히 도회적이고 세련된 것이었으나, 문학 속의 삶은 강원도의 흙냄새 진동하는 투박한 것이었다. 이 두 세계는 내게 화성과 금성만큼이나 멀다. 봉평의 낮은 구릉과 개울과 달빛을 받은 메밀밭 그리고 돌멩이투성이의 척박한 산길마저 효석의 문학 속에서는 신비한 빛을 발하는 '오브제'들이 된다. 그러다 「메밀꽃 필 무렵」에 이르러 마침내 그 관능적 토속미는 숨을 죽이게 한다.

눈여겨봐야 할 것은 효석의 문학에 등장하는 산줄기며 들판, 들풀, 들꽃, 수탉, 암탉, 말이며 나귀 등 식물과 동물 들의 세계가 토착미와 함께 야만적·충동적인 성의 탐미 대상으로 나타나고 있다는 점이다. 봉평, 장평 어디를 둘러보아도 실은 그렇게 장엄하고 기름지며 압도할 만한 자연의 모습은 보기 어려웠다. 우람한 태기산의 배경을 빼고 나면

달과 메밀밭
거친 숨소리의 노란 달과 소금 뿌린 듯 하얀 메밀밭 그리고 허생원과 동이. 문학에 취하고
풍경에 취해버릴 것 같은 밤을 화폭에 담아보았다.

오히려 바닥이 보이는 하천들과 낮은 구릉이며 돌멩이투성이의 산길 등은 메마르고 척박하다는 느낌을 준다. 그럼에도 효석의 작품에 나오는 자연과 생명체들은 한결같이 원시적·성적 매력을 뿜어낸다. 불과 서른여섯의 나이에 병으로 이승의 생을 마감하기까지 그는 이 나라 일제하 지식인 청년이 갖는 갈등과 고뇌 그리고 신구세대 사이의 괴리, 이데올로기의 혼란 등은 물론, 고향과 경성 간의 문화적 차이까지도 고스란히 감내해야 했을 것이다. 그러면서도 이 모든 갈등과 자신의 섬약한 기질을 극복해낼 힘으로 고향 봉평의 땅과 사람들을 생각해냈을지 모른다. 창백한 지성과 논리 아닌 억센 순정과 야만의 세계를 그리워했을 것이다. 내가 나서 자란 황토의 땅이여 산이여 만발한 꽃이여 나를 구원해다오. 이 병실에서 파란 실핏줄 달리는 하얀 팔뚝의 나를 좀 일으켜다오. 고향이여. 그 억세고 질긴 인연이여 드센 가난이여 그대들의 나의 구원이다. 이 파리한 하얀 방에서 끌어내어 나를 그 대지에 좀 눕혀다오. 그는 문학을 통해 그렇게 절규하고 싶었지 않았을까.

그러고 보니 내게도 떠오르는 얼굴이 하나 있다. 「메밀꽃 필 무렵」의 허생원을 닮았음직한 혁필革筆의 명인. 얼굴이 심하게 얽은 홀로 사는 장터 노인으로, 어린 시절의 나를 은밀히 손짓하여 '예술의 길'로 불러내 놀라운 세계를 열어 보인 장본인이기도 했다. 선생으로 먹고사는 형편에 미안한 얘기지만 사실 나를 미술가의 길로 충동질해댄 것은 '학교'교육이 아니었다. 희끄무레한 국적불명의 석고상을 죽자사자 그려대야 했던 '미술학원'은 더더욱 아니었다. 바로 그 이름 없는 '환쟁이' 노인이었다. 우리집 문간방에 몇 달씩 머물던 그이는 선친이 돌아가신 후 장터로 나갔다. 삼색필, 오색필, 팔색필을 예사로이 한 손으로 휘둘러대는 노인의 황홀한 재주에 어린 나는 넋을 잃고 바라보다 한숨짓곤 했다.

화문석 자리 위에 수제품 참빗, 얼레빗과 꽃술 단 쥘부채며 옻칠 입힌 목기류에 가방家方의 약품들까지 없는 것 없는 장터에서도 노인은 최고로 인기 있었다. 먹과 적·청·녹·황 채색을 묻혀 단박에 화려한 봉황이며 호랑이와 모란을 그려대던 그 신비로운 재주란…… 장터에서 그의 붓질을 보고 온 날이면 가슴이 뛰었고, 그날 밤 꿈에는 어김없이 대숲에서 호랑이가 튀어오르고 오색 봉황이 하늘을 덮었다.

화가가 되리라. 내 꿈은 이미 그 시절 시골 장터에서 싹튼 셈이다.

그러나 이제 그 풍요하고 정겹던 장터 풍경은 다시 만나기 어렵다. 그리워할 만한 것들은 언제나 빠르게 사라져가는 것인가. 어쩌면 사라져버려서 더 그리운 것인지도 모르지만, '장날'을 골라 「메밀꽃 필 무렵」의 봉평을 찾아가면서도 나는 내심 소설 속 그 장터의 상상이 깨어져버릴 것을 염려했다. 하긴 「메밀꽃 필 무렵」의 허생원이 달빛을 밟으며 산 넘고 물 건너 오갔을 장평과 평창 그리고 봉평의 깊숙한 곳을 영동고속도로와 장평 나들목을 뚫고 한달음에 달려온 것 자체가 스스로 소설의 상상력을 파괴하는 일일 테지만 말이다. 그러고 보면 길이 편해진 만큼 문학 속의 에스프리는 반감되는 것 같다. 그러다 봉평장에 이르러 그나마 낮은 천막 아래 벌여놓은 신발전과 기성복전 그리고 어물전과 막걸리 좌판을 대하고는 배시시 웃음도 나고 고맙기도 하고 그랬다. 가까운 태기산 휴양소인 피닉스파크는 밤에도 대낮같이 밝아 사람들로 붐비고 전자오락이 뽕뽕거리는 판이었으니 말이다.

나는 봉평에서 꽤 오래되었다는, 그러나 이름만은 '현대'인 장터 안

길동무처럼

비록 장돌뱅이는 아니더라도 적적한 산길을 가다보면 새들도 동무가 된다.

봉평장
「메밀꽃 필 무렵」은 봉평장을 무대로 한 인생유전과 운명의 이야기다. 소설 속의 그 흥겹고
걸쭉한 분위기에는 못 미치지만 봉평장은 아직도 희미한 옛 그림자를 남겨주고 있다.

막국숫집에서 점심 겸 저녁으로 메밀 막국수를 먹고, 건너편 '다방'에 들러 선하품을 하고 나오는 시골 마담에게 커피 한 잔을 청한다. 창밖으로는 먼지를 뒤집어쓰고 달리는 '평창운수' 버스가 지나가는 것이 보인다. 소설의 무대가 된, 옛날에는 제법 흥청대어 색주가가 자리하였음 직한 이 거리는 이제 한적하기 그지없다. 시골이면 어디에나 있는 '서울식당'의 간판과 미용실이며 중국집 따위가 올망졸망 늘어서 희미한 옛 모습을 가늠케 해줄 뿐이다. 벼슬이 붉은 장닭 한 마리가 햇살 쏟아지는 텅 빈 도로로 나와 무언가 두세 번 쪼아보는 시늉을 하더니 다시 장터로 들어간다. 장날이라고는 하나 소설 속의 그 왁자한 분위기에는 어림없이 못 미친다.

허생원은 말뚝에서 넓은 휘장을 걷고 벌여놓았던 물건을 거두기 시작하였다. 무명필과 주단바리가 두 고리짝에 꽉 찼다. 멍석 위에는 천조각이 어수선하게 남았다. 다른 축들도 벌써 거의 전들을 걷고 있었다. 약빠르게 떠나는 패도 있었다. 어물장수도 땜장이도 엿장수도 생강장수도 꼴들이 보이지 않았다. (…) 축들은 그 어느 쪽으로든지 밤을 새며 육칠십 리 밤길을 타박거리지 않으면 안 된다. 장판은 잔치 뒷마당같이 어수선하게 벌어지고 술집에서는 싸움이 터져 있었다. 주정꾼 욕지거리에 섞여 계집의 앙칼진 목소리가 찢어졌다. (…)

소설은 이렇게 이 거리의 한때 흥청대던 분위기를 전한다. 다방을 나와 몇 개의 점포를 기웃대다 '이효석 생가 1.2킬로미터'라고 쓰인 팻말을 따라가노라니 벌판 초입에 '가산공원'이라는 이름의 새로 단장한 터가 나온다. 듬성듬성 깎은 시골 소년의 머리처럼 아직 조경이 제대로 되어 있지 않았지만, 효석의 흉상이며 문학비가 놓여 있어 덜 쓸쓸하다.

효석의 생가와 기념관이 정비되면서 봉평은 이제 나라 안 '문학탐방 1호'의 면모를 어느 정도 갖출 수 있을 것 같다. 그런 면에서 아직은 아쉬운 것투성이지만 그래도 봉평 사람들은 이효석을 기리는 일에 각별하게 마음들을 쓴다. 효석은 확실히 그들 속에 살아 있었다. '현대막국수' 앞 작은 미장원의 아가씨는 「메밀꽃 필 무렵」의 그림엽서를 팔면서 효석과 그의 문학에 대해 내게 한참이나 설명해주었다.

생가까지 옥수수밭 사이 들길을 걸으며, 고향에 내려올 때마다 이 길로 다녔을 경성제대 학생 효석의 모습을 떠올려본다. 그 모습을 먼발치서 바라보며 가슴 두근대었을 시골처잔들 없었으랴. 봉평 시장 지나 남안동 다리를 건너올 무렵에는 어느새 밤이었다. 하늘에는 별무리가 촘촘하였다. 들풀 일렁이는 강변을 바라보며 무이교에 이르기까지 길 양편으로 메밀꽃이 이어지고 있었다. '소금을 뿌린 듯 흐뭇한' 양은 아니었지만 그래도 개발 붐이 몰아치는 봉평 땅에 이만한 메밀밭이 남아 있음에 위안을 받는다. 산허리에 걸려 있는 달빛을 머금고 흐뭇하게 이어지는 그 메밀밭 앞에 선다.

기상이변으로 예년보다 열흘 이상 일찍 피었다는 메밀꽃으로 가을은 봉평에만 앞당겨 와 있었다. 저 서늘한 흰빛…… 비로소 효석의 문학 속으로 성큼 다가선 느낌이다.

소설가 이효석의 생애   가산 이효석(可山 李孝石, 1907~1942)은 강원
도 평창에서 태어나 경성제일고등보통학교를 거쳐 1930년 경성제국대학 법문학
부 영문학과를 졸업했다. 1925년 매일신보 신춘문예에 시 「봄」이 선외 가작으로
뽑혔고, 1928년 「도시와 유령」을 발표하며 본격적인 문학활동을 시작했다. 「도
시와 유령」을 비롯해 도시 유랑민의 비참한 생활을 고발한 작품을 발표하며 카프
(KAPF, 조선프롤레타리아예술동맹) 진영으로부터 '동반자 작가'로 불리기도 했다.

대학을 졸업한 뒤 총독부 경무국 검열계에 취직했다가 곧 그만두고 경성농업
학교 영어 교사로 부임했다. 생활이 비교적 안정되기 시작한 1932년경부터 순수
문학을 추구하게 되어 향토적 세계를 시적 문체로 승화시킨 작품들을 잇달아 발
표했다. 이후 1930년대 후반기 무렵에는 작품활동이 절정에 달해 해마다 10여
편의 단편과 많은 산문 그리고 「화분」 「벽공무한」 같은 장편을 발표했다.

그러나 1940년에 아내가 죽고 극심한 실의에 빠진 뒤 건강이 나빠져 작품활동
도 점차 뜸해지다가 1942년에 뇌막염으로 병석에 누워 결국 서른여섯 살의 젊은
나이로 요절했다.

「메밀꽃 필 무렵」과 봉평 장터　　　이효석의 대표작인 「메밀꽃 필 무렵」은 1936년 『조광』 10월호에 발표되었다. 작가의 고향 부근인 봉평·대화 등 강원도 산간마을 장터를 배경으로, 장돌뱅이인 허생원과 성서방네 처녀 사이에 맺어진 애틋한 인연이 중심이 되는 매우 서정적인 작품이다.

이효석은 이 작품에서 관능적 정서를 고유의 토착 정서와 결합해 시적으로 승화시킨다. 특히, 회상 형식으로 이어지는 장돌뱅이 허생원의 애틋한 사랑 이야기가 달빛 아래 메밀꽃이 하얗게 핀 밤길을 배경으로 그려져 신비스러운 분위기와 한국의 보편적인 정서를 이끌어낸다.

평창군 봉평면에서는 매해 메밀꽃이 피는 시기가 되면 이효석의 문학세계를 기리는 뜻으로 효석문화제를 열고 있다. 이 소설에 등장하는 봉평장은 백 년 이상의 오랜 역사를 가진 곳으로 지금도 5일장이 설 때면 장꾼들과 장 보러 온 사람들의 발길이 끊이지 않는다. "생각만 하여도 철없이 얼굴이 붉어지고 발밑이 떨리고 그 자리에 소스라쳐버리던" 충주댁이 있었던 허생원의 단골 주막 충주집 역시 지금은 사라졌지만, 장터 옆 가산공원에 그 모습이 재현되어 있다.

〈아리랑〉과 정선

고갯마루를 내려오는 길 〈아리랑〉 한 가락이 들려와 뒤를 돌아본다. 아무도 없다. 방금 넘어온 고갯길에 햇빛이 쏟아지고 있을 뿐, 정선에는 유난히 고개가 많다. 태백산맥 첩첩산중에 비행기재, 섬마령 고개 다 넘어와도 백봉령 아홉 고개가 남으니 말이다. 그러나 이것들만이 고개일까. 살다보면 무수한 인생의 고갯길을 만나는 법. 아리랑 고개로 날 좀 넘겨달라는 노랫소리에 눈시울이 붉어진다.

아우라지 뱃사공아,
내 한마저 건너주게

〈정선아리랑〉의 탯줄 아우라지 가는 길, 기차는 간이역 '여량(현 아우라지역)'에 선다. 도회지로 가는 딸을 배웅 나온 듯한 어머니가 서 있다. 어여 그만 들어가시라고, 딸은 몇 번씩이나 손짓을 보내건만 어머니는 개찰구에서 움직일 줄 모른다. 그러다가 기어이 옷고름을 눈으로 가져간다.

증산을 떠난 기차가 잠시 머물렀던 또다른 간이역은 그 이름이 별어곡別於谷. 얼마나 이런 이별이 많았기에 역 이름마저 '이별의 골짜기'였을까.

나를 내려놓은 두 량짜리 기차는 제법 벌판을 흔들며 떠나가고, 떠나간 자리 따라 억새가 일렁인다. 포플러 숲 건너편으로 반짝 물길 한 자락이 보인다.

역 앞 청원식당에서 '콧등치기' 한 그릇으로 늦은 점심을 때운다. 후루룩 먹다보면 국수 가닥이 사정없이 콧등을 후려친대서 콧등치기란다(겨울에는 따뜻한 국물에 말아서 '느름국'이란 이름으로도 불린다). 가난도 익살과 해학으로 버무리면 견딜 만했던 것일까. 가난이야 서러울망정 콧등을 후려치는 국수 가닥이야 얼마나 반가운 것이랴 싶다. 메밀로 얼기설기 반죽하여 굵게 썰어 내오는 토속음식 콧등치기는 꼴뚜국수라고도 부르는데, 정선에는 유독 후다닥 해치우는 이런 식의 '치기' 음식이 많다. 강냉이밥인 '사절치기'도 옥수수 한 알을 네 개로 만들어 밥을 지었대서 나온 말. 어차피 논농사 짧은 가난한 산살림에 푸지게 먹기는 어려웠을 터이다. 오죽하면 "딸 낳거든 평창에 시집보내 이팝(쌀밥) 실컷 멕이라"는 말이 나왔을까.

정선은 원래 "신선 사는 깊은 산속 도원경 같다" 하여 그 옛 이름이 도원이었다는 곳이다. 산 많아 경치 좋고 풍광은 좋지만 평야가 적어 가난은 숙명처럼 이어졌다. 호젓한 고개 하나를 넘어서자 발아래로 반짝이며 흘러가는 물길이 나타난다. 저 강물은 언제부터 저기에 흐르고 있었던 걸까. 들국화가 향기로운 길섶에 앉아 강을 내려다본다. 물길은 제가 떠나온 계곡을 잊어버린 듯 가을햇볕 속을 무심히 뱀처럼 굽이돌아 흘러간다.

태산 죽령 험한 고개
가시덤불 헤치고
시냇물 굽이돌아
이 먼길을 왜 가는가
아리랑 아리랑 아라리요
아리랑 고개를 넘어간다

만사에 뜻이 없어 홀연히 다 떨치고

청려를 의지 없이 나 혼자 떠나가네

십오야 뜬 달은 왜 이리 밝아

아리랑 아리랑 아라리요

아리랑 고개를 넘어간다

눈이 오려나 비가 오려나 억수장마 지려나

만수산 검은 구름이 막 몰려오네

아우라지 뱃사공아 배 좀 건너주게

싸릿골 올동백이 다 떨어진다

사시장철 임 그리워 나는 못살겠네

아리랑 아리랑 아라리요

아리랑 고개로 나를 넘겨주게

　삶이 너무 고단하고 힘겨울 때마다 그렇게도 나를 좀 보내달라고 넘겨달라고 절규처럼 애원하던 그 이상향 '아리랑'은 대체 어디일까. 산 넘고 강 건너 아득히 찾고 또 찾아가야 할 그 '아리랑'은 이승에는 없는 것일까.

　고갯마루를 내려올 때 문득 〈아리랑〉 한 가락이 들려오는 것 같았다. 뒤를 돌아다보았다. 아무도 없다. 방금 넘어온 고갯길에 햇빛이 쏟아지고 있을 뿐이다. 유난히 고개가 많은 정선. 태백산맥 첩첩산중 고개도 많아 '비행기재' '섬마령 고개' 다 넘어와도 '백봉령 아홉 고개' 넘다가 코가 깨진다는 말처럼 산이 많으니 자연 '고개'도 많은 것이다. 그러나 비단 산길 오르내리는 현실의 고개만이 고개는 아닐 터이다. 변변한 땅 뙈기 하나 없이 도란도란 세끼 식사마저 자유롭지 않은 가난 속에서 삶

구절리의 청솔과 오장폭포
〈아리랑〉 가락처럼 구비구비 정선의 삶을 지켜온 청솔과 폭포. 그 빛이 청정하기 이를 데 없다.

학이 사는 골짝
정선의 빼어난 산수 속에는 학이 살기라도 했을 것만 같다.

의 무게를 지고 오르내리려야 할 인생의 고갯길인들 오죽 많았을까.

〈정선아리랑〉은 그 태반이 여성들의 구전 노동요다. 1천여 수에 가까운 가사들 중에는 독백처럼 자기 심정을 노랫말로 털어놓은 것이 유난히 많다. 지금은 구절리 깊은 산속까지 도로가 뚫려 있지만 옛날의 정선은 한번 시집오면 평생 외지로 나가기조차 어렵던 곳이다. 삶이 너무도 고단하고 힘겨울 때마다 나를 좀 보내달라고, 아리랑 고개로 넘겨달라고 노래로나마 애원했던 것이다.

흔히들 우리를 한 많은 민족이라 한다. 그래서 한의 노래인 〈아리랑〉이 우리 땅 곳곳을 적시며 지천으로 널려 있는 것이라고…… 하긴 〈아리랑〉은 우리나라 산천의 토종꽃 가짓수만큼이나 많다. 1백 가지 넘는 〈아리랑〉 중 아직 살아 있는 것만도 서른 가지가 넘고 〈정선아리랑〉만해도 채집된 것이 1천여 수에 육박한다 하니, 이 나라는 가히 〈아리랑〉의 땅이요, 우리는 〈아리랑〉의 민족이라 할 만하다.

그러나 〈아리랑〉은 징징 짜는 슬픔의 노래나 한의 가락만은 아니다. 가슴속의 설움마저도 한사코 가라앉히고 곰삭여내어 마지막에는 말갛게 우러나오게 하는 그런 화사한 민족의 노래다. 사랑과 그리움과 슬픔과 이별과 놀이가 뒤섞여 있지만 거기에 미움과 증오는 없다. 갈등은 있어도 원망과 비탄은 없다. 끌어안고 감쌀 뿐이다. 하물며 이데올로기 따위의 셈법이 있을 리 없다. 여기에 민족의 노래 〈아리랑〉의 위대함이 있다. 〈정선아리랑〉은 더욱 그렇다. 그냥 자연스럽고 순한 가락이다. 박지원이 『양반전』에서 순하고 무던한 '정선 사람'을 말했지만, 정선 사람처럼 노래도 순하다.

같은 아리랑이면서도 〈정선아리랑〉은 〈진도아리랑〉 같은 질펀한 해학이나 가락의 격한 높낮이가 없다. 논보다 밭이, 그것도 비탈밭이 많은 정선에서 힘겹게 일하며 빠르고 현란한 가락은 어려웠을 터이다.

일하다 허리를 펴고 산 넘어 몰려오는 구름을 보며 "눈이 오려나/비가 오려나/억수장마 지려나……" 무심코 중얼거리다 가락이 되곤 했을 것이다.

상념에 젖어 걷는 사이에 '〈정선아리랑〉의 유적지 아우라지'라는 돌비가 나타난다. 논길을 가로질러 강과 만난다. 열 겹의 산을 열 가지 색으로 내비치며 아픈 사랑과 이별의 전설을 안고 강물은 흐른다.

아우라지란 골지천과 송천이 서로 '어우러져' 강이 되었다 해서 붙여진 이름. 두 물이 만나 이루어졌다 해서 '두물머리'라는 예쁜 이름으로도 불린다. 이 강에는 〈정선아리랑〉에 설움 하나를 더 보태는 사연이 흐른다. 어느 해 혼례식을 앞두고 건너편 마을 사람들이 신부와 함께 나룻배를 타고 강을 건너오다가 그만 배가 뒤집혀버린다. 가마에 갇혀 나오지 못한 신부는 그예 강 밑으로 가라앉았다가 죽은 목숨으로 떠올랐다. 그 원혼을 달래느라 강언덕에 처녀의 동상을 세우기에 이른다.

아우라지강에서는 흐르는 강물에 눈길을 보태지 말라 했던가. 강물을 바라보고 있노라면 사랑도 인연도 우리네 인생마저도 결국엔 저렇게 가는 것이구나 하는 생각에 쓸쓸해지기 때문이라 한다. 수려한 풍광 속에 엎드려 있는 아픈 삶의 흔적들은 아우라지강 말고도 곳곳에 있었다. 폐광되어 을씨년스럽게 남은 석탄만이 쌓여 있는 '구절리역' 부근은 오래된 흑백영화 화면처럼 쓸쓸하기만 했고, 남면 낙동리 거칠현동의 '칠현비'는 숨어 살다 죽어간 일곱 선비의 나라 사랑의 외로움과 고달픔이 처절하게 묻어나고 있었다.

그리고 보면 〈정선아리랑〉은 그 가락이 멀리 왕조를 비켜 의로운 사연을 안고 칠현동으로 들어왔던 고려 말 선비들의 노래에서 시작하여

아우라지강과 처녀상
못다한 사랑과 이별의 전설을 안고 흐르는 아우라지강과 그 강을 바라보는 원혼인 듯 서 있
는 처녀상.

숱한 민초들의 애원하는 소리에 이르기까지 참으로 그 사연의 폭이 넓고 깊다.

그러나 그 한 많은 땅 정선에는 카지노라는 으리번쩍한 건물이 들어서면서 한을 달래주기는커녕 또다른 시름과 한을 더하게 한다는 소문이다. 불빛은 성한 그 건물이 요괴의 성처럼 사람을 불러들이고 그 불빛에 홀린 사람 중에서는 스스로 제 목숨을 끊기에 이를 만큼 고통과 한이 컸다는 것이니 이래저래 아리랑의 고장은 한이 풀릴 새 없는 것 같다.

저녁 짓는 연기 오르는 산골 마을을 돌아 숙암천 앞 아라리모텔에서 하룻밤을 보내기로 한다. 잔잔하던 숙암천은 장마로 하진부 쪽 물길을 보태 양쯔 강처럼 도도하게 흘러내린다.

밤이 이른 산골에 성근 별이 떠오른다. 마당의 메케한 모깃불을 사이에 두고 안주인은 당귀, 천궁, 오미자 같은 약초에 구렁이까지 나온다는 정선장 구경이 볼만하다고 일러준다. 저 앞 숙암천에 어항 몇 개만 넣어두면 밤새 메기, 쏘가리, 가물치가 가득 들어온다는 말도.

강 건너 산가에 불빛이 깜박인다. 멍석에 누워 하늘을 본다. 어느새 와르르 쏟아질 듯한 별무리. 한을 노래로 바꾸어 불러온 이름 없는 얼굴들이 별 되어 떠 있다. 서늘한 한 줄기 바람이 지나간다. 정선에 누워 나는 물이 되고, 나무가 되고, 바람이 된다.

〈정선아라리〉와 〈정선아리랑〉   〈정선아리랑〉은 긴 〈아리랑〉과 노
랫말을 촘촘히 엮어가는 '엮음아리랑'을 두루 일컫는데, 서울에서는 '정선 엮음
아리랑' 만을 〈정선아리랑〉이라고 불렀다.

　〈정선아리랑〉을 둘러싼 혼란은 정선 고유의 〈정선아리랑〉이 1970년도 11회
전국민속예술경연대회에서 문화공보부장관상을 수상하고 이듬해 강원도 무형
문화재 제1호로 지정되면서 표면화됐다. 그전까지는 서울에서 부르는 소리는
〈정선아리랑〉이라 하고 정선에서 부르는 소리는 〈아라리〉 또는 〈정선아라리〉라
고 불렀기 때문에 자연스럽게 구별되었으나 무형문화재 지정을 계기로 〈정선아
라리〉의 명칭이 〈정선아리랑〉으로 공식화되면서 혼란이 생긴 것이다. 정선 고유
의 〈정선아라리〉와 다르지만 해방 이후 서울에서 불린 〈정선아리랑〉도 인기가
높았기에 생긴 일이다.

　〈정선아리랑〉이 언제부터 서울에서 불렸는지는 정확지가 않다. 다만 조선 말
대원군이 경복궁을 중건할 당시 정선의 인부들이 한양을 오가며 정선 소리를 불
렀고, 이 과정에서 정선 사람들이 부르는 〈아리랑〉이 서울에 뿌리를 내렸다고 보
기도 한다.

일제강점기의 〈정선아리랑〉은 〈밀양아리랑〉이나 〈진도아리랑〉에 비해 대중적이지 않았다. 정확한 기록은 없으나 일제강점기 발매된 유성기 음반 가운데 〈정선아리랑〉만 눈에 띄지 않기 때문이다. 이를 통해 〈정선아리랑〉은 해방 이후에야 사람들의 입에 오르내렸다고 볼 수 있다.

정선에서는 〈정선아리랑〉이 극히 소박하고 향토적인 소리로 남녀노소에게 구전된 데 반해 서울에서는 직업적인 민요 소리꾼들이 세련되게 다듬어서 불렀다. 서울에서는 〈정선아리랑〉이 통속민요로 전파 범위를 넓혀갔다면, 정선에서는 토속민요로 민중들 사이에 자리매김한 것이다.

일제강점기 정선아리랑 소리꾼들　슬픔과 기쁨을 넘나들며 삶의 원동력이 되었던 〈정선아리랑〉. 〈아리랑〉은 입에서 입으로 전해져 그 역사에 비해 기록은 별로 남아 있지 않다. 그러나 〈아리랑〉의 그 질긴 맥은 오늘날까지 이어진다. 〈아리랑〉의 맥을 이은 소리꾼은 누구였을까.

〈정선아리랑〉을 부른 소리꾼으로 고덕명, 김천유, 박순태, 정명노 등 몇 명이 꼽힌다. 어릴 적부터 〈정선아리랑〉을 잘 부르기로 유명했던 고덕명은 예순 살 무렵까지도 김천유와 함께 전국을 두루 돌아다니며 〈정선아리랑〉을 불러 이름을 떨쳤다. 박순태는 1920년 경복궁에서 열린 민요경연대회에서 입상한 후 곧바로 음반 취입을 했다. 정선 출신의 사람이 〈정선아리랑〉 음반을 취입한 것은 박순태가 처음이었다.

이들 말고도 수많은 소리꾼들이 암울했던 시대의 삶을 노래했다. 그들은 세상을 떠났지만 "시름겨워 아리랑 좋은 세상 온다고 아리랑 아라리요"라고 부르던 〈아리랑〉은 어느덧 전국으로 퍼져나가 지금도 여러 곳에서 불리고 있다.

허균과 강릉

고전소설 중 『홍길동전』만큼 문제의식이 강한 작품이 또 있을까. 허균은 자신을 닮은 영웅 홍길동을 통해 서자 차별이라는 당대의 사회문제를 제기하면서 중세사회를 개혁해야 함을 주장했다. 그러나 현실은 소설과 달라서 홍길동은 율도국을 다스리며 자신의 이상을 실현할 수 있었으나 허균은 역모죄로 사형을 당한다. 용이 되지 못한 이무기를 뜻하는 그의 호처럼, 허균은 비극적 최후를 맞이했던 것이다.

태양을 사랑한
시대의 이단아

이것은 머나먼 전설 같은 '해의 사내'에 대한 이야기다. 붉은 해를 삼켜 해같이 붉어진 가슴으로 살다 해처럼 바다 너머로 진 사내의 이야기다. 그 사내 이야기를 하려고 나는 지금 해를 사랑했던 그 사내가 머물렀던 강원도 사천 앞바다 옛집 '애일당愛日堂' 터에 왔다.

애일당. 집에 이처럼 눈부신 이름을 붙인 것을 나는 전에 본 적이 없다. 바람과 구름과 달을 빗대어 지은 집의 이름이야 수시로 보았지만, 감히 태양을 쓰다듬어 사랑해 마지않는다는 기백이 넘치는 이름을 어디서 다시 볼 수 있을까.

물론 애일당은 원래 사내 외조부의 택호였음을 알고 있지만 누가 그 집을 세우고 이름을 지었든 간에 애일당의 기운이 그 '해의 사내'에게 가장 강렬하게 쏘인 것만은 너무도 분명하다.

이 애일당을 꿈틀거리는 용의 모양으로 감싼 뒷산은 생긴 모습 그대로 이름을 '교산(蛟山, 교룡의 산. 교룡은 뱀과 비슷하게 생긴 전설의 용이다)'이라 하였다. 해를 머금은 사내는 마침내 교룡처럼 하늘로 오르고 싶었던 것일까. 그 이름을 평생 자신의 호로 썼으니 말이다. 그러나 그 용의 산허리는 끊기어 바다에 잠기고 사내는 끝내 해를 토해내며 스러지고 말았다. 애일당과 교산의 전설은 그래서 비장한 슬픔을 자아낸다.

해를 머금었던 그 사내가 다시 그 해를 이 사천 앞바다에 토해낸 것인지, 오늘 아침 내가 만난 해는 유난스러운 핏빛이다. 그 핏빛이 사방으로 튀기어 이 교산의 소나무는 물론이고 내 몸과 의복마저 그 핏빛 속에 잠기게 한다. 물속에서 떠오르는 해를 이처럼 가까이서 본 적이 없다. 그래서 해는 마치 숨쉬는 거대한 생물처럼 느껴진다. 저 해의 숨결 속에서 나는 '해의 사내'의 숨결을 함께 느낄 수 있다. 어둠을 몰아내어 새날을 열고 싶었던 그 숨결을.

'해의 사내'라고 부르는 그는 참으로 잘난 남자였다. 그러나 너무도 빛나는 재능과 영롱한 이상을 품은 사내를 그의 시대는 감당할 수 없었다. 본시 여기서 가까운 강릉 초당의 유명한 허씨 문벌의 양반 자제로 태어나서, 이미 스무 살이 되기 전 통달하지 못한 학문이 없었고, 이르지 못한 문장이 없었던 인물이다.

유복한 환경에서 태어났음에도 사내는 세상의 힘있고 밝은 부분보다도 힘없고 그늘진 곳에 늘 마음을 두었기에, 그 생애는 애초부터 세상과 어울릴 수가 없었다. 여섯 번이나 파직을 당하고 세 번이나 유배되었다가 마침내 형장의 이슬로 사라졌다.

사내는 말했다. 불여세합不與世合, 세상이 나를 용납하지 않으니 고향에 돌아와 자연 속에서 소요할 것이라고.

그렇다. 이 애일당 부근은 그가 세상과 불화하여 쓰라린 상처 입고 패배하였을 때마다 홀로 돌아와 쉼을 얻었던 어머니의 품 같은 곳이다. 뜻이 좌절될 때마다 저 바다를 보며 마음을 삭이곤 하던 곳이다. 그런

옛 애일당을 그리며
혁명가적 이상으로 해처럼 뜨겁던 사내에게 답답한 시대는 적막한 겨울이었을 터. 남은 집
터에서나마 애일당의 옛 모습을 떠올려본다.

마음을 그는 이런 시로 남기기도 했다.

발걸음 사촌에 이르니 갑자기 얼굴이 환해지누나.
주인 돌아올 날을 교산은 여태 기다리고 있거니.

—「사촌에 이르러至沙村」에서

벼슬길에 바람 휘몰아칠 때마다
명주(강릉)에 내려와 묻혀 지내곤 했었지.
(…)
돌아갈 기약 아직 아득한데
탄식하며 헛되이 글만 짓는다네.

—「명주를 추억하며憶溟州」에서

그가 살았던 선조와 광해군 때는 광풍의 시대였다. 임진란과 함께 당쟁과 적서 차별이 극심했으며 왜군에 쫓기던 피난길에서 그는 갓 스물 넘은 아내와 아이를 모두 잃기도 했다. 그러나 혼란의 시대에도 사내의 목소리는 늘 카랑했다. 백성이 나라의 근본이고 오직 두려워할 만한 자는 백성뿐이라고 외쳐 왕조사회를 뒤흔들기도 하였다. 사람에 대해 차별을 두지 않아서 평민과 교류한 것은 물론이고, 멀리 전라도 부안 땅까지 달려가서 시인 기생이었던 매창과 애틋한 사랑을 나누기도 했다. 사내는 당시 사회의 금기를 통쾌하게 꾸짖었고 그때마다 낡은 권위의 흙담들은 속절없이 무너져버렸다.

그러다보니 위험인물이 되었고 급기야 역모죄를 쓰고 감옥에 갇힌다. 『조선왕조실록』에 그와 관련된 기록이 광해 10년(1618) 한 해만도 무려 백아흔 건 가까이 이르렀을 정도다. 마침내 "혁명을 일으켜 인목대비를 앞세워 정권을 장악하려 했다"는 죄목, "짐짓 의창대군을 추대하려다가 나중에 스스로 왕이 되려 하였다"는 죄목을 쓰고 사랑하는 여인과 함께 끌려나가 최후를 맞았다. 사형을 선고한 판결문에 굴하지 않고 할말이 있다고 외쳤으나, 심문관들은 외면하였고 이미 칼은 그의 목을 향했다. 불세출의 영웅은 용이 되지 못한 이무기처럼 다른 네 사람과 함께 역적이라는 팻말을 단 채 저잣거리에 싸늘한 시신으로 매달렸다. 일찍이 친구인 최분음(조선 후기의 문신 분음汾陰 최천건崔天健)에게 보낸 편지에서 그는 이렇게 말하기도 했다. "몸을 고삐와 쇠사슬로 얽어매지 마오. 용이란 본디 그 성질이 길들이기 어려운 것이오."

이제 해가 중천으로 떠오른다. 저 붉은 해 떠오르는 모습을 맞이하기 위해 밤을 달려 교산에 이르렀다. 해는 어디서나 같은 해이지만 이 교산의 애일당 옛터에 이르러, 나는 저 솟아오르는 해가 비로소 예사로운 해가 아님을 알게 되었다. 사람들이 새해라고 부르는 저 해가 솟아오르려고 실은 얼마나 쓰라린 어둠의 시간이 지나야 하는지를 비로소 깨닫는다.

그러니 이제는 그냥 새해가 떠오른다고 하지 말자. 우르르 동해에 이르러 소란을 피울 일이 아니다. 장엄하고 빛나게 떠오르는 것일수록 아픈 세월을 더 많이 삭이고 솟아나는 것임을 알아야 한다. 하나의 이상을 품은 자일수록 아픔도 함께 품어야 함을 알아야 한다. 새날은 고통 없이 열리지 않는 것임을 알아야 한다.

이 애일당 옛터에서 떠오르는 해를 바라보며 해같이 눈부신 세상을 얻고 싶었던 사내의 이름은 바로 『홍길동전』을 쓴 교산 허균이었다.

사천 앞바다의 일출
허균 시비(詩碑)에 기대 해돋이를 바라본다. 심연의 동해에서 맑갛게 솟는 태양을 마주하면 택
호 '애일당'의 참뜻이 가슴 가득 밀려든다.

교산 허균의 생애　　교산 허균(蛟山 許筠, 1569~1618)은 1569년(선조 2) 초당 허엽의 3남 3녀 중 막내아들로 태어났다. 고려 때부터 이름난 문장가 집안 답게 형제들이 모두 글재주가 뛰어나 큰형인 허성, 둘째형 허봉, 누이인 허난설 헌에게서 많은 영향을 받았다. 열두 살 때 아버지를 여의고 공부에 전념하게 된 그는 허봉의 친구였던 손곡 이달에게 글을 배우다가 매부 우성전의 추천으로 당 대의 대학자 류성룡의 문하에 들어간다.

　열일곱 살 때 초시, 스물한 살 때 생원시 급제를 하였지만 제대로 그 뜻을 펴지 못하였다. 허균은 굽힐 줄 모르는 성정 탓에 반대파의 공격과 중상으로 많은 곤란을 겪었다. 그는 스물아홉 살 때 문과 중시重試에 장원 급제를 하여 서른 살에 병조 좌랑이 되고 이듬해 황해도 도사로 부임한다. 하지만 불과 반년 만에 그의 품행 등을 문제삼은 상소가 올라와 파직된다. 이후에도 지방 토호와의 갈등이나 불교나 도교에 심취했다는 이유로 다섯 차례 더 파직당했고 세 차례 유배를 갔 다. 최초의 한글소설로 알려진 『홍길동전』은 그렇게 탄핵받아 전라도 익산군 함 열에 유배를 갔을 때 쓴 것이다.

　1616년에는 형조 판서, 1617년에는 예조 판서에 오르며 승승장구하나 1617년

말 인목대비 폐비론을 앞장서 찬성하면서 폐모를 반대하던 영의정 기자헌과도 사이가 벌어진다. 이후 기자헌이 길주로 유배되자, 허균을 그 배후로 의심한 기준격이 부친을 구하기 위해 허균이 역모를 꾸몄다고 거짓 주장을 하였다. 결국 허균은 이 일로 책형을 받아 세상을 떠난다.

허균과 강릉　　허균은 지금의 강릉시 사천면 사천진리에서 태어났다. 그곳에는 용이 되지 못한 이무기처럼 구불구불한 산세를 따서 이름 지은 교문암蛟門岩이 있었다. 바위 밑에 늙은 교룡이 엎드려 있다가 신유년(1501) 가을 그 바위를 깨고 떠나 바위가 두 동강이 나서 문처럼 뚫렸다는 유래가 전한다. 허균은 이 이야기에 연유해 자신의 호를 교산 또는 교산자라고 썼다.

　허균은 임진왜란 때도 그랬지만 벼슬길에서 멀어졌을 때도 고향으로 돌아왔다. 허균은 석주 권필에게 보낸 편지에 "강릉 외가로 돌아오니, 내가 고향집을 떠난 지 벌써 8년이라 풍상을 겪는 서글픈 마음이 배나 더하였습니다. 읍 동쪽에 작은 서당이 있어 학생 대여섯 명이 문을 닫고 책을 읽고 있으니, 여생을 이곳에서 보내고 싶으나 하늘이 사람의 욕심을 허락해줄는지 모르겠습니다"라고 적었다.

　아쉽게도 현전하지 않으나 1596년에는 강릉부사였던 정구와 엮은 『강릉지』나 몇 편의 시를 통해 고향에 대한 그의 각별한 정을 짐작할 수 있다.

허난설헌과 강릉

지는 해 바라보며 허난설헌의 옛집 툇마루에 앉아 있다. 그녀는 이곳으로 돌아오고 싶었겠지. 아버지와 오라버니들의 글 읽는 소리가 낭랑하던 곳, 선비들이 시를 지으러 모여들던 이곳으로. 붉은 노을 아래 한 여인이 마당으로 들어선다. 꿈일까. 한없이 자애로우면서도 품위 있는 자태의 여인은 난이 되고 학이 된다. 어느덧 흐느끼는 울음이 된다.

내 시를
모두 불태워주오

    강릉은 두 명의 여성예술가를 낸 곳이다. 우선 신사임당의 친정집인 서쪽 죽헌동의 '오죽헌'. 퇴계 이황과 함께 조선시대의 가장 큰 학자로 손꼽히는 율곡 이이가 태어난 곳으로 널리 알려진 이 집은 본디 규모가 작고 호젓한 영동의 한 양반가였다. 그런데 1970년대 어느 날 강릉에서 하룻밤을 머물던 박정희 대통령이 불현듯 연필로 스케치하여 건물을 다시 손보고 터를 넓혀 오늘과 같은 모양새가 되었다. 사임당이 태몽을 꾸었다는 '몽룡실'과 율곡의 영정을 모신 '문성사', 유물이 전시된 기념관 등 크고 작은 건물을 거느리고 있는 이곳은 해마다 1백만 명이 넘는 사람이 찾아들어 북적거리는 곳이 되었다.

    그런 분위기와는 사뭇 다르게 시내 초당동의 또 한 채 소슬한 양반가는 찾는 이 없이 적막하게 오랜 세월의 무게를 이고 있다. 그 유명한 경포대 해수욕장이 가까이 있건만 초당동의 이 오래된 집은 해수욕장 특유의 떠들썩함과는 전혀 관계가 없어 보인다.

    이 집으로 가는 입구에 '허균 생가'라고 쓰여 있어서 조선의 풍운아 허균의 옛집으로 알고들 있으나 사실 이 집은 허균보다는 그의 누이인 여성시인 난설헌 허초희와 더 인연이 깊은 곳이다. 사람들은 『홍길동전』의 저자이자 혁명가였던 허균은 잘 알아도 조선조 규방작가로서 일찍이 중국과 일본에서까지 시집이 간행되고 애송되던 허난설헌이 바로 그 허균의 누이라는 사실은 잘 모른다. 난설헌은 4백여 년 전 바로 이 집에서 태어났다.

행랑채, 사랑채, 안채 반듯하게 거느린 이 집의 옛 주인 초당 허엽은 강릉 부사, 부제학, 경상도 관찰사를 두루 지낸 사대부이자 문인과 선비로서도 이름이 높았다. 바닷물로 간을 맞추어서 만든다는 두부로도 유명한 이 동네의 이름이 바로 허엽의 호다. 그는 첫 부인 한씨에게서 두 딸과 아들 성을 얻었고, 둘째 부인 김씨에게서 아들 봉, 딸 초희를 얻은 후 셋째 아들 균을 낳았는데 이 둘째 부인의 세 남매인 봉과 초희 그리고 균이 나란히 문장으로 이름을 떨쳤다.

그러나 그 빛나는 재능에도 그들의 생애는 한결같이 험난했다. 유배와 유랑의 삶 끝에 30대의 나이로 뜻을 못 펼치고 죽은 허봉, 세상을 바꾸고자 했으나 역모를 꾀했다고 사형된 허균, 그리고 천재성을 타고났음에도 스물일곱에 의문의 죽음을 맞은 허난설헌. 한결같이 시대와 불화하며 이단아의 삶을 살다 생애를 마쳤던 것이다.

특히 한 여인으로 태어나 스물일곱에 요절하기까지 난설헌이 겪은 쓰라린 세월은 절절히 가슴 아픈 것이었다. 똑같은 강릉에서 태어나 똑같이 출중한 재능을 타고났으나 신사임당과 허난설헌의 생애는 너무도 달랐다.

알다시피 신사임당은 조선조 현모양처의 전형이었다. 훌륭한 내조와 자녀교육으로 남편과 아들을 모두 출세시킨 슬기로운 여성의 표상이 되어 시대를 뛰어넘어 우러름을 받는다. 그러나 난설헌은 대시인이었으면서도 고독과 한의 스물일곱 해를 살고 요절하고 만다. 아름다운 용모와 빛나는 재능을 타고났지만 불행한 결혼생활 속에 고통스러운 삶을 살다가 짧은 생애를 접고 만 것이다. 한 여인은 유교이데올로기 속에 자신을 조화시키고 순응했으나 다른 한 여인은 이에 항거했을 뿐 아니라 시를 통해 실존적 자의식을 드러내며 시대와 불화했다.

아버지와 오빠 그리고 동생의 글 읽는 소리 낭랑하던 친정집을 열네 살에 떠나면서 그녀의 비극은 시작된다. 아무리 조숙하던 시대였다 해도 열넷, 열다섯의 나이는 부인이라기보다는 아직 소녀다. 꽃을 보고도 눈물을 흘린다는 감성적인 나이다. 더구나 그녀는 시인이었다. 시 짓고 책 읽고 싶은 꿈 많은 소녀였다. 그러나 그 시절 그녀는 발걸음 하나마저 예가 흐트러지지 말아야 하는 양반가의 며느리여야 했다. 시부모 공양하고 남편 받드는 부녀자의 도리에 한 치의 오차도 없어야 했다. 사실 남편과 서로 사랑했다면 그런 것은 문제가 될 수 없을 터였다. 그러나 그녀는 한 여인으로서 남편의 충분한 사랑을 받지 못했다. 예술적 교감은 더욱 어려웠다. 남편 역시 선비이기는 했으나 아내에게 열등감을 가진데다 술과 여자를 가까이한 나약한 자였다. 남편은 밖으로만 돌았고 시어머니와의 갈등도 견디기 어려웠다.

모든 희망을 다 걸었던 두 자녀를 잇달아 잃었을 뿐 아니라 뱃속에 있던 아이마저 죽고 만다. 문학 스승으로 의지하던 오빠 봉마저 요절하자 그녀의 좌절과 시름은 깊어만 갔다. 이제 유일한 벗이 시였다. 그녀는 시로써 세상을 벗어나 천상으로 갈 수 있었고, 시로써 꿈결같이 이상적인 남성을 만날 수 있었다. 그러나 시는 시였다. 아무리 체온을 불어넣어도 문자에는 온기가 없고 생명이 없다. 시로써 위안을 받은 만큼 시에 절망했다. 마침내 그녀는 "내 모든 작품을 불태워달라"는 유언을

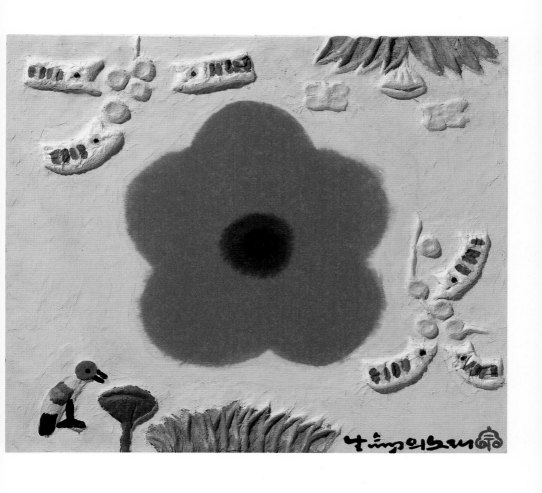

생명의 노래
붉은 꽃의 마음으로 어두운 시대에도 시인은 절창의 시어들을 토해냈다.

외로운 새처럼
새는 그 짝이 함께 있어 험한 재도 쉽게 넘지만……

끝으로 세상을 하직하고 만다.

　누구보다 누이의 재능을 알아보았던 허균의 슬픔은 컸다. 그는 가족들이 누이의 마지막 바람대로 '시들을 불태우고' 난 뒤에야 정신을 차리게 되었다. 주옥같은 작품들 대부분이 불태워져버린 뒤였다. 그는 서둘러 본가와 친정에 흩어져 있던 나머지 시편들을 수집하고 암송하고 있던 자신의 기억을 되살려 시집을 꾸몄다. 자신의 스승 류성룡의 발문을 받아 처음 『난설헌고』로 편집하면서 비로소 비운의 시인 허난설헌의 이름은 되살아나기 시작한다.

　난설헌의 시는 아픈 현실을 잊고 꿈의 세계를 좇는 낭만성과 함께 어쩔 수 없이 그 아픈 세월을 토해내는 두 경향을 드러낸다. 한 예로 두 아이를 낳았지만 모두 제대로 키우지 못하고 잃고만 슬픔을 그녀는 「곡자哭子」라는 시에서 일기처럼 쓰고 있다.

　　　지난해는 사랑하는 딸을 여의고
　　　올해는 하나 남은 아들까지 잃었네.
　　　슬프디슬픈 광릉의 흙이여
　　　두 무덤 나란히 마주보고 서 있구나.
　　　사시나무 가지에는 쓸쓸히 바람 불고
　　　솔숲에선 도깨비불 반짝이는데
　　　지전을 날리며 너의 혼을 부르고
　　　너의 무덤 위에다 술잔을 붓노라.
　　　너희들 남매의 가여운 혼이야
　　　생전처럼 밤마다 정답게 놀고 있으리라.
　　　비록 뱃속에는 아이가 있다 하지만

어찌 제대로 자라날 수 있으랴.
하염없이 슬픈 노래를 부르면서
피눈물 울음을 속으로 삼키리라.

그런가 하면 그녀는 자신을 난초에 비추어보며 시들어가는 자신의
모습에 연민을 느낀다.

밋밋하게 자라난 창가의 난초
줄기와 이파리가 그리도 향기로웠건만
가을바람 한바탕 흔들고 가니
가을 찬 서리에 서글프게도 떨어지네.
빼어난 맵시 시들긴 해도
맑은 향기 끝끝내 가시진 않으리라.
너를 보고 내 마음 몹시 언짢아
눈물이 흐르며 소매를 적시네.

—「감우感遇」에서

또한 난설헌은 억눌리고 소외된 이들에 대한 정의감이 있었다.

양반댁의 세도가 불길처럼 드세던 날
드높은 다락에선 노랫소리 울렸지만
가난한 백성은 헐벗고 굶주려
주린 배를 안고서 오두막에 쓰러졌다네.
그러다 하루아침 집안이 기울면

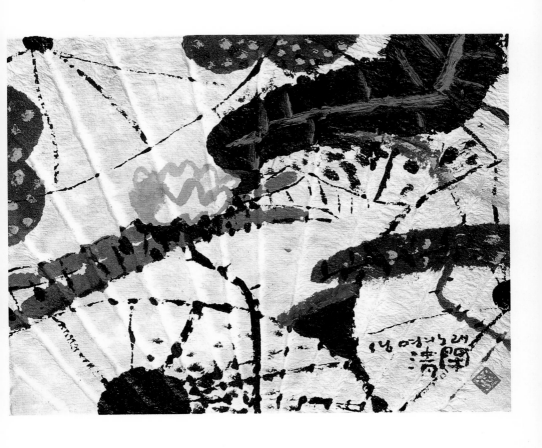

격조와 문기(文氣)

문인화의 세계는 바로 시의 세계이기도 하다.

도리어 가난한 백성을 부러워하리니

흥하고 망하는 거야 바뀌고 또 바뀌어

하늘의 이치를 벗어나기는 어려울레라

—「감우」에서

난설헌의 남편 김성립은 그녀가 죽은 지 3년 뒤 새장가를 들었다. 그러나 다시 3년 뒤 그 역시 죽어 지금 경기도 광주군 초월면 안동 김씨 선산에 두번째 부인 홍씨와 함께 묻혀 있다. 두 사람 중 누군가가 혹 모질게 유언이라도 했던 것일까. 남편 김성립의 묘는 허난설헌의 묘에서 저만치 떨어져 방향마저 달리하고 있다. 중부고속도로의 하얀 사선이 긋고 지나가는 야산 기슭에 난설헌의 묘는 두 아이의 작은 묘와 함께 외따로 있어 쓸쓸함과 애처로움을 더해준다.

나는 초당동 난설헌의 옛집 툇마루에 앉아 있다. 석양은 소멸하는 것들의 아름다운 순간을 보여준다. 난설헌의 혼은 언제나 이곳으로 돌아오고 싶었을 것이다. 광주의 그 을씨년스러운 안동 김씨 가문의 묘에 잠들고 싶지 않았을 것이다. 더욱이 한 지아비의 아내로 합장되지 못한 채 죽음에서마저 외롭게 묻히고 싶지 않았을 것이다. 늘 글 읽는 소리 낭랑한 이곳 친정집, 선비들이 시를 짓기 위해 모이고 청년 문사들이 들락거리던 이곳으로 돌아오고 싶었을 것이다.

나는 문득 4백 년의 빗장을 풀고 젊은 아낙 하나가 자박자박 마당으로 들어서는 환영을 본다. 한없이 자애로우면서도 품위 있는 양반가의 아낙이다. 그녀는 한번 집을 둘러보고 건너편 행랑채로 가서 바다를 본다. 뒷모습마저 가까이하기 어려울 만큼 고귀하다. 여인의 자태는 난이 되고 학이 된다. 어느덧 흐느끼는 울음이 된다.

허난설헌의 생애　　　허난설헌(許蘭雪軒, 1563~1589)은 조선 중기의 여성 시인으로 본명은 초희楚姬다. 허균의 누이로도 잘 알려졌다. 강릉의 명문가에서 태어난 그녀는 어렸을 때부터 얼굴이 아름답고 문학적 재능이 뛰어나 사람들을 사로잡았다.

　아버지 허엽의 둘째 부인 슬하에는 그녀와 허균까지 모두 3남매가 있었는데 오빠 허봉이 그녀를 각별하게 아꼈다. 허봉은 난설헌보다 열두 살이나 위였기 때문에 어린 시절에 그녀를 직접 가르쳤다.

　허난설헌은 열다섯 살 무렵에 김성립과 혼인하지만 이들의 관계는 원만하지 못했다. 남편은 기생과 술을 즐겼으며 시어머니 역시 그녀를 학대했다. 난설헌이 열여덟 살 되던 해에 경상 감사 벼슬을 마치고 서울로 올라오던 아버지 허엽이 상주 객관에서 갑자기 세상을 떠났고, 엎친 데 덮친 격으로 오빠와 두 자녀까지 잃는 아픔까지 겪었다. 이 같은 삶의 비극이 이어지자 그녀는 생의 의지와 열정을 잃고 학문으로 시름을 달래다가 스물일곱 살의 나이로 죽고 만다.

　그녀가 남긴 글은 허균이 편찬한 유고집 『난설헌집』으로 묶여 전해지고 있다.

허난설헌 생가터　　　지금 남아 있는 허난설헌 생가터는 허난설헌의 아버지 허엽의 호를 따서 지은 초당에 있다. 허난설헌은 이곳에서 태어나 결혼하기 전까지 살았다고 알려졌다. 현재 허난설헌 생가터는 강원도 문화재자료 제59호로 지정되어 있다.

안채, 사랑채, 곳간이 'ㅁ'자로 배치되어 있으며 담이 둘러싸고 있다. 맞배지붕의 솟을대문 우측으로는 광이 세 칸 있고, 좌측에는 행랑방과 마구간이 있으며 대문간채를 지나면 정원과 사랑채가 나온다. 사랑채에는 넓은 대청과 방이 있고 앞쪽에 툇간마루가 놓여 있다. 안채는 정면 다섯 칸, 측면 두 칸의 겹집으로 넓은 부엌과 방, 대청마루가 있다.

주변에 울창한 소나무숲이 우거져 있고 조그마한 강이 흐르는 천혜의 환경이다. 마당 안 정원 곳곳에는 작약과 모란, 창포 등 소박하고 은은한 자태를 품은 꽃들이 피어 있으며 오래된 나무가 이 집의 긴 역사를 짐작하게 한다. 매년 10월에 이곳을 기념하는 문화제인 '허균·허난설헌제'가 열리고 있다.

한용운과 백담사

타고 남은 재가 다시 기름이 된다…… 백담사를 떠나는 날까지 나는 이 화두를 놓지 못했다. 만해는 "탐욕을 끊지 않되 탐욕에 걸리지 않고 애착심을 끊지 않되 애착심에 걸리지 않는" 경지를 시로 썼다. 만해에게 시는 곧 선이었다. 그러니 세속에서 온 나 같은 몽당붓이 어찌 한 귀퉁이인들 제대로 알 수 있겠는가. 겨울 백담사행은 결국 미궁의 바다로 떠가는 삶의 조각배를 바라본 것과 같은 일이었다. 만해라는 하나의 창을 통하여.

백담사에서 심우장까지,
만해는 길에서도 쉬지 않는다

　인제의 용대리 버스정류장에 내리자마자 찬바람이 덮친다. 이후 바람은 백담사까지 8킬로미터 남짓 산길을 복병처럼 숨어 있다가 막아서곤 했다. 때로는 계곡을 훑고 내려오며 맹수의 울음소리를 내기도 했다. '가라! 가라!'라고 외치는 것 같기도 했다. '바야흐로 만해 한용운의 나라에 들어서고 있구나'라고 생각했다. 그 드센 기가 살던 곳이니 어련하려고. 파도같이 몰아치는 바람을 걷어내며 잔뜩 고개를 꺾고 걸어도 바람은 이 몽당붓의 출입을 허락지 않을 기세다. 그러나 드센 바람이 끝나는 곳에서 돌연 아늑하고 부드러운 훈풍 같은 것이 감겨왔다. 저만치 백담사가 보였다. 군불을 지피는 걸까. 한줄기 연기가 오르고 있다. 바람을 거슬러 산길을 올라온 탓에 장작불 지핀 방에서 짐승처럼 쓰러져 자고 싶었다.

　백담사는 원래 그 이름처럼 커다란 물웅덩이가 있던 곳이라 했다. 평지 높이에서 내려다보아도 절은 분지처럼 낮은 곳에 있다. 대체로 완만한 산오름의 중턱이나 끝자락에 절을 짓는 것과는 대조적이다. 여기엔

254

사연이 없지 않았다. 불 때문이라는 것이다. 불길을 피하여 이 절은 그 이름이 한계사, 운흥사, 선귀사, 영취사, 토량사, 심원사 등으로 바뀌어 왔는데, 무슨 이유에서인지 절에 화재가 그치지 않아서 급기야 대청봉 으로부터 못이 백번째짜리인 저 터에 절을 짓고 그 이름을 백담사로 바꾸었다 한다. 한계령 흘러내린 시린 물로 괴이한 불길을 누르고자 한 까닭이었다. 그러나 그뒤에도 원인 모를 불길은 다시 치솟아 절을 태워버렸다. 그래서 지금의 건물은 1919년에 다시 지은 것이라 했다.

불길, 백담사 그리고 만해. 불길이라면 만해 같은 불길도 없을 터이다. 그이는 바깥세상 아랑곳없이 문 닫아걸고 불경 읽는 데 빠진 그런 중이 아니었다. 만해라는 불길은 정의롭지 못한 것들과 산만잡다한 것들과 비민족적인 것들과 흐릿한 것들을 활활 태웠다. 그는 불덩어리였다. 백담사에서 서울의 성북동 심우장까지 혹은 멀리 나라 밖의 블라디보스토크까지 만해라는 불길은 타오름을 결코 쉬는 법이 없었다.

충청도 시골 출신의 청년이 하고많은 산간 그윽한 명찰들을 놔두고 하필 설악산으로 올라와 백담사에 와서 중이 되었다는 사실 자체가 평범하지 않다. 소년 시절 그이는 동학에 가담하여 쫓기기도 했다. 설악산이 워낙 깊어 몸을 숨기기는 제격이었겠지만 아무래도 무슨 인연의 줄이 이곳까지 잡아당기지 않았을까 생각된다.

애초부터 조선의 독립을 위해 한몸 불사르기로 작정하다시피 했던 혁명가 만해는 몇몇 흑백사진으로만 보아도 기로 똘똘 뭉쳐진 모습이었다. 외람된 표현이지만 고약한 인상에 눈길마저 형형하여 가까이하기 어려운 분위기였다.

그러나 굽힐 줄 모르는 혁명가의 반대편에서는 부드럽고 여리기 그지없는 마음새가 읽힌다. 그가 남긴 시들은 그러한 부드러움을 잘 나타내고 있다.

3·1운동에 주도적으로 참여하고 33인 앞에서 만세삼창을 이끌었던 그는 함께한 동지들이 감방 안에서 극형에 처해지리란 풍문에 걱정하는 모습을 보고 오물통을 던져 꾸짖기도 했다. 그런가 하면 불과 서른 살에 이곳에서 저 유명한 『조선불교유신론朝鮮佛教維新論』을 집필하기도 했다. 그러나 한편으로는 부드럽고 아름다운 시어로 사랑과 인연과 그리움과 기다림을 노래한 시인이었다. 시인 조지훈은 「한용운론—한국의 민족주의자」라는 글에서 만해의 이 서로 다른 세 면을 이렇게 말하고 있다.

한용운 선생의 진면목은 혁명가와 선승과 시인의 일체화에 있었다. 이 세 가지 성격은 마치 정삼각형과 같아서 어느 것이나 다 다른 양자를 저변으로 하는 한 정점을 이루어 각기 독립한 면에서도 후세의 전범이 되었지만, 이 세 가지 면을 아울러 보지 않고는 선생의 진면목은 체득되지 않는다.

경내의 만해기념관과 만해당 쪽으로 걸어간다. 아직 사람의 발길이 닿지 않은 깨끗한 눈이 군데군데 남아 있다. 만해당 섬돌 위에는 정갈하게 씻은 흰 고무신 한 켤레가 놓여 있을 뿐 적막하다. 문이 탁 열리며 "거 뉘?" 하고 흑백사진에서 본 만해 선사가 모습을 드러낼 것만 같다. 만해당 옆에는 만해의 시가 적힌 돌비 하나가 세워져 있다.

만일 당신이 아니 오시면 나는 바람을 쐬고 눈비를 맞으며 밤에서 낮까지 당신을 기다리고 있습니다. (…)
나는 당신을 기다리면서 날마다 날마다 늙어갑니다.
—「나룻배와 행인」에서

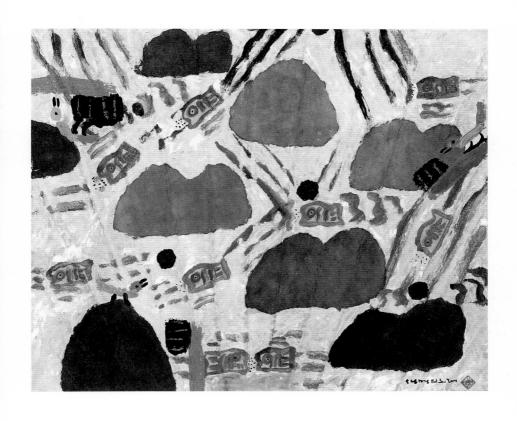

바람 소리, 물소리
백담사 가는 길에는 물소리, 바람 소리가 동행한다.

나는 당신을 기다리면서 날마다 날마다 낡아갑니다. 조금씩 조금씩
삭아내립니다. 그러나 나는 내 몸이 삭아내려도 오지 않는 임을 기다릴
뿐 원망하지 않습니다. 비바람과 추위가 몰아쳐도 나는 이곳을 떠나지
않을 것입니다. 저만치 그대의 모습이 비칠 때까지 나는 결코 이 자리
를 뜨지 않을 것입니다…… 시는 이런 여운을 담고 있었다.

시를 읽다가 목이 잠겨 고개를 돌려버렸다. 이 외로운 산골에서 시인
은 도대체 무엇을 그토록 절실하게 기다린 것일까. 단지 조국 광복의
'그날'뿐이었을까. 만지거나 쓰다듬을 수도 체온도 없는 광복이나 독립
이라는 그 추상뿐이었을까. 사람을 절절하게 사랑해보지 않은 이가 조
국이나 광복 같은 단어를 인격처럼 그렇게 사랑할 수 있을까. 보듬고
껴안을 수 있을까.

시의 행간에서 적어도 만해는 꼿꼿하고 단단한 혁명가나 투사가 아
니었다. 형형한 눈길의 대선사도 아니었다. 지아비를 기다리는 순종의
아내요, 사랑하는 이를 기다리는 지고지순한 여인일 뿐이었다. 그토록
다정다감하고 여리고 섬세한 여인네의 마음이 아니고서야 어떻게 저런
가락의 시를 쓸 수 있었겠는가. 여인의 마음 그리고 그 마음으로 기다
리고 그리워하는 것은 만해 시의 두 축이 된다.

당신은 해당화 피기 전에 오신다고 하였습니다.
봄은 벌써 늦었습니다.
봄이 오기 전에는 어서 오기를 바랐더니,
봄이 오고 보니 너무 일찍 왔나 두려워합니다.
철모르는 아이들은 뒷동산에 해당화가 피었다고,
다투어 말하기로 들고도 못 들은 체하였더니,

야속한 봄바람은 나는 꽃을 불어서 경대 위에 놓입니다그려.

시름없이 꽃을 주워서 입술에 대이고,

"너는 언제 피었니" 하고 물었습니다.

꽃은 말도 없이 나의 눈물에 비쳐서, 둘도 되고 셋도 됩니다.

　　　　　　　　　　　　　　　　　　　　　—「해당화」

　꽃 그림자에 어리는 눈물, 눈물이 비치는 꽃 그림자…… 수많은 사람 앞에서 3·1독립선언을 외치고 조선불교의 개혁을 부르짖던 그 엄위한 만해의 모습을 어디서 찾을 수 있는가. 곱고 맑고 섬세한 서정이 있을 뿐이다.

　당신의 편지가 왔다기에, 꽃밭 매던 호미를 놓고 떼어보았습니다.

　그 편지는 글씨는 가늘고 글줄은 많으나, 사연은 간단합니다.

　만일 님이 쓰신 편지이면 글은 짧을지라도 사연은 길 터인데.

　당신의 편지가 왔다기에, 바느질 그릇을 치워놓고 떼어보았습니다.

　그 편지는 나에게 잘 있느냐고만 묻고

　언제 오신다는 말은 조금도 없었습니다.

　만일 님이 쓰신 편지이면 나의 일은 묻지 않더라도

　언제 오신다는 말을 먼저 썼을 터인데.

　　　　　　　　　　　　　　　　　　—「당신의 편지」에서

　만해의 그리움, 만해의 사랑은 그러나 경박한 감각과 이기적인 집착을 초월하고 있다. 그이는 기다림으로 행복했을 뿐이다. 소유와 탐욕이 아닌 너그러움과 용서와 자기희생의 사랑이다. 말초적·감각적 사랑이

의와 기개
억압에 굴복하지 않았던 불굴의 만해정신도 이와 같았을 것이다.

아닌 저 설악산 품만큼이나 크고 너그러운 사랑이 거기 있는 것이다. 지는 사랑, 비켜서는 사랑, 돌아서서 말없이 눈물짓는 사랑이 거기 있는 것이다.

> 꽃은 떨어지는 향기가 아름답습니다.
> 해는 지는 빛이 곱습니다.
> 노래는 목마친 가락이 묘합니다.
> 님은 떠날 때의 얼굴이 더욱 어여쁩니다.
> 떠나신 뒤에 나의 환상의 눈에 비치는 님의 얼굴은
> 눈물이 없는 눈으로는 바라볼 수가 없을 만치 어여쁠 것입니다.
> 님의 떠날 때의 어여쁜 얼굴을 나의 눈에 새기겠습니다.
> 님의 얼굴은 나를 울리기에는 너무도 야속한 듯하지마는,
> 님을 사랑하기 위하여는 나의 마음을 즐거웁게 할 수가 없습니다.
> 만일 그 어여쁜 얼굴이 영원히 나의 눈을 떠난다면,
> 그때의 슬픔은 우는 것보다도 아프겠습니다.
>
> ─「떠날 때의 님의 얼굴」

다시 생각은 꼬리를 문다. 만해 선사의 저리도 절절한 사랑의 사연들이 조국과 그 조국의 광복에 관한 것뿐이라면 어쩌면 저리도 연인의 애달픈 이별을 잘도 표현할 수 있다는 말인가.

'백담이 운다'는 표현이 있다. 백담사에서 오세암까지 가는 동안 고목과 바위 사이사이로 얼음장이 쩍쩍 갈라지는 소리가 들린다. 겨울 한밤중 눈 때문에 상한 나무가 넘어지는 소리, 얼음장이 갈라지는 소리를 백담이 운다고 한 것이다. 원래의 오세암은 불타버리고 그 자리에 지어

진 '천진관음보전'의 옆 벽에 만해가 집필하는 모습이 그려져 있다. 만해는 1896년 이곳에 들어와 백담사를 오가며 10년 넘게 살면서 많은 시와 산문을 쓴 것으로 되어 있다. 오세암과 백담사의 길을 오가며 그는 민족을 생각하고 나라를 생각하고 그리고 임을 맞을 '그날'을 생각했을 것이다. 그토록 오래 기다리던 임은 끝내 침묵하였고 만해는 그칠 줄 모르고 타는 자신의 가슴이 누구의 밤을 지키는 약한 등불인지 묻는다.

백담이 우는 밤 촛불도 타들어가는 즈음에 만해는 저 절창 「알 수 없어요」를 쓴다. 그것은 설악의 노래요, 우주의 노래요, 기다림과 인연의 섭리를 노래한 사랑의 에필로그였다.

백담사를 떠나오는 아침까지 나는 "타고 남은 재가 다시 기름이 되는" 화두에서 벗어날 수가 없었다. 그러나 생각해보면 알 수 없는 것이 어찌 "재가 기름이 되는" 일뿐이겠는가.

만해는 무엇인가를 사랑하고 그리워했다. 끊임없이 갈망했고 애타게 기다렸다. 그러나 "탐욕을 끊지 않되 탐욕에 걸리지 않고 애착심을 끊지 않되 애착심에 걸리지 않는" 『유마경維摩經』의 가르침을 시로써 체현하려 했다. 그래서 시는 만해에게 선禪이었다. 그 선의 경지를 세속에서 온 나 같은 몽당붓이 어찌 한 귀퉁이인들 제대로 짚고 갈 수 있겠는가.

겨울 백담사행은 결국 미궁의 바다로 떠가는 삶의 조각배를 바라본 것과 같은 일이었다. 만해라는 하나의 창을 통하여.

만해 한용운의 생애 만해 한용운(萬海 韓龍雲, 1879~1944)은 승려이 자, 시인이며, 독립운동가다. 3·1독립운동 당시 민족대표 33인의 한 사람으로서 끝까지 변절하지 않은 항일투사다. 충남 홍성군 결성면 성곡리에서 태어난 그는 여섯 살 때부터 향리에서 한학을 공부했고 아홉 살 때 『통감』과 『서경』을 읽는 등 일찍이 학문적 조숙함을 보였다.

열여덟 살에 설악산 오세암에 입산하여 처음에는 절의 일을 거들다가, 출가하 여 승려가 되었다. 이후 넓은 세계에 대해 관심을 갖고 시베리아와 만주 등지를 여행하다가 1905년 재입산하여 설악산 백담사에서 정식으로 득도했다.

1910년 백담사에서 불교의 개혁과 대중화를 주장한 『조선불교유신론』을 저술 했다. 그해 한일합방이 되면서 국권을 뺏긴 것은 물론이고 한국어마저 쓸 수 없 게 되자, 그는 중국 동북삼성東北三省으로 가서 만주지방에 있던 우리 독립군의 훈 련장을 돌아보며 그들에게 독립정신과 민족혼을 심어주는 일에 힘썼다.

이후 귀국하여 1914년에는 통도사에서 팔만대장경을 대중들이 쉽게 읽을 수 있도록 한 『불교대전』을 저술했고 1918년부터는 『유심惟心』이라는 불교잡지를 간행했다. 1919년 3·1독립운동 때 백용성 등과 함께 불교계 대표로 참여했다.

1920년 만세사건의 주동자로 지목되어 재판을 받고 3년 동안 옥살이를 했다. 1926년에 시집 『님의 침묵』을 발간했는데 여기에 수록된 88편의 시는 대체로 민족의 독립에 대한 신념과 희망을 사랑의 노래로 형상화한 것이다.

1927년에는 신간회를 결성하는 등 다방면으로 민족운동에 힘쓰다가 1938년에는 그가 직접 지도해오던 불교 계통의 민족투쟁비밀결사단체인 만당사건卍黨事件으로 고초를 겪기도 했다. 1944년 5월 9일 말년에 그가 머물던 서울 성북동의 심우장에서 중풍으로 별세했다.

한용운의 문학세계　　1926년에 간행된 『님의 침묵』은 '이별-갈등-희망-만남'이라는 극적 구조의 끈으로 연결된 한 편의 연작시로 볼 수 있다. 임과 이별한 시대는 침묵의 시대, 상실의 시대지만, 언젠가 맞이할 만남의 시간은 바로 참된 낙원 회복의 시대, 광복의 시대가 된다. 이런 점에서 그의 시는 기다림의 시 또는 희망의 시로 읽힌다.

『님의 침묵』에서 사랑을 호소하는 주체는 여성이며 시적 분위기 또한 여성적인 정감으로 가득차 있다. 이러한 여성주의는 전통시가에서 연원하는 듯하다. 고려가요는 물론 많은 시조·한시·가사·민요가 그 저변에 여성적인 분위기와 주체 그리고 이와 상통하는 한과 눈물의 애상적 정서가 깔려 있기 때문이다.

만해의 시는 은유와 역설 같은 시의 기법을 사용하고 산문적인 개방을 지향한 자유시 형태를 취해 현대시의 특성을 지니고 있다. 하지만 그 정신과 맥락은 전통시의 것을 계승하고 있다. 한용운은 민족주체성을 시적으로 탁월하게 형상화한 민족시인이라 할 수 있다.

박수근과 양구

그림 속 나목을 본다. 벌거벗은 몸에는 응당 있을 법한 고통도 분노도 없다. 다만, 거기에는 삶과 기다림, 세월과 인내만이 있을 뿐. 아픈 마음 모두 가라앉혀 아름다움이 되게 한 것이다. 진갱의 페허 속에서 이리저리 찾기면서 박수근은 어떻게 이토록 아름다운 세계를 열 수 있었던 것일까. 다시 나목의 앙상한 가지를 본다. 슬픔만한 거름이 어디 있겠느냐고 누가 노래했던가. 결국 저 나목, 슬픔을 건디낸 힘으로 잎을 틔워 스스로 봄이 될 것임을 본다.

선한 이웃을 그리고 간
한국의 밀레

화실이 신림동 '난곡'에 있을 때의 이야기다. 난초 향기 그윽한 골짜기라는 이름과는 달리 올망졸망 고달픈 서민들의 삶이 모여 있는 동네였다. 서민이 아닌 극빈의 삶이었다. 밤늦게 짜장면 배달을 시킨 적이 있는데 한밤중에 달랑 짜장면 한 그릇을 들고 육교를 건너온 청년에게 참 미안했다.

"미안하긴요. 장산걸요."

"그래도 한밤중에……" 했더니 불쑥 "정 그러시면 저 그림이나 하나 줘요" 했다.

"그림?" 나는 애매하게 웃고 말았는데 며칠 후 점심에 다시 배달을 온 그 청년이 "아씨(아저씨), 그림 언제 주실 거예요?" 했다.

"무슨 그림?" 했더니 "에이, 딴청 피우지 마세요. 저거 주시기로 했잖아요" 한다. 닭 두 마리가 서로 노려보고 있는 〈투계〉 연작 중 하나였다. 그 자리에 함께 있던 후배가 정색하며 "세상에, 저거 얼마짜린 줄 알기나 하나?" 하고 물었다.

"얼마게요?" 청년이 빤히 우리를 쳐다보았다.

"수백만 원짜리야." 후배가 말했지만 그는 피식 웃었다.

"뻥까지 마요. 주기 싫으니까…… 어느 미친 것들이 저런 걸 그런 돈 주고 사요. 웃기는 짬뽕들이야."

그는 중국집 배달 청년답게 음식 이름을 넣어 야유했다.

"생각해봐요. 저 시커먼 닭, 저거 진짜 닭이라 해도 몇 푼 가겠어요. 종이에 먹물로 찍찍 그린 걸 가지고…… 가만, 저거 오골계예요?"

언젠가 이 이야기를 「자장면과 그림」이라는 글로 쓴 적도 있지만 박수근의 고향 양구에 와서 다시 그 기억이 떠올랐다. 화가는 평생 고향과 서민들의 삶을 그려왔건만 정작 서민들은 그 그림을 만지기조차 어려운 현실을 어떻게 설명해야 좋을까. 고흐건 박수근이건 이중섭이건 화가는 가난 속에서 어렵게 살다 갔는데 그들이 남긴 그림은 천문학적인 가격으로 거래되는 이 괴리는 무엇인가.

양구에 박수근의 그림은 없어도 그림 속 풍경만은 여전했다. '선사박물관'이 있는 이곳은 첩첩산중에 에워싸여 육지 속의 섬처럼 도회지와 격리되어 있지만 그만큼 오염은 덜했다.

박수근은 일찍이 "나는 우리나라의 옛 석물(石物, 무덤 앞에 세우는 돌로 만들어놓은 여러 가지 물건)에서 말할 수 없는 아름다움을 느낀다"고 했지만 실제로 양구는 파로호 상류에 아직도 '고인돌' '선돌' 등 선사유적이 고스란히 남아 있는 돌의 고장이기도 하다. 기름기 없는 무채색의 가난한 들길을 걸어 정림리 산마루턱 생가터에 이르는 동안 산천과 사람 어디를 둘러보아도 선하기만 하다. "나는 인간의 선함과 진실을 그려야 한다"는 그의 고백이 아니더라도 박수근의 그림에 왜 악은커녕 악한

척하는 것마저도 찾아볼 수 없는지 이해할 수 있을 것 같았다.

"수근이는 조용하고 참했어. 남하고 싸우는 일이 없었지. 사람들이 낭중에 목사 될 애라고 했으니까." 정림리에서 옆집에 살며 함께 서당을 다녔다는 김유만 할아버지의 증언이다.

아닌 게 아니라 사진만으로도 박수근에게서는 가톨릭 교회의 신부나 개신교 목사 같은 성직자의 느낌이 난다. 열두 살 때 처음으로 책에서 밀레의 〈만종〉을 보고서는 "하나님, 저도 이런 화가가 되게 해주세요"라고 기도했다는 그다.

실제로 그는 광야의 선지자처럼 고달픈 예술가의 길을 걸어갔다. 가난과 전쟁 속에서 양구, 춘천, 평양, 군산 그리고 서울의 창신동과 전농동 일대를 떠돌며 때로는 도청 서기로, 미군부대 초상화가로, 심지어 부두 노동자로 전전하면서 죽기까지 손에서 붓을 놓지 않았던 것이다. 박완서의 소설 『나목』에 박수근으로 짐작되는 한 미군부대 초상화가의 이야기가 나와 화제가 된 적도 있다.

김유만 할아버지의 증언이다.

"수근이는 낭구(나무)에 지름(기름) 먹인 분판粉板에다 그림을 그렸어. 조이(종이)가 원체 귀하던 때였으니께. 하루종일 분판에 먹으로 그린 다음 지우고 또 지우고 했제. 창호지라도 몇 장 얻으면 그렇게 좋아할 수가 없었는데……"

이 부분에서 미술학교 훈장 일을 20여 년이나 한 나는 혼란스러웠다. 미술은 과연 가르치거나 배워서 될 일인가 하고. 박수근은 미술학교 문 앞에도 가지 않았건만 우리가 가장 사랑하는 화가 가운데 한 사람이 되었다. 외제 그림도구를 쓰고 파리와 뉴욕을 들락거려도 제대로 되지 않건만 그는 분판에 혼자서 그림을 그리고 익혀 하나의 세계를 열었던 것

박수근 화백 기념공원 근처에서 바라본 양구 모습
사방이 산으로 둘러싸여 있는 이 아늑한 소읍은 예나 지금이나 별로 달라진 것이 없어 보
인다.

마을
꽃 피고 새 우는 산골 풍경은 화가에게 아름다움을 길어올리는 샘물 같은 것이었다.

아닌가.

분판에 그림을 그릴 때만이 아니라 가난은 평생 그의 벗이었다. 그 가난 속에서 가족은 자주 흩어져 살아야 했고, 기대를 하며 출품한 관청 주최의 전람회에 낙방하기도 했다. 어린 아들의 죽음을 고스란히 지켜봐야 했는가 하면 화가에게는 생명 같은 눈에 병이 생겨 한쪽 눈이 실명되기까지 한다.

창신동에 살 때였다. 왼쪽 눈이 뿌옇게 잘 보이지 않아 안과에 다니고 계셨는데도 점점 시력이 나빠져 결국은 백내장이 되어 눈동자에 흰 막이 점점 가로막아 보이지 않게 되었다. 할 수 없이 수술을 해야 되겠다고 생각했는데 수술비가 마련이 안 되어 그림이 팔릴 때를 기다리고 있던 어느 일요일이었다.

저녁이 되어도 안 들어오셔서 걱정을 하고 있는데 신예용 안과병원에서 전화가 왔다고 이웃 창신 한의원에서 전해주어 그 안과에 가보니 눈 수술을 하고 누워 계셨다. 의사가 수술이 잘되었다고 하신다. 나는 병원에서 간호를 했다. 집에 알리면 걱정을 할까봐 혼자 와서 수술을 하셨다고 하신다. 일주일 입원했다 퇴원하여 집에서 매일 치료받으러 다니셨는데 수술 결과가 좋지 않아 늘 고통이 심했다. 그래서 다시 최창수 안과에 가서 진찰을 했더니 안압이 높아 고칠 수 없으니 아픈 눈의 신경을 끊어 통증이나 없이 하는 수밖에 없다고 한다. 다시 눈 수술을 하여 신경을 끊어 통증은 없이 하였으나 한쪽 눈은 아주 실명을 하여 한 눈으로밖에 보실 수 없었다. 그 한 눈을 가지고 매일 그림을 그리셨다.

—김복순, 「나의 남편 박수근」(한국미술연구소 편, 『우리의 화가 박수근』, 시공사, 1995, 57쪽)

양구에서
가로수의 나뭇잎이 모두 떨어진 추운 겨울날 박수근의 그림에 나오는 듯한 모습의 사람들.
버스를 기다리고 있다.

그의 아내가 회상한 실명 전후의 사정을 쓴 글 일부다. 한 눈의 실명 뿐이 아니다. 화가의 아내는 전란 속에서 일가가 당한 고통 또한 생생하게 전해준다.

전쟁은 치열해져서 유엔군이 동원된 후로는 매일 폭격에 시달려야 했다. 한 사람 두 사람 시골로 피난 가는 행렬이 줄을 잇기 시작했다. 교인이며 요시찰 인물 명단에 오른 우리는 필경 저네들이 불리하게 될 때 우리들의 운명이 어떠한 지경에 놓이게 되리라는 것은 너무도 뻔한 사실이었다. 그래서 의논 끝에 우리도 이 기회를 틈타 '피난'이라는 명목으로 저네들의 마수를 피해야 한다는 판단으로 몇십 리 떨어진 곳으로 피신했다. (…) 그이는 낮에는 산에 숨어 있다가 밤에만 내려와 주무셨는데 용케도 그이가 있는 시각에 찾아온 것이다. 문을 열라는 그들의 고함소리를 들으면서 나는 그런 경황 속에서도 먼저 남편을 빼돌려야겠다는 생각이 앞섰다. 그래서 일부러 시간을 끌려고 "누구세요, 누구세요, 옷을 입고 문을 열게요" 하면서 뒤쪽 방문으로 그이를 내보낸 후 침착하게 문을 열었다. 따발총을 멘 두 사람이 들어오면서 남편을 내놓으라고 야단이다.

"남편은 원산으로 가고 나만 아이들을 데리고 여기 있어요"라고 둘러대니까 그들은 막무가내로 남편을 내놓으라는 요구만 되풀이한다. 모든 정보를 다 입수하고 왔으니 명령을 거역할 경우 너를 대신 죽이겠노라고 하면서 총부리를 내 가슴에 들이댄다. 그이 대신 내무서로 연행되어간 나는 이틀 동안이나 그들의 온갖 고문을 받으며 수모를 견뎌야 했다. 두 살짜리 아기(남편이 월남 후 이북에서 죽은 성인)를 품에 안은 채. 그이는 산에 왜정 때 징용을 피하려고 누가 만들어놓은 무덤같이 생긴 방공호에 몸을 숨기고 며칠을 버티었다. 나는 다른 사람들의 눈을 피하면서 매일매일 밥을 날라다 드렸다. 그러던 어느 날 금성에 다녀온 동리 아주머니 한 분이 숨가쁘게 뛰어오면서 읍에 남쪽 국군이 들어왔다는 소식을 전한다. 꿈인지 생시인지 도무지 분간 못할 몽롱한 기분으로 산으로 달려가 그이에게도 들은 소식을 전했다.

"이제 살았다!" 그이의 신음 소리에 가까운 탄성, 그리고 내 손을 잡은 그이와 나는 시간 가는 줄 모르고 서러운, 너무나 서러운 울음을 터뜨렸다.

—김복순, 「나의 남편 박수근」(『우리의 화가 박수근』, 39쪽)

그가 그린 앙상하게 메마르고 뒤틀린 '나목'들이야말로 이런 쓰라린 세월의 내면 풍경화에 다름 아닐 것이다. 그리고 그 풍경화 속의 인생 행로를 숙명처럼 걸어가는 촌부며 노인 들은 바로 그 자신의 모습이자 이웃들의 모습인 것이다. 거기에는 삶이 있고 기다림이 있고 세월이 있고 고통에 대한 인내가 있었다. 그리하여 고통과 고뇌 그리고 신음도 모두 가라앉혀서 오히려 아름다움이 되게 하고 만 것이다. 원망과 갈등, 미움과 탄식이 아니라 오히려 따뜻한 긍정과 선량한 마음의 세계를 이룬 것이다. 전쟁의 폐허 위에서 이리 쫓기고 저리 내몰리며, 게다가 경제적 궁핍과 육신의 고통 속에서 어떻게 그는 연금술사같이 그 같은 미의 세계를 열 수 있었던 것일까.

화강암 질감 같은 풍경 속을 걸어 언덕배기에 있는 '박수근 화백 기념공원'에 오른다. 작은 군도인 양구에 한 화가의 기념공원이 있다는 것은 눈물나게 반가운 일이다. 이 산골짝 속에 그의 동상과 기념공원이 있으리라고는 미처 생각하지 못했기에 반가움이 더했다.

읍내를 바라보며 앉아 있는 그의 동상 옆에는 오래된 석조건물의 교회당이 서 있다. 석양을 배경으로 서 있는 그 녹슨 종탑의 교회당 가까이에 오르니 천국이 아주 가까이 있는 것 같다. 문득 그가 아름다움으로써 하늘의 뜻을 전한 아름다움의 전도사와 같다는 생각을 했다. 그의 그림 속 인물들은 금빛 원광도 찬란한 의상도 없이 오히려 메마르고 가난한 모습들이지만 그래서 더 천국의 아름다움에 가까운 것은 아닐까. 그러나 척박한 세월을 만나 그림으로 죽음을 초월한 박수근은 고달픈 생애를 접으며 이렇게 말했다.

"천당이 가까운 줄 알았는데…… 멀어, 멀어……"

내가 그곳을 찾았던 몇 년 후 양구에는 거대한 규모의 박수근미술관이 세워졌다. 그리고 그 미술관의 기획전시전에 나도 작품을 출품하였다.

박수근과 '나목'   박수근(朴壽根, 1914~1965)은 해방 이후 금성중학교의 미술 교사로 부임해 이중섭과 친분을 맺는다. 어느 날 퇴근길 '십리장림十里長林'이라는 거리에서 '나목'을 발견한 그는 마른 가지의 겨울나무가 끝없이 이어진 이 길에서 시간 나는 대로 스케치를 했다고 한다.

이 고목들은 '인내'와 '고독'이라는 인생길을 걷던 박수근 자신의 모습이었을 수도 있다. 박수근의 나무는 계절 없이 항상 앙상한 가지로 서 있다. 이렇게 골격만 드러낸 그의 나무는 사랑하는 가족을 잇달아 잃은 그의 쓸쓸한 정서를 그대로 나타낸다.

박수근과 양구   박수근은 밀양 박씨인 아버지 박형지와 어머니 윤복주 사이의 맏아들로 강원도 양구군 양구읍 정림리에서 태어났다. 그가 태어난 정림리는 뒤에는 사명산이, 그 앞에는 북한강의 지류인 서천이 흐르는, 전형적인 배산임수의 마을이었다.

태백산맥 중앙에 있는 양구군은 해발 1천 미터가 넘는 대암산, 도솔산, 사명산 등으로 둘러싸인 두메산골로 '육지 속의 외딴 섬'이라는 별명이 있을 정도로 외지와의 연결이 쉽지 않다. 이렇게 단절된 환경에서 박수근은 성장했다.

소년 시절 그는 틈만 나면 들로 산으로 나가 산골 마을의 일상적인 풍경을 그리곤 했다. 산촌의 적막한 풍경을 즐겨 그렸는데 이것이 훗날 그의 화풍을 결정짓게 되었다.

박수근 화백의 생가터에 세워진 박수근미술관에서는 〈앉아 있는 두 남자〉를 비롯한 유화 3점, 〈나무와 두 여인〉 〈탑돌이〉 등의 판화 그리고 각종 스케치화 등을 만날 수 있다. 또, 자녀들을 위해 그린 동화책이나 틈틈이 오려 모은 르누아르, 밀레 등의 작품 스크랩북, 지인들에게 보냈던 편지 등도 전시되어 있다.

김유정과 춘천

물의 고장 춘천에 간다. 붉은 피 토하며 젊어서 죽기 바란 문학청년을 사로잡았던 작가를 만나기 위해.
서른도 되기 전에 갔지만 김유정의 소설에는 원숙함이 있다. 그는 구수한 토속어로 단원과 혜원의 풍속
화처럼 능치고 맛을 냈다. 어수룩한 무리 속에 온갖 건달과 잡놈 잡년 들을 슬몃 뒤섞어 버무려내는 수
법이 타의 추종을 불허했다. 배시시 웃다가 끝내 눈물나게 하는, 뿌리 뽑힌 땅의 사람들에 관한 이야기.
언제 읽어도 그의 소설이 가슴을 치는 이유는 그 속에 그의 고향 실레가 깊게 배어 있기 때문이리라.

한겨울에 부른 봄의 노래,
땅의 노래

    폐를 앓으면서도 글을 쓸 수만 있다면. 이상처럼 김유정처럼 서른이 되기 전에 끝낼 수만 있다면…… 오늘도 상상한다.
    "하얀 시트에 붉은 피."

문학청년 시절의 내 빛바랜 일기장의 한 페이지에는 이렇게 적혀 있다.

    가을에는 춘천행이 좋다. 코스모스 한들거리는 경춘가도를 물길 따라 달리면서 물에 어린 산그림자를 바라보는 것이 좋다. 강에는 가끔 훌쩍 큰 키의 백로가 청산을 바라보고 서 있는 모습을 볼 수도 있다.
    물의 고장 춘천의 관문에 의암호가 있다. 아침저녁 호수에 자욱이 안개가 내리고 밤이면 우수수 별무리가 부서지는 곳. 그 호숫가 한적한 옛 경춘국도변에는 혼령인 듯 서 있는 하얀 비석이 하나 있다. 지난 서른 해 동안 문학의 고장 춘천의 상징이 되어온. 펜촉 모양의 이 비석은 강원도식 토종말로 조선 언어의 아름다움을 열었던 '김유정 문학비'다.

김유정기념사업회가 1968년에 세운 하얀 조각품은 나라 안에서 비교적 일찍 세워진 문학비에 속한다. 비석에는 김유정의 작품 「산골 나그네」의 한 구절이 새겨져 있다.

산골의 가을은 왜 이리 고적할까. 앞뒤 울타리에서 부수수 하고 떨잎은 진다. (…) 더욱 몹쓸 건 물소리. 골을 휘돌아 맑은 샘은 흘러내리고 야릇하게도 음률을 읊는다. 퐁! 퐁! 퐁! 쪼록 퐁!

사람은 가고 그가 쓴 글 몇 구절이 싸늘한 금석문으로 남아 있다. 안타까운 일이다. 흙냄새 싱싱한 힘의 소설을 썼던 작가는 어인 일로 만 스물아홉 나이에 그처럼 지고 말았는가. 하긴 비단 유정뿐이 아니다. 나도향과 이장희, 김소월과 심훈, 최서해와 이상이 모두 20대와 30대 초반에 걸쳐 스러지고 만다. 유독 폐를 앓는 젊은 작가들이 많았고 하얀 시트, 붉은 피는 그 시절 문학가의 통과의례 정도로 인식될 지경이었다.

이 땅을 휩쓴 죽음의 검은 바람에 내몰리면서 유정은 "폐를 한 너더 댓 개 더 갖고 싶다"고 절규했고, "돈을 모아 닭 30여 마리를 고아 먹고 땅꾼을 들여 살모사 구렁이를 10여 마리 먹어보아야 다시 살아날 것 같다"며 가쁜 숨을 몰아쉬다 갔다. 선배 작가 채만식 같은 이는 "나 같은 명색 없는 문단꾼 여남을 가져다주고 도로 물러오고 싶다"며 땅을 치고 그의 죽음을 원통해했다. 지나치게 빛나는 재능은 반드시 귀신의 시샘을 받는다는 말이 유정에게도 들어맞았던 것일까.

비록 스물아홉에 갔지만 그의 작품에는 노경의 원숙함이 있다. 그는 토속어로 단원, 혜원의 풍속화처럼 뭉치고 맛을 냈다. 싱싱하고 실팍하고 어수룩한 무리 속에 온갖 건달과 잡놈 잡년 들을 슬몃 뒤섞어 버무려내는 수법이 타의 추종을 불허했다. 배시시 웃다가 끝내 눈물나게 하는, 뿌리 뽑힌 땅의 사람들에 관한 이야기는 언제 읽어도 가슴을 울렁이게 한다.

그의 고향이자 문학의 탯자리인 '실레'는 춘천의 관문이지만 아직도 전형적인 시골 마을이다. 의암댐이 물길을 가두어놓는 바람에 유정의 고향 실레 마을로 가는 길의 팔미천은 갯바닥이 보일 만큼 물줄기가 말라 있다. 그는 실레의 '안말' '거문관이' '물방앗간' 등의 실제 지명을 소설에 썼다. 장소뿐 아니라 산골 나그네 '덕돌네'와 같이 실존 인물들도 등장시켰다. 소설적 상상력과 현실 사이에 별 거리가 없다. 그러나 그의 소설에 나오는 고향과 고향 사람들의 삶이 늘 원만하고 풍성한 것만은 아니었다.

「금 따는 콩밭」에서는 일제에 의한 광산 정책이 농민의 삶을 얼마나 짓밟았으며 땅과 심성을 얼마나 피폐하게 몰고 갔는지를 보여주고 있고, '들병이' 같은 조선 농촌의 매춘녀 역시 그런 사회 현상 속에서 부대끼고 뒤틀려 나온 인간형임을 드러내고 있다. 그래도 그의 소설은 늘 토착적 건강함과 긍정적 따스함으로 회귀한다. 그래서 그의 문학은 늘 그 품새가 넉넉하고 도량이 크다.

그의 글에는 또 뚝심이 있다. 글뿐 아니라 사람도 특유의 뚝심이 있었다. 실연과 병고 속에서도 작가생활 2년 남짓의 기간에 서른 편이 넘는 단편소설을 쓰고 번역, 동화에 탐정소설까지 놀랍도록 다양하고 많은 글을 남길 수 있었던 것도 바로 이러한 뚝심 때문에 가능했을 것이다. 땅의 뚝심이요, 강원도의 뚝심이다.

봄봄
김유정의 작품에는 유난히 봄을 묘사한 대목이 많이 나온다. 그가 살았던 현실이 한겨울이
어서 더욱 간절하게 문학 속의 봄을 꿈꾸었는지 모른다.

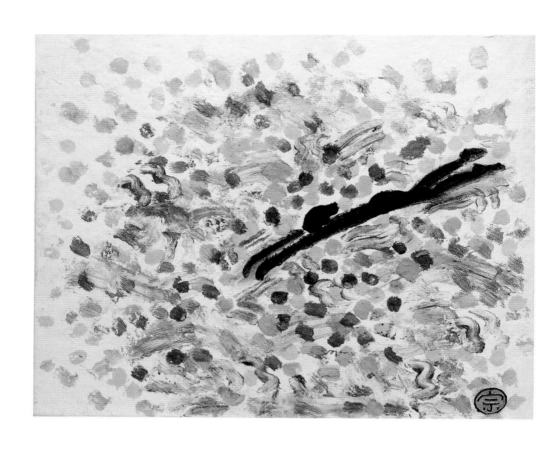

생명의 노래-하동(河童)
물의 고향 춘천에서의 유년 체험은 작가에게 감성의 물줄기가 되었다.

실레 마을은 청년 김유정이 이상촌을 실험했던 곳이기도 하다. 산에 묻힌 마을 모양이 마치 옴팍한 떡시루 같대서 동네 이름을 '실레'라 불렀다 하는데 지금이라고 별로 달라진 것은 없어 보인다. 아직도 땔감을 쌓아놓은 집이 보이고 마당엔 빨간 고추가 널려 있다. 그는 실레에 '금병산 아래 옳은 글방'이라는 뜻의 '금병의숙'을 세우고 야학을 통해 일제의 농촌 수탈 정책으로 황폐해진 농촌 계몽운동과 문화활동에 나섰던 것이다. 명창 박녹주를 사랑했지만 뜻을 이루지 못한데다 폐를 앓으면서 건강마저 무너져 그는 고향에서 먼저 자신의 심신을 돌보고 싶었을 것이다.

마을회관에서 만난 유정의 옛 제자 조희문옹도 그를 문학가보다는 마을의 큰 스승이자 사회운동가로 기억했다.

"선생은 한글, 산수, 수신 같은 과목을 가르쳤는데 처음엔 열다섯 명쯤으로 시작하다가 많을 땐 인근 마을에서도 몰려와 쉰 명이 넘었어. 늘 검은 두루마기를 입고 다녔고 가끔 조선의 혼을 들먹이곤 해서 주재소의 일경들이 골치를 썩였지. 완력으로나 언변으로나 주재소 순사들에게 선생은 부담스러운 존재였어. 결국은 금병의숙이 불순한 곳으로 지목되어 폐쇄되고 선생도 이곳을 뜨게 되었지만 말이야."

옛 금병의숙은 사라졌지만 그래도 복지회관 한쪽에 표지석이 서 있다. 끝까지 실레를 지키던 유정의 형마저 조상의 묘를 파서 유골을 신영강에 띄워버리고 떠나면서 춘천 부호였던 김춘식 가문은 그 흔적이 지워지고 만다.

1935년 조선일보 신춘문예에 「소낙비」가, 조선중앙일보에 「노다지」가 당선되면서 혜성처럼 문단에 솟아올랐던 김유정. 1937년까지 2년여의 기간 동안 무려 30편 가까운 작품을 쓰고 홀연히 세상을 떠나버린

소년
투박하고 튼실한 시골 소년의 모습에서 작가의 어린 시절을 본다.

그는 자신의 작품 「소낙비」 같은 인생을 살다 간 사람이다. 그런 그의 죽음을 두고 평론가 김문집은 '슬프고 억울하고 성스러운'이라는 표현을 썼다.

산그늘 내리기 전 마을회관을 내려와 경춘선의 신남역을 거쳐 실레를 떠난다. 경춘선은 원래 일본인 부자들의 사설 철도였으나 나중에 일제가 국철로 바꾼 유서 깊은 철로다. 이곳저곳 방랑하던 대학 시절, 어슴푸레한 겨울 저녁이면 나는 남춘천까지 깜박이등을 달고 가는 이 기차를 타곤 했다. 그 녹슨 기적 소리에 몸을 담고 있으면 흐린 유리창 너머로 보이는 세상이 모두 꿈같았다. 돌아보니 멀어지는 실레 마을도 어느새 꿈인 듯 아련하다.

김유정의 생애　　　김유정(金裕貞, 1908~1937)은 강원도 춘천 출신으로, 8남매 중 막내다. 어려서부터 몸이 허약했고 말더듬이었던 탓에 늘 과묵했다. 부모를 일찍 여의고 고향을 떠나 열두 살 때 서울 재동공립보통학교에 입학, 1929년에 휘문고등보통학교를 마치고 이듬해 연희전문학교 문과에 진학하나 중퇴했다.

　　1935년 단편소설 「소낙비」가 조선일보에, 「노다지」가 조선중앙일보 신춘문예에 각각 당선되어 창작활동을 시작했다. 그는 등단하던 해에 「금 따는 콩밭」 「떡」 「산골」 「만무방」 「봄봄」 등을, 그 이듬해 「산골 나그네」 「봄과 따라지」 「동백꽃」, 1937년에는 「땡볕」 「따라지」 등을 발표하며 2년 남짓한 시간 동안 30편 내외의 단편과 1편의 미완성 장편, 그리고 1편의 번역소설을 남겼다. 하지만 결핵 증세가 끊임없이 그를 괴롭혀 오랜 벗인 안회남에게 쓴 편지를 끝으로 1937년 3월 29일 자신의 짧았던 글쓰기 인생을 마감한다.

김유정 문학촌과 실레 마을　　　김유정은 강원도 춘천의 실레 마을에서 태어났다. 연희전문학교를 중퇴한 뒤 귀향해 야학운동을 하다가 1933년 다시 서울로 올라간 김유정은, 고향 이야기를 소설로 쓰기 시작한다.

김유정 소설의 배경으로 등장했던 실레 마을은 신동면 증리다. 그는 "나의 고향은 저 강원도 산골이다. 춘천읍에서 한 20리가량 산을 끼고 꼬불꼬불 돌아가면 내닫는 조고마한 마을이다"라고 수필 「오월의 산골짜기」에서 직접 이곳을 소개하기도 했다. 춘천에는 기차역인 '김유정역'이 있으며, 이 역에서 멀지 않은 곳에 '김유정 문학촌'이 있다.

　그의 소설 속 실레 마을에는 '실레 이야기길'이 만들어졌다. '실레 이야기길'은 두 갈래로 나뉘어 능선 쪽의 길은 「봄봄」과 「만무방」길, 계곡 안쪽의 길은 「산골」과 「솥」의 무대다. 길을 따라 걷다보면 「봄봄」에 나오는 봉필 영감의 집과 새고개, 「만무방」의 노름터, 「솥」에서 주인공 근식이네 집이 있었던 '소와리 골'과 주인공들이 장래를 약속하던 '실레 마을 주막터', 「산골 나그네」에 등장하는 '거문관이' 마을과 '백두고개'가 나온다. 이외에도 김유정이 마을 청년들과 함께 손수 간이학교를 만들고 농우회와 부녀회, 노인회를 조직하여 농촌운동을 벌였던 '금병의숙터' 등도 있다. 실레 마을을 보듬고 있는 금병산 역시 김유정의 작품 배경이며 길을 더 가면 「동백꽃」의 산기슭까지도 만날 수 있다.

최북과 구룡연

어디 귀를 자른 고흐에 비할까. 스스로 한쪽 눈을 찔렀다는 최북 말이다. 화가에게 눈은 음악가에게 귀
와 같은 것, 그러니 그의 광기를 짐작하기란 어렵지 않은 일이다. 그러나 헤아리기는 하되 누가 감히 그
광기를 이해할 수 있을까. 술을 연료 삼아 광기를 불태운 최북이 그림을 그리러 들어왔다가 몸을 던졌다
는 구룡폭포를 바라보며 생각에 잠긴다. 여기서 아예 죽었다면 좋았으련만. 그러나 이도 잠시, 쓸쓸하고
가난한 삶을 살다가 얼어죽은 그의 최후를 생각하니 이내 마음이 뜨거워졌다. 광기는 그를 얼마나 외롭
게 만들었을까.

광기와 파행의
붓 한 자루 인생

광기는 때로 예술가의 힘. 수많은 천재가 예술적 영감과 함께 조증과 울증 사이를 오락가락했다. 그러나 유교사회에서는 예술가의 광기를 용납하지 않았다. 그런 중에서도 간혹 광기와 천재가 함께 번뜩이는 예인들이 나오곤 했다. 명대에 중국 땅 양주에서는 그림 그리는 여덟 괴인이 나와 점잖은 유가들의 미술사에 발길질하기도 했다. 그렇다면 조선조 화가 중, 아니 우리나라 회화사를 통틀어 가장 광기 있는 화가라면 누구일까.

단연 최북이다. 그는 제 눈을 제가 찌른 화가다. 화가에게 눈은 목숨과 같은 것. 스스로 귀를 자른 고흐에 비할 바 아니다. 우리나라 화가 중 오로지 그림만 그려 먹고살겠다고 선언한 최초의 전업작가 역시 최북이다. 호생관毫生館! 붓 한 자루에만 의지해 먹고살겠다는 단호한 의지를 담아 호로 썼던 그였다.

그는 이름인 북北의 자획을 풀어 나누어 칠칠七七이라 부르기도 했다. 칠칠이, 바보, 병신을 일컫는 속어다. 칠뜨기의 다른 말이기도 하다.

최북이 몸을 날려 죽으려 했을 만치 우람하면서도 황홀한 구룡폭포와 구룡연
최북을 생각하며 현장에서 수묵으로 한 붓에 그리다.

상팔담
금강의 정기 받아 차고 시린 그 물은 선녀들의 옹달샘이 아니었을까.

시·서·화 삼절이었으면서 '최산수'로 불렸을 만큼 개성 있는 진경산수 화풍으로 높은 경지에 이른 그였다. 통신사절단을 따라 일본에 갔을 때는 기량을 유감없이 발휘하여 이케노 다이가池大雅 같은 일본 남화 대가들에게 영향을 끼친 조선의 스승이기도 했다. 중인 출신이었지만 강세황이나 이광사 같은 학문과 예술을 겸한 최고 명망가들과 두루 교류하기도 했다. 결코 칠뜨기나 못난이가 아니었다. 오히려 양반사회를 야유하듯 이름에서부터 그는 상식을 깨뜨렸다. 삿갓 김병연이 재치와 풍자의 시구로 그러했듯이.

최북이 제 눈을 찌른 사연은 몇 갈래로 전해진다. 그중 가장 많이 이야기되는 내용은 이렇다. 한 세도가가 그에게 그림을 요구했으나 응하지 않자 위협하려 들었다. 이에 최북이 불같이 화를 내며 "남이 나를 강압해 해를 입히지는 못한다. 차라리 내가 나를 위해하마"라며 스스로 한쪽 눈을 찔렀다는 설이다. 최북이 기성의 권위와 질서에 호락호락 굴하거나 타협하기 싫어했던 기질의 예인이었음을 여실히 보여준다.

그 최북이 금강산에 왔다. 늦가을, 채제공 등의 벗들과 함께였다. 비로봉과 만폭동을 거쳐 드디어 구룡폭포까지 온다. '금강문'을 통과했을 것이다. 금강산은 이 금강문을 통과하면서 비로소 극락 같은 비경들과 만나게 되어 있다. 먼저 옥류동. 채하봉에서 장군봉으로, 비로봉에서 옥녀봉으로 이어지는 금강동맥 타고 흘러내린 수정 같은 물이 이 옥류동으로 모여든다. 물길 모이는 곳에 폭포가 있고 폭포 떨어지는 곳엔 반드시 담潭·소沼·연淵이 이어지게 마련이다. 옥류폭포와 옥류담, 연주폭포와 연주담 그리고 비봉폭포, 무봉폭포가 숨 돌릴 새 없이 이어진다. 그러다 마침내 구룡폭포와 구룡연에 다다른다. 구룡폭포는 외금강 폭포의 종갓집이자 종결이다. 평범함을 용납하지 않는 물소리의 굉음은 천지를 호령한다.

그 우람하게 내리꽂히는 물줄기 앞에서는 천하의 최북도 차마 그림 그릴 엄두조차 낼 수 없었던 것일까. 그는 거푸 술잔만을 비운다. 그러더니 급기야 일어서 구룡연을 향해 걸어들어갔다. "천하 명사 최북이 천하의 명산 금강에서 죽음이 족하다"라고 외치며. 그가 홀연히 폭포로 몸을 날렸을 때에야 일행은 놀라 일어섰다.

다행히 나뭇가지에 옷이 걸려 간신히 목숨을 건졌지만 나는 이 대목에서 악마 같은 상상력을 펼친다.

'에이, 최공. 기왕 저 푸른 구룡연으로 몸을 날린 거라면 저기서 생애를 마쳤으면 좋았을 걸 그랬소이다. 그랬더라면 저 구룡연이 우리 미술사에 아주 특별한 명소가 되었을 터인데 말입니다. 구차한 생애가 조금 더 이어졌다 한들 저 구룡연에서 맞는 황홀한 죽음을 덮을 수 있었겠소이까'라고.

사실이 그러했다. 그때 죽지 못했던 최북은 빈한하고 쓸쓸한 만년을 보낸다. 50대 초중반에 제작된 것으로 짐작되는 〈송음관폭도〉를 끝으로 60, 70대에는 작가적 발자취마저 거의 발견되지 않을 정도다.

하루 대여섯 되씩의 술을 마셔대어 주광화사(酒狂畵師, 술을 광적으로 즐기는 화가)라 불리기도 했던 최북이 외롭고 가난한 말년을 보냈음은 분명한 것 같다. 그는 어느 눈 오는 밤 크게 취한 상태로 집으로 돌아오는 길에 쓰러져 그대로 얼어죽은 것으로 전한다. 그의 벗 신광하는 그의 최후를 시로써 이렇게 전한다.

그대는 보지 못했는가 눈 속에서 죽은 최북
담비가죽 옷에 백마 탄 이는 뉘 집 자식이더냐

깊은 산 겨울나무들
잎을 떨군 한겨울 금강산 나무를 생각하며……

너희들은 거드름 피우느라 그의 죽음을 애도하지 않지만

최북의 한미한 처지가 진실로 애달프도다

최북이는 사람됨이 참으로 굳세었다

스스로 말하기를 붓으로 먹고사는 화사라고 했다네

작달막한 키에 애꾸눈이지만

술 석 잔 들어가면 아무 거리낌이 없었다네

북으로 숙신(만주)까지 들어가 흑룡강에 이르렀고

동쪽으로는 일본으로 건너가 적안까지 갔었다네

귀한 집 병풍의 산수도는

안견과 이징을 쓸어버렸네

술을 찾아 미친 듯 노래하고 붓을 휘두를 적엔

큰 집 대낮에 산수풍경이 생겼다네

그림 한 폭 팔고 열흘을 굶더니

취하여 돌아오다 성 모퉁이에서 쓰러졌네

북망산 흙속에 묻힌 만골에게 묻나니

어찌하여 최북이는 삼장설에 묻혔단 말인가

오호라! 최북이는 몸은 비록 얼어죽었어도

그 이름은 영원히 사라지지 않으리

—「최북가崔北歌」 전문

호생관 최북의 생애   최북(崔北, 1712~1760)은 조선 숙종, 영조 때의
화가로 본관은 무주다. 이름인 북 자를 파자하여 자를 칠칠이라 짓고, 붓 하나로
먹고산다고 하여 호를 호생관이라고 했다.

인물 · 영모 · 화조 · 초충 등을 두루 잘 그렸는데 그중에서도 특히 산수를 잘
그려 최산수崔山水라는 별칭을 얻었다. 최북의 산수화는 초기에는 남종화풍이었
다가 후기에는 조선의 진경산수화로 바뀐다. 최북은 "무릇 사람의 풍속도 중국
사람들의 풍속이 다르고 조선 사람들의 풍속이 다른 것처럼, 산수의 형세도 중국
과 조선이 서로 다른데, 사람들은 모두 중국 산수의 형세를 그린 그림만을 좋아
하고 숭상하면서 조선의 산수를 그린 그림은 그림이 아니라고까지 이야기하지만
조선 사람은 마땅히 조선의 산수를 그려야 한다"고 하며 실물을 보고 그리는 것
의 중요성을 강조했다. 필법이 대담하고 솔직하면서도 소박하고 시정詩情 어린 분
위기를 자아내는 것이 그의 그림의 특징이다.

그는 성질이 괴팍하여 기행이 많았던 터라 당시에는 광생狂生, 즉 미친 사람이
라고까지 불렸다고 한다. 그러나 모두 그의 그림 솜씨를 인정해 그가 평양이나
동래로 그림을 팔러 가면 많은 이들이 그의 그림을 사러 모여들었다고 한다.

최북의 기행은 남공철이 쓴 최북의 전기 『최칠칠전』으로 전해진다. 현재 최북의 작품은 대표작 〈표훈사도〉 〈공산무인도〉 외 80여 점이 전해진다.

최북의 금강산 그림들　　　18세기 중엽에 활동하였던 최북이 여러 점의 금강산 그림을 남긴 것은 어쩌면 당연한 일이다. 겸재 정선 이후 금강산으로 기행이나 사경寫景하는 것이 화인들 사이에서 유행하였고, 이는 진경산수화풍 형성에 커다란 영향을 미쳤다. 19세기에 이르면 금강산을 노래하는 시에서 "조선인으로 금강산에 가지 못하고, 그림으로 그려 보지 못한 이는 없지만"(『풍악권』)라고 할 정도로 금강산 기행은 조선 후기 문화사의 중요한 위치를 차지한다.

최북은 금강산 여행 중 내금강 구룡연에 이르러 못으로 뛰어들었다고 하는데, 그가 계속해서 금강산 그림을 그린 것도 이러한 강렬한 감동의 표출이었을 것이다.

탁월한 기량을 가진 최북이었지만 금강산 그림을 그릴 때는 정형화된 화법을 택했다. 그의 금강산 그림은 〈금강총도〉 〈헐성루망금강도歇惺樓望金剛圖〉처럼 겸재 정선의 화법을 수용한 작품과 〈표훈사도〉 같은 남종화법을 토대로 개성적인 표현을 이룬 작품 두 부류가 있다.

이중 〈표훈사도〉가 돋보인다. 〈표훈사도〉는 금강산 표훈사의 정경을 담은 것으로 금강산의 장대한 풍광을 배경으로 표훈사와 만폭동 입구로 들어가는 다리인 함영교, 다리 머리에 있는 누각인 능파루까지 그려냈다. 멀리 펼쳐진 금강산의 풍경, 여러 봉우리가 서로 겹쳐지고 포개지며 솟은 형태는 여느 금강산 그림보다도 개성적이다.

최북의 금강산 그림은 〈금강전도〉 등이 더 있으나, 현재 평양 조선미술박물관에 소장되어 있어 그 실물을 확인할 수 없다.

최익현과 금강산,

〈금강화첩〉을 뒤적이다가 마음에 들지 않아 집어던져버리고 만다. 눈송이처럼 아름답지만 잡았다고 생
각한 순간 사라져버리는 금강산, 최익현에게도 그랬을까. 그는 흑산도 유배에서 풀린 이후 금강산을 찾
았다. 쇠약한 몸과 우울한 마음을 산은 어머니처럼 품어주었다. 그러나 그는 다시 어지러운 서울로 돌아
갔고 일흔넷의 나이에 전라도 태인 땅으로 가서 마지막 의병을 일으킨 후 싸움에 패해 쓰시마 섬으로 끌
려가고 만다. 최후를 맞이하며 눈을 감던 순간, 그의 눈앞에는 금강산이 떠올랐을까.

저 산은 시대의
아픔을 감싸안고

금강산에 다녀온 후 가벼운 금강산 후유증을 앓았다. 어느 시구절처럼 "함부로 길을 나서 길 너머를 그리워한 죄"값일 게다. 이제 텔레비전에도 신문에도 금강산은 없다. 흥분도 식고, 열기도 가셨다. 달라진 것은 아무것도 없이 모든 것이 제자리로 돌아왔다. 산은 변함없이 그곳에 있고 나는 다시 이곳에 있다. 그런데도 금강산이 여전히 눈에 밟힌다.

기어이 꿈에서 비로봉을 보았다. 잘생긴 산이다, 꿈속에서 그렇게 생각했다. '잘생긴 산이야. 산이 생기려면 저 정도는 돼야지'라면서 눈을 떴다. 서둘러 서재에 들어가 내가 그려온 〈금강화첩〉을 펼쳐보았건만 꿈에 본 그 산이 아니었다. '둔하고 못난 손. 이렇지가 않았어.' 나는 애꿎은 손에만 짜증을 내었다. 이러니저러니 할 것 없이 나는 결국 '금강산정 떼기'에 골몰했다. 사람들이 물으면 억울한 사람처럼 이렇게 말한다.

"금강산 그거 갈 거 못 돼요. 요사한 계집처럼 사람을 마구 홀리더라니까. 하마터면 화가 최북이도 거기서 죽을 뻔했잖소. (⋯) 아무튼 쌍녀러 산이야."

생명의 노래-청풍계
면암과 같은 강인하고 억센 조선의 선비정신은 풍토와 자연을 닮은 것이기도 하다.

용서하시라. 민족의 성산聖山을 두고 마구 비속어를 쓴 나를……

그러나 금강산 유람 동안 버스의 옆자리에 함께 탔던 한 노인도 나처럼 그렇게 말했다. 버스가 온정리의 한 마을 가까이 둥글게 돌아갈 때 말없이 앉아 있던 노인은 갑자기 벌떡 일어섰다.

"저기야. 저 산등성이 넘어 학교를 다니곤 했어. 알겠어? 저기라고. 저 고개 말이야. 우리집이 저 고개 너머야."

노인은 숫제 내 멱살을 잡을 기세였다. 차가 그곳을 멀리 벗어났을 때야 노인은 털썩 앉으며 힘없이 중얼거렸다.

"거지같애. 별것 아니면서…… 50년이나 못 오게 하노…… 환장할 세월을 살았는데…… 거지같애."

나는 노인의 마른 볼을 타고 하염없이 흘러내리는 물줄기를 못 본 척했다. 말은 안 해도, 바로 이 상처와 후유증이 무서워 차마 금강산에 가지 못한 사람들이 많을 것이다. 떠나온 세월이 너무 애달파 단 며칠 그 땅을 밟고 휑하니 되돌아올 수는 없겠기에. 그러기에 격한 마음 뜨거운 가슴 가진 사람들일수록 조심할 일이다. 금강산행을.

면암 최익현도 그곳에 다녀왔다. 한 세기 전쯤에. 근세 유학사, 문학사, 정치사를 통틀어 나라 사랑을 두고 격렬하고 뜨겁기로 말하자면야 단재 선생 정도를 빼면 면암만 한 분이 또 있겠는가. 그 드세던 홍선대원군마저 꺾어놓은 기였다. 문약무강文弱武强이라고? 면암에게는 당치 않는 말이다. 그는 현실에 문 닫고 '왈(日. 가로되)'과 '나라(也)'만 달달 외우는 유학자가 아니었다.

주로 먹 갈던 문신이었지만 필요하면 검이나 죽창을 드는 데 망설임이 없었다. 실제로 유림의 거두였던 그에게는 문하생 수천이 뒤따르곤

하여 웬만한 장수 못지않았다. 그에게는 종묘사직이나 국권을 지키는
데 붓과 칼이 다른 두 이름이 아니었다.

　면암이 금강산에 온 것은 흑산도 유배에서 풀리고 나서였다. 몸은 쇠
약했고 마음은 우울했다. 나이도 쉰을 넘어섰다. 20세기를 코앞에 두고
있었지만 이 나라는 풍전등화와 같아서 그 아름다운 금강산도 곧 남의
것이 될 처지였다. 그래도 금강산은 잠시나마 그의 울분과 음울함을 씻
어대고 달래주기에 충분했던 것 같다. 발길 닿는 곳곳에서 감격과 영탄
의 시들을 쏟아내었으니까. 금강산의 위대함은 거기에 있다. 상처 입은
자에게 위로가 되고 쓰러진 자는 일으켜세우는 모성 말이다. 그는 옥류
동에 이르러서는 이런 시를 토했다.

　　이내 몸 신선세계에 찾아들었나
　　생각하니 그림폭을 번져가는 듯
　　그 누가 삐뚠 바위 먼저 오를까
　　아슬아슬한 구름다리 보기조차 두렵네
　　온 나라가 이처럼 깨끗하건만
　　서울아 너만 어이 어지러우냐.

　신선이 사는 곳 같던 금강산 유람도 잠깐, 그는 다시 그 어지러운 서
울로 간다. 그리고 흰 수염을 휘날리며 일흔넷의 나이에 전라도 태인
땅으로 가서 마지막 의병을 일으킨다. 질 것이 뻔한 싸움이었지만 다른
선택이 없었다. 마지막 이 싸움에 패해 쓰시마 섬으로 끌려가고 그는
거기서 최후를 맞는다. 금강산 유람은 이 고달픈 생애의 유학자에게 꿈
에도 못 잊을 평생 한 번의 호사였던 것이다.

면암 최익현의 생애   면암 최익현(勉菴 崔益鉉, 1833~1906)은 조선 말기의 문신이자 을사조약에 저항한 의병장이다. 경기도 포천군 가범리에서 태어나 아홉 살 때부터 유학의 기초를 배우기 시작해 열네 살 때 성리학의 거두인 이항로 문하에서 공부하면서 위정척사의 사상을 이어받았다. 스물세 살 때에 명경과에 급제하여 관직생활을 시작한 그는 주로 언관 벼슬에 있으면서 선비다운 강직한 성품을 드러냈다.

1873년에 대원군의 비정을 탄핵하는 상소를 올려 관직을 박탈당한다. 이 사건으로 10년간 섭정을 해오던 대원군은 실각되지만 그는 제주도로 유배된다.

이후 일본이 조선을 점령하려는 야욕을 드러내는 외교 정책을 펴기 시작하고, 일본과 조선의 수호통상조약이 추진되자 최익현은 도끼를 지닌 채 궁궐 앞으로 나아가 반대 상소를 올린다. 이 일로 다시 4년간 흑산도 유배생활을 하게 된다.

유배에서 풀려난 뒤 16년간 재야의 선비로 지내다가 1895년 을미사변이 일어나고 단발령이 내려져 의병운동이 일어나자 조정에서는 그에게 의병 해산 임무를 맡겼으나 그는 이를 거절했다.

1905년 마침내 을사조약이 체결되자 이듬해 호남 곡성과 순창 일대에서 의병을 일으킨다. 이들을 진압하고자 조정에서는 대규모 병력을 동원했고, 최익현은 결국 체포되어 바다 건너 대마도로 유배를 간다. 그곳에서 끝까지 저항하다가 일흔네 살의 일기로 숨을 거두고 말았다.

최익현의 금강산 유람 시　　　최익현은 재야의 선비로 지내는 동안 명승 유람을 즐겼다. 1882년에는 친구 몇몇과 금강산 유람을 떠난다. 그는 내금강, 외금강을 두루 구경한 다음, 연해의 모든 명승을 구경하고 안변 석왕사와 원산 학포 등지까지 가서 달포가량 산수를 즐겼다. 이때 떠날 때부터 돌아올 때까지의 여정을 기행시 39편에 담았다. 이 시편들은 이상적인 자연과 혼탁한 정세를 대비시킨다.

　최익현이 남긴 금강산 시편들은 유람시 성격이 두드러지지만 나라의 앞날을 염려하는 마음이 담겨 있다. 예를 들어 「영원동」에서는 "만 골짜기 맑은 샘 길/십 리 구름 뚫고 가네/온갖 꽃들은 달라 보이고/그윽한 새소리 처음인 듯 놀랍네//벼슬아치 정말로 세상 잊었나/돌 얼굴로 모여서 무리 이뤘네/빼어난 경치는 예서 족하니/어찌하여 망군봉을 찾을까 보냐"라고 읊는다. 산속에 옹기종기 모인 기기묘묘한 바위들의 형상을 보고는 벼슬하던 이들이 모두 울분을 못 이겨 스스로 벼슬을 버리고 산중으로 모여들었다고 노래한 것이다.

화첩기행 2
ⓒ 김병종

1판 1쇄 2014년 1월 17일
1판 3쇄 2021년 11월 10일

지은이 김병종
책임편집 임혜지 | 편집 이명애 박지영 | 모니터링 이희연
디자인 김이정 이주영 | 마케팅 정민호 양서연 박지영 안남영
홍보 김희숙 함유지 김현지 이소정 이미희
제작 강신은 김동욱 임현식 | 제작처 영신사

펴낸곳 (주)문학동네 | 펴낸이 염현숙
출판등록 1993년 10월 22일 제406-2003-000045호
주소 10881 경기도 파주시 회동길 210
전자우편 editor@munhak.com | 대표전화 031) 955-8888 | 팩스 031) 955-8855
문의전화 031) 955-2655(마케팅), 031) 955-2672(편집)
문학동네카페 http://cafe.naver.com/mhdn | 트위터 @munhakdongne
북클럽문학동네 http://bookclubmunhak.com

ISBN 978-89-546-2368-1 04800
      978-89-546-2366-7 (세트)

www.munhak.com